体験過程心理療法
創作体験の成り立ち

村田 進

コスモス・ライブラリー

✻ 目次 ✻

序論　追悼：畠瀬 稔先生の道程 -------------------------------- 1

はじめに --- 1
Ⅰ. 目的と方法 -- 1
　目的 --- 1
　　1. 先生の業績 -- 1
　方法 --- 3
Ⅱ. 研究のルーツと原点 -- 3
　1. ロジャーズとの出会い -- 3
　　（1）ロジャーズとの出会い ------------------------------------- 3
　　（2）日本におけるロジャーズ・ワークショップ -------------- 4
　　（3）国際的な PCA の推進 --------------------------------------- 4
　　（4）先生の原点と実地研究 ------------------------------------- 5
　2. PCA の体験学習 --- 5
　3. 先生のグループ体験と中心過程について --------------------- 7
Ⅲ. 先生の実践 -- 8
　1. 京大時代 -- 8
　2. 人間性心理学会の立ち上げ ----------------------------------- 10
　3. 有馬研修会の立ち上げ -- 10
　4. 武庫川女子大学臨床教育学研究所における実践 ----------- 10
　5. PCA の実証的研究 --- 12
　6. 人間中心の教育研修会の立ち上げ ---------------------------- 10
　7. 人間中心の教育宣言 --- 13
Ⅳ. 考察 -- 15
　1. 先生の本音 --- 15
　2. 先生の人間性について -- 15
　3. 翻訳について --- 16

i

  4．個人的な恩恵 -- 17
  5．発展 -- 17
  6．突然の御逝去 --------------------------------------- 20
 Ⅴ．結論 --- 20
 おわりに、お別れの言葉 ------------------------------------- 22
    参考文献 --- 24

第1部
心理的成長と中心過程について

序章　学校臨床と中心過程 ------------------------------ 29

 はじめに -- 29
 主題：無気力症の生徒への壺イメージ療法の適用
   ――体験過程心理療法的考察―― ---------------------- 29
  Ⅰ．問題 --- 29
  Ⅱ．方法 --- 30
  Ⅲ．結果【事例1】 --------------------------------------- 30
  Ⅳ．考察 --- 41
 結論 -- 43
    参考文献 --- 45

第2章　体験過程尺度から見た心因性アトピー性
　　　　皮膚炎の青年の回復過程における間と推進
　　　　のプロセス --- 47

 はじめに -- 47
 Ⅰ．問題 -- 47

- Ⅱ．方法 --- 49
- Ⅲ．結果 --- 52

第3章　ADの3つの研究の比較・検討と回復過程について ---------------------------------- 57

- Ⅳ．考察 --- 57
  1. 比較・検討 -- 57
  2. 陰性反応について -- 57
  3. 体験過程尺度から見た心理的回復の中心過程
     ――「間」とふっきれる意味について ------------------------- 58
  4. 空の壺について -- 60
  5. 間と推進について -- 60
- Ⅴ．結論 --- 67
  - 参考文献 --- 68

第4章　先行研究 --- 71

事例1．心因性アトピー性皮膚炎（AD）の高校生D男の回復過程について ---------------- 71
- 1. 問題 --- 71
- 2. 方法 --- 71
- 3. 結果 --- 71
  - 事例研究：D男のADからの回復過程（再考） --------------------- 71

事例2．（イニシャル・ケース）：壺イメージ療法によるADクライアントの心理的成長と評価について ---------------------- 75
- はじめに --- 75
- 1. 問題の所在と方法 --- 75
- 2. 結果と考察 --- 75

〔事例〕心身症としてのアトピー性皮膚炎をもつＢ男
に対する壺イメージ療法の適用（再考） -------------------------- 75
3．評価（まとめ） --- 83
4．フォローアップ面接 -- 84
5．考察 --- 85
   参考文献 --- 86

第5章　学校臨床事例研究 ------------------------------------- 87

事例研究1　図書館における臨床と中心過程 -------------------- 87
1．図書館で見る生徒の対人関係 ---------------------------------- 87
   居場所を求める生徒の傾向：攻撃性の表面化 -------------------- 87
2．図書館臨床 --- 88
3．居場所を求める生徒の翌年の傾向：攻撃性の沈静化 ------------ 89
4．いじめ解決への教師の相談力について ------------------------- 91
   参考文献 --- 92

事例研究2　ふっきれる回復過程と「間」について --------- 93
1．テーマと目的と方法 -- 93
2．いくつかのエピソード -- 93
3．考察 --- 94
4．結論 --- 96

第2部
V. ウルフ『灯台へ』と創作体験

第6章　「灯台へ」概論 ---------------------------------- 99
Virginia Woolf's Experiential Writing in *To the Lighthouse* — In Search of "Core of Darkness"

Preface --- 99
Chapter 1. In Search of Reality — Woolf's Concept and Intention of Experiential Writing ------------------------------ 99
Chapter 2. Writing "Shower of Atoms" — Woolf's Experiment of Describing Reality from Within ------------------------------ 105
Chapter 3. Describing Luminous Halo — Woolf's Experience of Expressing Herself --- 111
Chapter 4. In Search of "Core of Darkness" — Woolf's Process of Being Aware of Herself --------------------------------------- 117
Chapter 5. Beyond Time and Distance — Woolf's Process of Becoming Herself --- 125
Conclusion: Woolf's Career of Becoming Herself to Oneself ------ 129
Notes -- 133
References -- 135

第7章　「灯台へ」創作体験による心理的変化の評価について ----------------------------------- 137

はじめに --- 137
1．問題 -- 137
2．方法 -- 138
3．結果 -- 139

（1）成長モデルの事例 ------------------------------------- 139
　　　（2）回復モデルの事例 ------------------------------------- 153
　結語 -- 176
　　　参考文献 --- 176
　【評定資料2（第2作〜第4作）】 ------------------------------ 177

終章　マトリョーシカと癒しの時間 ----------------------- 189

結論　本論の目的・仮説・定義・方法と結果 -------------- 191

　1. 目的と結果 -- 191
　2. 仮説と結果 -- 191
　3. 定義と結果 -- 192
　　　（1）体験過程の定義と結果 --------------------------------- 192
　　　（2）体験過程から見た「症状」と「回復」の定義と結果 ------ 193
　　　（3）畠瀬先生の道程と成長モデル --------------------------- 193
　　　（4）「主体感覚」の定義と結果 ----------------------------- 195
　4. 方法と結果 -- 195
　　　（1）壺イメージ療法と心理的回復過程 ----------------------- 195
　　　（2）フォーカシングと結果 --------------------------------- 196
　5. 基本計画と結果 -- 196
　　　まとめ --- 197
　　　（1）図表について --- 197
　　　（2）中心過程について ------------------------------------- 199
　　　（3）文学と心理学を結ぶ形態的な要素と特徴について -------- 200
　エピローグ：ある少女の物語 ------------------------------------- 201
　【少女の創作作品】 --- 202
　　　参考文献 --- 203

資料編

［7章］表1.『ダロウェイ夫人』用体験過程尺度（簡略版）------- 207
［7章］表2.『灯台へ』創作体験自己評価表
　　　　　（あるいはインタビュー項目）--------------------------- 208
［7章］資料1.『ダロウェイ夫人』用体験過程尺度作成
　　　　　のための仮の尺度および評定者への呼び
　　　　　かけと教示用資料-------------------------------------- 211
［結論］図1.体験過程における停滞と推進の模式図------------------ 231
［結論］図2.ふっきれる「中心過程」の模式図---------------------- 231
［結論］図3.リリーの体験過程の推進の模式図---------------------- 232
［結論］付録1.『灯台へ』用体験過程（EXP）尺度---------------- 233

〔補遺〕

1．K式改訂版『灯台へ』枠づけ創作体験法（村田、2011）------- 235

　　著者プロフィール-- 248

序論

追悼：畠瀬稔先生の道程

はじめに

　先ず、故人となられた畠瀬　稔先生への追悼の言葉を述べさせていただくにあたり、この機会を与えてくださった人間関係研究会の皆様に厚く感謝申し上げたい。拙稿は、長年、教育のためのエンカウンター・グループである有馬研修会や社会人対象の大学院である武庫川女子大学教育研究所の学生として、先生から直接指導を受けたご縁から書かれたので、時に感傷的になり、見方が偏るかもしれないことをお断りして書き起こしたい。

Ⅰ．目的と方法

目的

　先生は、ロジャーズに師事し、ロジャーズをお手本とされながら、生涯、一人の人間として自分自身になることをめざし、時に権威と対峙し、主に、カウンセリングと教育の分野において、ＰＣＡの研究と実践を心がけて歩まれた。この仮説を実証的に裏付けて御功績を顕彰することが、本論の目的である。本論の章立ては、Ⅰ目的と方法、Ⅱ研究のルーツと原点、Ⅲ先生の実践、Ⅳ考察、Ⅴ結論の５章から構成される。

1．先生の業績

　先ず、先生の業績をいくつか挙げさせていただくと、博士論文を著した（畠瀬、1990）を始め、最近の（畠瀬ら編著、2012）を含む著書や編著書や数々

の論文がある。また、多数の翻訳書があり、特に、編訳書『カウンセリングと教育』(畠瀬稔編訳、ロージャズ全集、第5巻、岩崎学術出版社：全23巻の一つ、初刊は1967年発行)、カール・ロジャーズ、ヘンリー・フライバーグ『学習する自由・第3版』(畠瀬、村田訳、2006、コスモス・ライブラリー)を始めとする数々のロジャーズの心理・教育に関する文献の翻訳、並びに、「出会いへの道——Journey into Self」(ＫＮＣ関西人間関係研究センター発行)等における16ミリ映画のヴィデオ版の復刻、翻訳、吹き込み、解説など、生涯精力的に仕事をされたので枚挙に暇がない。

　先生が京都女子大学教育学科心理学研究室を定年前退職されて、一般人を対象とする創設時の武庫川女子大学臨床教育学研究所に赴任された折、新入学生として畠瀬研究室に所属した筆者は、先生の集大成と思われる教育と研究と著作の御功労に直接触れる機会をもった。その取り組みの概要については、以下に示すように、研究テーマ、学会活動、著書・学術論文など具体的に報告書(武庫川女子大学教育研究所、2000)にまとめられてある。それらは、群を抜いて多く、しかも、ほとんどがＰＣＡ(パーソン・センタード・アプローチ)や心理臨床に関連した発表、活動である。

　研究テーマは、以下の通りである。(1)カウンセラー・ファシリテーターの養成・研修に関する研究、(2)学校不適応者の心理治療過程の研究、(3)阪神・淡路大震災の臨床教育学的総合研究、(4)ファミリー・グループの研究、(5)西宮における「阪神大震災」への相談支援システムの構築、(6)夜間大学院の自己評価に関する研究

　学会活動(口頭発表・講演・シンポジウム・ワークショップなど)は、プレゼンテーション　The Steel Shutter(鋼鉄のシャッター)——北アイルランド紛争とエンカウンター・グループ(日本版ヴィデオ)上映と解説。人間関係研究会設立30周年記念フォーラム「人と人との新たなつながりを求めて——エンカウンター・グループへの可能性を問う——」(東京；芝弥生会館)(平成11年12月)など、7回。

　著書・学術論文は、畠瀬稔編著『人間性心理学とは何か』大日本図書(平成8年3月)〔備考、第1部人間性心理学を求めて(pp.11～55)、第2部人間性心理学の展開解説 pp.58～64、担当〕など、23編に上る。

この間（平成6～11年）だけを取り上げても、学内外で主宰する研究活動、臨床活動の中で占めるエンカウンター・グループの活動の多さがある。（表１）

方法

これらの業績は、先生の精力的なご活動の一端に過ぎないが、それをひも解くことにより、先生の歩まれた研究生活の原点に遡り、その実践から発展へと向かう軌跡を跡づけたい。

Ⅱ．研究のルーツと原点

１．ロジャーズとの出会い

先生の御功績の一つは、日本にエンカウンター・グループを紹介されたことである。先生は、丁度1996年に、勤務されていた京都女子大学に在外研究員制度が新設され、それを利用して御家族を伴い、米国に留学された。今からおよそ半世紀前、当時、先生は、30代半ばであった。折しも、６５歳になって退職を迎えたカール・ロジャーズ博士が、南カリフォルニアのラフォイアで、エンカウンター・グループを開発されていた最中であった。そこで、1967年から1969年までの2年間、先生は、ロジャーズのもとで学ばれたのである。先生は、ロジャーズに保証人になってもらって、当時、博士が客員教授をしていたカリフォルニア・ウエスタン大学の、夜間を利用しての大学院博士課程の授業に参加することを許諾された。後述するように、このときの講座のエンカウンター・グループの経験が先生を感動させ、このような機会を日本でもつくれないかと発案された。そして、直子夫人とともに帰国して後、その黎明期の息吹を日本にそのまま導入されたのである。

（１）エンカウンター・グループの立ち上げ

翌年の1970年には先生の帰国を待ちわびていた同志の方々とともに人間関係研究会を京都女子大学で発足し、そこを会場に、全国に呼びかけて２週間

のワークショップが成功裏に行われた。そして、それが、翌年からは、毎夏、神戸の摩耶山、大津市の比叡山、山梨県の清里などで開かれて、以後、清里に定着して継続した。やがて、各地にキーパーソンが誕生して、全国でワークショップがもたれ、共通のプログラムにより、年間 30 ～ 40 ものグループが恒常的に開催された。先生自身、帰国後、約 10 年を経て 1979 年、有馬研修会を立ち上げられて現在 36 回目を数えている。

（2）日本におけるロジャーズ・ワークショップ
　やがて、1983 年春に、畠瀬夫妻が中心となり人間関係研究会がロジャーズを日本に招かれた。また、８１才という高齢を考え、長女ナタリー・ロジャーズに同道していただいた。私もその時、石川県から加えていただき、夫妻にお目にかかった。当時、埼玉県の国立婦人センターで日本各地から 80 名ほど参加して、開かれたときのことであった。御夫妻で司会されていたそのときのオーラを今も忘れられないが、お友達のようにロジャーズと話されているのが大変親しげで、これで私たち参加者とロジャーズの距離が随分縮まったように思う。そのときロジャーズは 80 歳近くの高齢で、娘のナタリーさんが付き添って、彼女自身も表現アート・セラピーのセッションをもたれて、私も参加させていただき、癒しの体験をしたことを覚えている。このお二人も純粋に、気さくに個人的な話をされるので、いつしか、凝集した家族的な雰囲気の中でコミュニティ（大グループ）が進行し、自分も打ち解けていったことを覚えている。私自身それを体験できたことは、本当に幸せなことであった。

（3）国際的な PCA の推進
　忘れてならないのは、ロジャーズの PCA の思想とエンカウンター・グループは、国際的 PCA 運動として発展し、毎年、国際大会が各地で開かれる中、畠瀬夫妻は、度々参加され、その国際的な動向の新たな息吹を、人間関係研究会や人間性心理学会を通して、紹介し、日本におけるエンカウンター・グループにも反映されていたことである。その熱意は、運動がロジャーズ後、ジェンドリン等に引き継がれた後も変わらなかった。これは、PCA の国際的

な発展に御夫妻で寄与されていることを示している。

(4) 先生の原点と実地研究

　先生の原点は、アメリカ、ロスアンジェルスのラフォイアでロジャーズのもとで学ばれたことにある。先生は、1967年3月から二、三か月間の予定であったが、一年間に延長されてロジャーズのもとで、実は隣合わせで研究されていたと直接うかがったことがある。その後、1969年に帰国されたばかりの先生は、ロジャーズの翻訳の仕事だけではなく、まさに献身的にロジャーズの紹介・普及に貢献された。その原点は、ロジャーズの講座への参加によって覚えた衝撃であった。それは、一般の修士課程を修了した人のために開講された夜間を含むロジャーズの講座であった。そこに参加した先生が、これまでロジャーズの著作から学んできた概念とは違った、授業とエンカウンター・グループが一体となったPCAの講座のあり方から受けた衝撃であった。その衝撃は、感動に変わり、先生は、そのロジャーズの取り組みを日本でも実践したいと思われた。そして、帰国してからも、生涯にわたってPCAがさまざまな場面で実施可能なことを実証されようとしたのである。

2．PCAの体験学習

　そこで、先生の思いを以下に具体的に、簡単に紹介したい。先生が志を抱いて、1967年、ロジャーズのもとで初めてエンカウンター・グループの講座に参加されたときの思いを綴った、「人間中心の教育、No.5」(1988) を引用する。ご自分がこれまで抱いていた講座の概念が、これまで読まれ自ら翻訳されたロジャーズの教育論集『カウンセリングと教育』(ロージャズ全集第5巻) から得たものとは、実際には「全く違う」ことに気づかれたことについて率直に述べられ、当時の概念と実際の講座を比較し、体験して得られた感動について物語っている。そして、冒頭に、「この講座への出席が、私にとっては、人間中心の教育とエンカウンター・グループ経験を分かち難いものにした原体験となっている」と述べられている。これは、先生にとっては、概念が経験に一致してゆく体験となり、先生の純粋性にもつながる原体験であっ

たにちがいない。その「概念」と「体験」と「気づき」と「変化」の流れは、心理的変化の中心過程と定義すれば、先生は、それを、順に、次のような達意の文章で表現されている。

（引用資料１）

　　当時、ロジャーズ自身もエンカウンター・グループの開発期にあった。この講座題目が「人間の行動における価値の問題（感受性訓練を含む）」とあるように、公式的には当時一般に通用していた「感受性訓練」の名称を使用していたのである。私自身、渡米前にロージャズ全集の翻訳に携わりながら、「Ｔグループ、感受性訓練、またはベーシック・エンカウンター」という文章に出会う度に、一体いかなるグループであるのか、と疑問に思い、期待と不安をもって臨んでいたのである。そして、「受容」と「共感的理解」を最大に強調するロジャーズなので、このエンカウンター・グループも当然受容的雰囲気に満ちたものになるであろう、と思い込んでいた。

　　ところが、この最初のエンカウンター・グループは、講座題目の「価値の問題」にも関わって、批判や対決場面もしばしば出現するのに驚き、「このグループは受容的ではない」との戸惑いを感じていた。（後に帰国後、エンカウンター・グループに参加したクライエント中心療法家が、これと同じ感想をもち、「受容的でない」と疑問を呈する場面に何度か出遭ったが、その度にこの記憶が甦っていた。）

　　そのうちに徐々に理解し、納得できたことは、グループ経験の特に初期は、多人数の異なった見解、感情が衝突し易いこと、しかし、性急な批判、対決は決して理解を促進しないこと、相手の価値観や行動を外面から評価し、批判するのでなく、相手を内面から理解しようとする姿勢で自分の真実の感情を表明しながら関わってゆく時、はるかに深く相手との関係が深まり、正確な共感的理解が発展し、その結果、深い相互理解、出会い体験、信頼感まで育ってゆくものであることを知った。そうしてみると、このグループ経験を持つまでの私にとっての"受容"とは、受容すべきだとの義務観念にとらわれての「受容的ポーズ」に陥っていたことも多かったので

あろうし、「偽りなく相手と関わってゆく姿勢としての受容」でないことが多かったのではないかと反省されてきたのである。

　一度グループ内に真実な雰囲気が醸成されてくると、大部分のメンバーの表現や理解の水準が急速に深まるのを感じた。興味あることに、真実の感情が表明される場面では、しばしば、発言のスピードが落ちるのを見た。一般にアメリカ人は軽口やジョークが多い。到着間もない私は、このアメリカ言語文化に翻弄されていたので、発言のスローダウンは大変嬉しかった。殆ど正確に分かるのである。これは、発言者がからだの中で進行している感情と意味を汲みとり、それと一致した、ありのままを表現しようとしながら進むからであろう。まさに、ロジャーズの云う「congruent」（一致した）、「integrated」（統合された）、「whole person」（全人）がそこに現れる感じであった。そこでは、首から上だけの、頭だけの会話ではなく、全人的な、ありのままの、開かれたコミュニケーションがあった。

　後ほど知ったことであるが、この講座の受講者たちの学習成果には目ざましいものがあり、各自が提出した読書リストといかにそれを読んだかの報告、自己の価値観と行動に対する洞察、実際の行動の変化など、殆どの人が体験的な変化を挙げている。これは、ロジャーズの *Freedom to Learn*（1969年）第3章「私の講座の促進法」に詳しい。

3. 先生のグループ体験と中心過程について

　以上の流れの体験のプロセスは、
①エンカウンター・グループの既成概念
②講座の体験と概念との違いの気づき
③ゆっくりとしたペースに見られる中心過程の気づき
④自分自身も参加者も一体的に変化してゆく体験過程
の4段階にまとめられると思う。これは深いレベルの体験過程を含む体験のプロセスであり、先生の原点はここにあると思う。ここには、先生が、従来の研究活動で得た概念で思い込んでいたものと「今ここ」に展開するありの

ままの体験との間にあるギャップを実感されて、概念と体験の違いを照合し、修正し、一致の真価を自分の中で吟味していく体験のプロセスであったことが表明されている。この過程は、ロジャーズが提唱した7段階の体験過程のプロセス概念を、理論としてだけではなく肌で感じて、心理的変化の中心概念が中心過程として体験に裏付けられていくものであった。その過程で、はじめは、英語の聞き取りに苦労されていた先生が、途中で、「日本人の私としては聞き取りにくいので、どうかゆっくり目に話してほしい」と率直な気持ちを発言するなど、次第に打ち解けてゆくとともに、グループのプロセス自体がゆっくりと進行して、参加者が自分の内面に触れて真実の気持ちを語ってゆくことが実現した様子が述べられている。その時の感動は、「すべてわかる」といった感無量の思いであった。これは、先生自ら参加者に打ち解けてゆくばかりでなく、自身も発言してその場を共有してつくってゆく中心過程ではなかったかと思う。ここに、グループの中で、先生が自分になってゆく姿がうかがわれる。

Ⅲ．先生の実践

1．京大時代

それでは、先生が、そのようにアメリカのロジャーズのもとに出かけたきっかけは何であったのであろうか。先生は、京大大学院時代、河合隼雄がユング心理学の研究のためにスイスのユング研究所に学び、帰国後の活躍ぶりに刺激を受けて、外国の息吹を日本にもたらす必要を感じられたのが直接の動機であると述懐されている。(畠瀬他、2012) しかし、その大志は、大学時代から芽生えていたのではないだろうか。先生がロジャーズを知った最初のきっかけは、京大教育学部3回生の時の友人中内敏夫先生（一橋大学名誉教授）の下宿で本棚にあったロジャーズの訳書、「臨床教育学」創元社を勧められたことに始まる。また、2回生の時から受講していた黒丸正四郎先生（京大精神科専任講師、後、神戸大学医学部教授）の教育学部での講義「精神衛生」と演習「問題児の指導」に「つよい関心をそそられ、臨床心理学を専攻しよ

うと考えだしていた」という。また、教育心理学の正木正教授が、京都市教育研究所の依頼で、学校の先生方への教育相談に応じておられ、そのアシスタント役の学生助手を募集されたときも、先生は参加された。しかし当時は教育相談そのものがあまり普及しておらず、もっぱら診断とアドヴァイス中心のものであったので、当時から先生は、ロジャーズの非指示的カウンセリング（non-directive counseling）、来談者中心カウンセリング（client-centered counseling）「こそ、カウンセリングの本道だと思い始めていた」という。1951年に、ロジャーズが *Client-Centered Therapy* を著した際、早速購入し、辞書と首引きで読まれた。学部卒業論文も『患者中心療法と教育』であった。その後、大学院に進んで、修士課程1回生のとき、先生は、アクスラインのプレイ・セラピーを知った。実は、京大で初めてプレイ・ルームを作ったのは先生であった。しかも、それは手作りであった。先生が、当時、地下に未整備のままにしてあった一方視の観察室をもった空き室使用に許可をもらい、アクスラインの原書の写真に倣って、川の砂を運び、材木を集めて砂場を、手作りでつくるなど苦労してプレイ・ルームをつくった。そして、実際にそこを利用して吃音の幼児と関わって、遊戯療法によって、幼児が直ってゆく臨床経験をされたのである。こうして、早くから先生の中に臨床のセンスが育っていったと云えよう。しかし、その時の苦労は、手作りのチラシをつくり、近隣の幼稚園を回って親などに渡してもらい宣伝に努めたが、大学院生にはクライエントを集めるのが至難の業で、当時、一人も集まらなかったというエピソードが見られた。しかし、ふとしたことから京都新聞社がそれに目をつけ記事にしたときから、次々にクライエントが来所するようになり、実地にカウンセリングを行えるようになった貴重な経験が、その後の先生の臨床活動のルーツになっていることがわかるのである。したがって、先生が、クライエント中心療法を主体としたセラピー、カウンセリングの先駆者であった。やがて出版社からロジャーズの翻訳の依頼を受けて手掛けていた先生は、当時、背景に友田不二夫先生らがロジャーズの翻訳やワークショップを通してノンディレクティヴ（非指示）の風土を日本に移譲しようとしていた気風に飽き足らず、やはり、直接ロジャーズから学ぶ必要を感じていて、高邁な理想を掲げてアメリカに向かわれたというのが道筋であったと考えられる。

2. 人間性心理学会の立ち上げ

　先生が帰国してから間もなく、ロジャーズの理念に基づく学会の創設があった。1982年7月10日〜11日、日本人間性心理学会の第一回大会が京都女子大学で開かれ、準備委員長は畠瀬　稔とあるから先生は、まさに学会の創設者の一人であった。そして、翌年、1983年、村山正治編集長となり、創刊号の編集に当たったのは、先生、多田治夫先生、村山正治先生の三氏であり、学会をリードされていたことがわかるのである。そのような経緯やその後の足跡から云っても、先生は、人間性心理学のリーダーとして、日本の心理学の歴史に金字塔を残されたと云えるであろう。事実、そのロジャーズ普及の御功労から日本人間性心理学会の栄えある学会賞を、御夫婦それぞれに授賞された。また、日本心理臨床学会からも栄えある学会賞を授与されたことは、記憶に新しい。

3. 有馬研修会の立ち上げ

　さらに、今年で36回目を迎えた「有馬研修会」は、1979年先生が最初のスタッフとして、古賀一公、野鶴広士をゲストとしてスタートして（第3回目には現在のスタッフである水野行範、八尾芳樹他と一般参加し、翌年、筆者は事務局担当として参加）以来欠かさず35回目まで参加されていたことが証明するように、先生のＰＣＡへのコミットメント（責任ある関与）は、特筆に値するであろう。なお、有馬研修会の活動の全容は、一冊の本となり、畠瀬、水野、塚本(2012)にまとめられている。

4. 武庫川女子大学臨床教育学研究所における実践

　先生は、長年勤められた京都女子大学文学部教授を退職されて、1994年、一般社会人を対象とする武庫川女子大学臨床教育学研究所の創設時に教壇に立たれた。その時に、筆者も入学して畠瀬研究室に所属した。思えば、先生は、研究者としては信念の人として厳しく、一方、カウンセラーとしては無

限に大きな優しい心の持ち主であった。先生の授業は、従来の講義型の授業と違って、グループ活動や実習を重んじられて、ロジャーズとフライバーグが『学習する自由・第3版』(2006)で提案しているような、従来型の授業からPCA型の授業形態の間の連続体のPCAにより近い方向の授業を実践されようとしていたと思う。それは、ロジャーズの実践を先生自身が経験した、授業とエンカウンター・グループが一体的な学習形態を目指したものであったと思う。先生の研究活動の概要は、Ⅰ（業績）の中で見たので、ここでは、それに付随した臨床活動として実施された、在職中の特別活動、中でもエンカウンター・グループの詳細を示したい。（表1）

表1　エンカウンター・グループとワークショップ

（1）人間中心の教育研究会代表として、第7～11回、人間中心の教育セミナー（2日間）大阪
（2）エンカウンター・グループ・ファシリテーター研修ワークショップ、清里プログラム、平成6～7、9～11年（4泊5日）／びわ湖畔プログラム、平成7年（3泊4日）／有馬研修会、第16～21回（3泊4日）
（3）関西人間関係研究センター主催、カウンセラー、ファシリテーター研修セミナー代表として、毎4～7月、9～12月、毎週土曜日午後6時半～9時、大阪・梅田
（4）大阪障害者福祉事業団主催障害児・者にかかわる人のためのワークショップ、スタッフ代表として、（3泊4日）大阪
（5）ファミリー・グループ、スタッフ代表として、（3泊4日ないし4泊5日）、京都府綾部山の家
（6）国際エンカウンター・グループ、平成8～11年（第1回目3泊4日以降4泊5日）、関西大学飛鳥文化研究所植田記念館

平成7年の震災援助活動
（7）日本人間性心理学会「災害と人間」部会（顧問）平成7年3月5日以降、ほぼ毎月第1日曜午後2～5時、例会／震災援助者のための

ミーティング、平成7年12月10日、平成8年1月13日、2月4日、3月10日、午後2～5時、1月1回「こころのケアーセンタースタッフのミーティングの援助者」コンサルタント活動

カウンセリング・ルームの創設
（8）武庫川女子大学教育研究所カウンセリング・ルームの設立と運営、平成7年11月6日開室。
電話受付月～金の10～12時及び13～15時、15～17時、土曜日10～12時の担当者シフト。毎週1回実地研究ゼミにおけるカンファレンスと月1回関係者全員によるカンファレンス等を継続。「3年間西宮市の助成を得て、ようやく軌道に乗る」とある。
（9）武庫川女子大学教育研究所カウンセリング・ルーム・ワークショップ（修了生、在学生、教員の自主参加）、第1～3回平成9～11年（2泊3日）丹嶺学苑、3回目は、六甲YMCA

その他
（10）第4水曜の会、畠瀬ゼミ修了者の研究発表会。平成11年度は6回開催。

5．PCAの実証的研究

　先生は、日本においてその実践例を、人間中心の授業研究として、広島県三原市立三原小学校の豊嶽満紀子学級、京都市立翔鸞小学校に定期的に行かれて、そのグループ学習によって、「自主性が伸びる」、「できない子どもも伸びる」などの特質を認められ、福岡市立今宿小学校の古賀一公学級の「一人学習」の実践を高く評価して、紹介し、交流を続けた。また、先生自身ラフォイアでの経験を自ら授業で実践されて、その普及に余念がなかったことは、教育やエンカウンター・グループに関する数多くの論文や著作や翻訳に見られるとおりである。その活動は、ロジャーズのもとで実地に学ばれたものを日本の地で引き継ぎ、広め、ＰＣＡの発展に使命をもって臨まれていた。

6. 人間中心の教育研修会の立ち上げ

　その一端として上記の有馬研修会、正式名称「教育のためのエンカウンター・グループ経験と人間中心の教育研修会」(1979年12月25日〜28日第1回、有泉閣〜2014年第36回)及び、そこから発展した、人間中心の教育研究会に言及したい。この研究会は、ＰＣＡの実践的課題について、1984年4月に当時、第6回目の有馬研修会の中で提唱され発足し、代表を畠瀬稔、事務局は、時の「有馬研」の事務局が兼ねた。その後、事務局は有馬研修会から分離独立して大阪に移り、現在まで水野行範が勤め、1998年8月大阪アウィーナで、第1回目の人間中心の教育セミナーがもたれ、第5回東京大会を除いて、2014年7月の第27回大会まで毎年開かれている。そして、機関誌「人間中心の教育」が、1984年発行され、バックナンバーがNo.13を数え、「人間中心の教育セミナーブックレット」もバックナンバーがNo.5を数えている。

7. 人間中心の教育宣言

　以上から、先生のパーソン・センタードの姿勢は、一筋のものであり、その後も衰えることなく、晩年まで続けられ、通俗な喩えとなるが、どこを折っても金太郎が飛び出してくるような元気と迫力に満ちたものであった。それは、エンカウンター・グループの中で最もよく発揮され、グループのダイナミックな変化に、臨機応変、時に率直に対峙するロジャーズを思わせるような融通無碍なファシリテーションであった。そして、時に限りない大きな慈愛の器を思わせる、温かい包容力を示されて、まさに、御自身が全人としてのあり方を具体的に示されていたと思う。一方、それは、日々の実践の中にもあり、思いやりなど日常的な行動や会話やちょっとした所作の中や生活の場面でも見られる透徹した姿勢であった。
　その理念は、1984年人間中心の教育研究会発足の6つの宣言に結実していると思われるので、その一つをＰＣＡの教育理念としてここに引用したい。

(引用資料２)

　「人間中心の教育」の基礎には、人間の自己成長力に対する信頼の哲学がある。人はそれぞれ個人差をもち、能力にかゝわりなく自分の運命・資質を努力をもって開花させるにふさわしい風土があれば、必ずや自己実現的な人間として、活力ある一生を成長しつづけるであろう。それは、親、教師、社会、国家の権力によって歪められ、抑圧されてはならない貴重な個性であり、人権である。ひとり一人が自分の内なる可能性にめざめ、それを実現させ、自分の人生と社会に責任をもてる人間の成長をめざすことこそ人間中心の教育だと考える。

　この宣言は、最近の人間性心理学で発表された論文（畠瀬、2008）の論調と少しも変わらず、「日本は伝統的に上意下達、権威者による命令・忠告が根強い文化圏である。」という文章で始まる、権威主義の批判は、透徹したPCAの考え方に基づいている。かつて、私は、ロジャーズの流れるような文体は、しなやかな鞭のように核心をつくと表現したことがあるが、先生の文体も同様に透明で、24年経ってもその迫力は、変わらない。まさに文は人なりである。しかしながら、考え方そのものは、柔軟に変化して行き、その点も、先生がロジャーズの授業体験から得た、「ロジャーズは絶えず新しい変化を目指して、挑戦する人だとの感想を、強く印象づけられた」という実感にもとづくものであった。実際、その8年後の1976年、先生は、再びアメリカ・オレゴン州で開かれたロジャーズなどのパーソンセンタード・アプローチ・ワークショップに参加されて大グループ中心のあり方に触れて、日本でも従来の小グループ中心のエンカウンター・グループの形態そのものを変えたコミュニティ（大グループ）の重要性を主張され、日本で行われているＭＥＧ（多文化相互理解グループ）のように形態そのものを参加者で討議しながらグループをつくってゆくインタレスト・グループ中心のグループ（関心・課題別グループ）へと参加者の自発性と「大グループと小グループの調和的コンビネーション」を重視する方向の挑戦的な試みを提案されて、自ら新しい変化を目指されている先生の、信念と挑戦し続ける勇気と行動があった。

(同、頁3-8) それを目の当たりにした私は、深い敬意を覚えた。

Ⅳ．考察

1．先生の本音

　畠瀬ゼミで、「一時期、日本ではカウンセリングと言えば、ロジャーズであり、カウンセラーのほとんどはロジャーリアンだった時期もあった」と、先生からうかがったことがある。ここには、先生の貢献の誇りと最近のＰＣＡ発展の一抹の危惧がうかがえた。そして、先生のエネルギッシュな活動の源の一つはここからきているものと思われた。

2．先生の人間性について

　しかし、先生はロジャーズのみに傾倒されているわけではなかった。臨床心理士や学校心理士の育成にも積極的に係っておられ、自ら臨床心理士の資格を取られるなど、時代の傾向や変化に積極的に適応されようとする謙虚な姿勢も貫かれた。行動理論の書物をこれはわかりやすいよと授業で推薦されたこともあった。そのような公明正大な姿勢が先生を一際大きな器にしたのである。体験過程理論もしかりである。フォーカシングを重視し、臨床に取り入れられていたのを覚えている。いつのことであったか、先生が自宅でジェンドリンと話されたときのことをうかがったことがある。その時、ジェンドリンは、話の途中でしばらく退席して、フォーカシングされ、自らのフェルトセンスに尋ねておられたエピソードを直にお聞きした。日常生活の中でもそれを実践している様子を教えられて、急に臨場感を覚え、ジェンドリンを半端ではないと思った記憶がある。そのように、先生がエンカウンター・グループの食事のときなどにふと話される実話が大変おもしろく、飾らない先生の魅力を物語っていたと思う。それは、先生の国際性や透明性にも通じる人間性であるように思う。

3. 翻訳について

　先生の書かれた達意の文章や翻訳のわかりやすくよどみない筆致にも、素朴なリアリティがあり、それは、ロジャーズの原文の透明な文体を彷彿とさせるものであった。先生は、従来の邦訳について忌憚のない思いを述べられていたのも、そのような透明性からだったと思う。前述した翻訳のまずさについて、「大意は理解できるが原文のもつ明快さを失い、読みづらい。誤訳もある。原著か、併読をすゝめる。」とわざわざ注をつける厳しさであった。この思いは、長らく続き、その書が改訂されて2版（*Freedom to Learn for the 80's*, 1983, Merrill Publishing Company）となり、3版（1994）となり、頁数も大分増えた後、これを翻訳することが先生の念願であった。（私も共訳させていただいた）。ここには、先生が目の当たりにした、ロジャーズの授業の実際と、教育哲学が網羅されており、ＰＣＡの実践の事例が、フライバーグによって大幅に加えられたものであった。その実証的な研究の積み重ねに対して、その翻訳に意欲を燃やされたのであった。そして、それは、妥協を許さぬ作業となり、原書の味わいを伝えるために、原文と原稿を何度も照合して精査する、入念な取り組みがなされた。それは、ロジャーズが日本の翻訳に求めた、細部にわたっての正確さと、先生がこだわった読む側に立ったわかりやすさを期して、何度も原稿をやり取りしながら修正を繰り返す仕方であり、5年にわたる月日を要した。私は、先生のご健康を思い煩うこともあり、申し訳ない気持ちであったが、結果的には、570余頁の書物となって世に出たことは、このうえない喜びであり慰みであった。

　私は、以前に、ロジャーズ『エデュケーション』（1980）（関西カウンセリングセンター）、の翻訳で第2章「文法と成長：フレンチ・コネクション」及び、第8章「エマキュレーハート校における実験」を、関（旧姓北島）丕をはじめとする金沢グループの一員として翻訳したことがあった。私が訳した第2章は、『学習する自由・第3版』第5章にも採録されているので、それを私自身改訂する機会を得た。また、ロジャーズ『人間尊重の心理学』（畠瀬直子編訳、創元社）は、その後、新版（第3版、2007）に改訂されている。夫妻は、このように、ロジャーズの翻訳に誠意と使命感で取り組まれ、日本人として

のロジャーズ紹介の貢献を果たし、ロジャーズやナタリーとの真実の友情を通して国際的貢献に橋渡しされたのである。

4. 個人的な恩恵

　最後に、先生から戴いた個人的な恩恵について書かせていただきたい。大学院の折、金沢から西宮の研究室まで、6年間にわたって、自前で雷鳥号や夜行列車の北国号で通わせていただいた経験は、いろんな意味でハードなものであったが、大変恵まれたものであった。改めて振り返って見ると、その時、かつて論争があった「指示」(direction）と「非指示」(non-direction）について、私は浅学であったために、ノン・ディレクションの意味を勘違いして、指示そのものがパーソン・センタードではなく、受容的ではないと思っていたが、それは、他者を指示する場合であって、自己指示は、大いに勧められていること、日本ではかつてそこのところが誤解されがちであったことを、先生から教えられた。また、そのことと関連して、その後、翻訳の仕事を任された折、自由と規律の問題も、ロジャーズは決して規律を否定してはおらず、むしろ自己規律を身に着けていくことが、他者を思いやることにつながっており、それを自己規律（self-discipline）と称して、それは哲学であり生き方であるとも述べて重視していることに気づかされ、自分が教師の立場から、まさに目からうろこが落ちる学習をさせていただいた。私はまさにこの自己指示と学習の自由を体験し、大学院の2年目に、阪神・淡路大震災を経験したにもかかわらず、先生はじめ研究室の仲間にも励まされて、中断することもなく、自発的に学習を進めることができた。これは、まさに、畠瀬ゼミにかけがいのない「喜びに恵まれた学習の瞬間」（ロジャーズ、フライバーグ、2006）があったからであったと思う。特に、忘れられないのは、研究生たちが博士論文の作成に取り組んでいたとき、私は「創作体験法」を主題に発表の順番が回ってきて、私の発表後、先生から「これは、『灯台へ』枠づけ創作体験法の始まりの瞬間です。」と言われたことであった。立ち会えてよかったという響きが感じられ、感動した。また、先生は、統計的な手法を大事にされ、体験過程尺度の作成や実地の評定・検定においても参加され、リハー

サルを含めて3日間、丁寧に指導してくださったことが、5人の研究生の協力とともに忘れられない。特に、評定結果の処理の仕方について、先生が、貴重なJ．P．ギルフォードの分厚い本の資料を貸してくださったことや、結果の解釈について統計は私の苦手とする分野だからと言って、質的データの評定・検定の仕方（そのとき、2項検定について学ばせていただいた記憶がある）と信頼性や妥当性について、わざわざノートルダム女子大学の名誉教授住田幸次郎先生に教えを乞いに行かれたこともあり、そのアカデミックな謙虚さに対して、恐縮と敬服を覚えた。そして、先生が指導教授となられ、論文審査の主査となられ、私が先生からの第1号の博士号を取得できたのは、博士論文を（村田、2003）に著すことができたのと同様に先生のおかげであった。それは、私の一生の誇りであり光栄である。また、木村　易先生が、拙著の書評を人間性心理学研究に掲載され、そのお応えとして著した姉妹編（村田、2014）を、昨年大阪人間中心の研究会でお会いした際に、畠瀬先生に贈呈できたことは、本当にうれしく、そのとき、先生から「がんばっているね」とねぎらいの言葉をもらったことが、今となっては私のかけがいのない慰めである。その夜、懇親会に先生の地図を頼りに会場まで、翌日朝も、宿泊所から会場までご一緒させていただいたのが最後となった。

5．発展

　先生の情熱は、ロジャーズと出会われた30年後においても衰えず、継続したことが、前述の武庫川女子大学大学院での実践においてよく示されていると思う。それは、具体的に、授業における体験学習、教育臨床や実地研究の重視、エンカウンター・グループの普及、PCAの普及、阪神淡路大震災の取り組み、相談室の創設などに見られるPCAに基く活動に反映していただけでなく、更に、進展していたのである。それは、ファミリー・グループや国際エンカウンター・グループなど多様な種類に発展していた。一方、日本のエンカウンター・グループの発展のために、世界の動向にも注意を払い、コミュニティの重視を主張され、従来の枠組みにとらわれない、参加者がつくりあげてゆくインタレスト・グループ中心のグループを提示するなど、よ

りパーソン・センタードのあり方に近い形態を追究されるなど変化を恐れず、あくなき挑戦をして、最後の日まで衰えを知らなかった。

　研究室の思い出である。先生は、ロジャーズが北アイルランド紛争のときに要請を受けてエンカウンター・グループをその地で実践した、その運動が地域に広がって、停戦が実現した時の実録のヴィデオを、多くの人が見ることができるようにと、日本版にすることにし、それを監修、制作、日本語に翻訳、吹き替えし、自身も解説者として登場し、その平和運動の功績を讃えた。そのプロセスは、日本版作成ノートに記録されている。また、そのエンカウンター・グループを現地で命をかけて記録し博士論文にしたパトリックライスの著書も日本語版（2003）に翻訳されている。そして、それを各地のシンポジウムで発表された。私は、石川県でも、教育センター主催のカウンセリング研修会で講演を依頼し、盛況だったことを思い出す。ロジャーズが晩年に平和運動に関心を示し、世界各地で大規模なエンカウンター・グループを実施したが、先生自身、阪神淡路大震災の折に、率先して、震災援助活動に携わられたことや、時を同じくして、大学のカウンセリング・ルームを立ち上げられたことも、平和に貢献されようと乗り出された先生の行動的な一面として見ることができる。それは、ヒューマニスティックな思想と行動を身を以て実践されようとした生き方であり、その意味で先生は、ＰＣＡの実践家とも云えるであろう。ここに、先生がロジャーズに出会われ、自己に向き合われ、社会の中で時に葛藤しながら自分自身になられた一つの実践を示すことができたと思う。私自身、そのような先生の高潔な知性と人間性と真実の行動にふれさせていただき、ありのままに生きる勇気と喜びと価値を見出した。

　私は、先生がそこを退職されたときに畠瀬ゼミで祝辞を述べさせていただいた折、先生の純粋性を金剛石の輝きになぞらえたことがあったが、これからも、その輝きは、褪せることなく、書物などを通して、私たちの行く手を照らしてくださるであろう。そして、残されたものとして、ここに、先生の功績を顕彰し、次の世代へと継承するのが私たちの使命であり、先生の旅立ちへの聊かの手向けになるものと思う。

6．突然の御逝去

　先生は、今回も出席の予定で、前日までお元気で準備をされていた有馬研修会であったが、当日の朝、いつになく体調不安を抱かれて、欠席連絡を入れられた。そして、そのすぐ翌日の悲報は、あまりにも突然のことであり、有馬研修会に激震が走った。開会の直前まで唯一、1日の休みもなく参加されていた先生のご逝去であった。その日の夕方、不思議な出来事があった。午後に急遽もたれた先生追悼のコミュニティで、黙とうがあった後、予定通りグループ・セッションがもたれ、終わってから部屋に戻り、いつもは先生と同部屋だった大島利伸さんとくつろいでいて、偶々用事で部屋の金庫を開けようとしたところ、グラグラと地震が来て、私は大島さんと目を合わせた。すぐにテレビをつけると、画面上に表れた地震のニュースが、先生のお住まいからほど近い大津の辺りで震度4であった。大島さんによれば、阪神大震災でもその近くはあまり揺れなかったのに珍しいとのこと、その日のご逝去のニュースと重ね合わせて、先生の思いが伝わって来たような気持ちになり、本来、今も御一緒していておかしくない状況だけに、先生が「有馬研」に来られないことが、わたしたちにとっても先生にとっても、どんなに悲しいことかと思われて絶句した。先生は、よく、電車の階段を二段跳びで上られるという日野原重明さんを目指して歩かれ、百歳まで生きたいと前日までおっしゃっていた割には、その御寿命は、まだまだ短いものであった。そして、どこかの部位にステントをもっていると洩らされていたことが思い出された。最近は、戦中、戦後の頃の思い出話しなどをなされることがめっぽう多くなったと思われた矢先のことであった。

Ⅴ．結論

　以上、先生の主だった活動を概観したが、約30年前、ロジャーズの文献から学習された概念と実際に見聞きした体験の違いに気づくとともに、それが自分の中で一致する方向へと実践を重ねられたのが先生の原点であった。渡米は、スイスのユング研究所に行った河合隼雄先輩から触発されたというこ

とであるが、大志は、アクスラインの遊戯療法を取り入れた相談室開設の意欲から、すでに、大学院時代に萌芽していたと思われる。また、出版社から依頼されたロジャーズの翻訳の仕事なども実地に会って見てみたいという動機になっていたと推測される。ただし、当時は、外国に行くのさえ珍しい時代だけに、よくよくの思いが働いていたのではないだろうか。そのように考えると、先生の留学の動機の一つであった河合隼雄先輩の存在は偉大であり、日本の心理学発展にとってはよい機縁であった。

　学問としてのPCA理論の構築については、翻訳を通して、原典から正確に読み取られたものであった。その厳密で正確な翻訳へのたゆみない挑戦と努力とともに、先生は、その理論を、日本においても、体験で裏付けようとされた。それは概念を単なる理論として終わらせず、自分のものにして実地に生かす仕方であり、これは、先生がロジャーズのようになるというよりは、ロジャーズのように、自分自身になってゆく体験のプロセスであった。先生のあり方は、日本において、ロジャーズのノンディレクティヴの誤解を、身を以てセルフディレクティヴに方向づけられ、生涯その生き方を貫かれたものと云えよう。エンカウンター・グループにおいて、それが最もよく発揮されていたと思う。翻訳においても、先生は、その姿勢で臨まれていた。例えば、長い間訳語を模索されていたロジャーズのキーワードの一つ self-initiative を、私は「自己主導」と訳したが、もっとぴったりくる言葉がないか「自己発揮」はどうかと提案されたことがあった。この言葉こそ、先生の体験から発せられた「ぴったりくる」言い回しであり、翻訳書は、訳語のひとつ一つが経験からにじみ出た労作であった。

　退職後も、先生は、KNC（関西人間関係研究センター）の活動に従事され、カウンセラーとファシリテーターの養成など、幅広くPCAの普及に尽力されていた。最後の日も、有馬研修会へ向かう旅支度をされていたという。それが永遠の旅支度となったのである。不思議にも、先生が欠席された36回目の有馬研修会の1日目のセッションが終わった夜、スタッフが、特に予定が組まれていたわけでもなかったのに集まってきてこれからの有馬研修会について話し合っていた。その時、スタッフの気持ちが一つになって存続が決まった。翌日の悲報の後、コミュニティでもスタッフの意向が伝えられた。こう

して、研修会は、これまで以上にまとまり、今後の有馬研修会の発展に向けて、グループは、凝集し、一体感の内に終了した。感想文もこれまでになく満足度が高いと見受けられた。最後のスタッフ・ミーティングでは、来年度の代表として、松本剛さんが決まり、有馬研修会の新体制が整うとともに、先生の命日に、これからも毎年開かれることになったのは、先生へのせめてもの手向けであった。

　先生の歩まれた道程を締めくくる言葉として、数々の業績と活動を概観した後で思い浮かぶのは、人間畠瀬先生という言葉である。それほど先生の一生は、ヒューマニスティックなものであった。滋賀のファミリー・グループでは、好々爺を演じられ子供たちに自分を「ハタチャン」と愛称で呼びなさいと呼びかけ、魚釣り係りを申し出られていたという。中でも、御夫人直子先生との数多くの共訳、ワークショップ主宰やファミリー・グループなどエンカウンター・グループなどでの御一緒の行動や、ケンブリッジ大学大学院に在学中の御長男家族に会いに二人で旅されたことやお孫さんが遊びに来られた時などの御家族愛を話されるときが、先生の最も自分自身になられた姿であったと思う。

　以上から、冒頭に提起した仮説は、自明であると云えるであろう。権威に対峙する仕方も、あくまでも謙虚さを崩さないパーソン・センタードの姿勢であった。これが先生の大器たるゆえんであり、慈悲・慈愛の由来するところであり、リベラリストとしての真髄であった。ここで思い浮かぶのがロジャーズの静かなる変革者（a quiet revolutionary）という言葉である。これこそ先生がロジャーズを手本として、変化を恐れずに課題に挑戦された最もふさわしい称号ではないだろうか。そして、先生が一生をささげられたＰＣＡの理念と実践は、追試可能な課題として、今後はわたしたちにゆずられ、ゆだねられるであろう。

おわりに、お別れの言葉

　今も、有馬研修会の合間にお元気に歩いておられる先生の姿が思い出される。私は、今年の人間性心理学会で木村易先生とお会いして話す機会に恵まれた。木村先生は、友人に会うためにここにきているのだが先生は今どうされて

いますかと尋ねられたので、健康のために早朝川沿いを疲れるまで歩き、バスで帰っておられるようですと、有馬研修会で同宿させていただいた折に先生から直接伺った散歩の習慣についてお話ししたところ、木村先生は、目を細めて「ほう、カントだな」と言われた。それは、あまりにも深いお言葉なので、私には、想像するしかなかったが、畠瀬先生の常に深遠で、風格があり、かつ真っ直ぐな、通俗的な言い方をすれば、かっこ良く颯爽とした一面を映す表現であろうと心に残った。そこで、このお尋ねを、偶々総会で後ろの席に座られた直子先生にお伝えしたところ、「誰かに聞かれたら、歩いていると伝えてほしいと言っていました」とのこと、木村先生への私の返答と符牒が一致するだけに驚いた。これは、語らずとも互いに気づき、思いやり、最も親しい人を介して伝え合い、響き合う、一種の悟りではなかっただろうか。そして、先生の誰に発するともない、しかし、すべての人に発しているとも思われるその言い伝えはいかにも透徹した自己指示の態度を表している風であった。そして、その後、お目にかかることがなかったので、その場にめぐり合わせた私にとって先生からのお別れの言葉となった。そこで私から先生へ

　先生の御一生は、ＰＣＡのための使命感に満ちた大変忙しいものでした。今やっと休息をとられているのでしょうね。それとも、空のかなたを悠々と歩いておられるのでしょうか。あるいは、先に逝かれたお友達、大須賀発蔵さんや古賀一公さん、小野　修さん、比較的若くして先立たれた有馬の仲間たち、スタッフの小島新平さん、岡本和夫さんなど懐かしい顔ぶれと会っておられるのかもしれません。そして、中でも真っ先に、ロジャーズさんとお会いしておられるような気がします。残された私たちは、先生がゆずられた道程をここで真っ直ぐにたどり、それぞれのペースではありますが、足早に逝かれた先生の後を追いかけたいと思っています。ご冥福を心からお祈りしています。

　　合掌　　　　　　　　　　　　　　　　平成27年2月17日

　　出典　『Encounter 出会いの広場』26号、近刊予定、人間関係研究会.

参考文献

畠瀬　稔（1988）人間中心の教育とは何か、人間中心の教育とエンカウンター・グループ——カール・ロジャーズの講座体験より——、人間中心の教育、No.5、人間中心の教育研究会（代表　畠瀬稔）、pp.2-5.

畠瀬　稔（1990）エンカウンター・グループと心理的成長、創元社.

パトリックライス、畠瀬　稔・東口千津子訳（2003）鋼鉄のシャッター、北アイルランド紛争とエンカウンターグループ、コスモス・ライブラリー.

武庫川女子大学大学院臨床教育学研究科編（2000）夜間に学ぶ社会人大学院生——博士後期課程の完成を記念して——、武庫川女子大学教育研究所.

畠瀬　稔（2008）パーソン・センタード・グループ・ファシリテーションにおける小グループと全体（コミュニティ）グループの統合的発展、人間性心理学研究、第26巻、第1・2号、特集、わが国におけるパーソンセンタード・グループアプローチの可能性と課題、pp. 3-8.

畠瀬　稔、水野行範、塚本久夫（編著）（2012）、人間中心の教育——パーソンセンタード・アプローチによる教育の再生をめざして、コスモス・ライブラリー.

木村　易（2005）書評：村田　進『創作とカウンセリング』、『人間性心理学研究』、23(1)、pp.69-72.

Rogers, C.R. My way of facilitating a class, in Rogers, C.R. *Freedom to Learn*, Charles E. Merrill Publishing Company. 1969 Chapter. 3, 友田不二男（編）「私の講座の促進法」、『創造への教育』上巻、ロージャズ全集二十二巻、第3章、岩崎学術出版社.

Rogers, C.R., Rogers, *Education*, 1974, Project Innovation.『エデュケーション』（畠瀬稔監、金沢カウンセリング・グループ訳）、1980、関西カウンセリングセンター.

Rogers, C.R., H. Jerome Freiberg, *Freedom to Learn, Third Edition*, 1994, Macmillan College Publishing Company、カール・ロジャーズ、H．ジェローム・フライバーグ(1994)『学習する自由・第3版』畠瀬稔、村田進（訳）(2006)、コスモス・ライブラリー

Rogers, C.R., *A Way of Being*, Boston: Houghton Mifflin Company, 1980. カール・

ロジャーズ『新版：人間尊重の心理学——わが人生と思想を語る』、畠瀬直子（訳）(2007) 創元社.

村田進（2003）『創作とカウンセリング』(ナカニシヤ出版)

村田進（2014）『創作と癒し——ヴァージニア・ウルフの体験過程心理療法的アプローチ』(コスモス・ライブラリー)

第 1 部

心理的成長と中心過程について

序章　学校臨床と中心過程

はじめに

　冒頭に、簡単な事例を紹介し、学校臨床における壺イメージ療法の適用の実際から、主題である心理的回復過程の機微・機序・機縁について概観し、以て本論の主題につなぐ、本論の序章としたい。

主題：無気力症の生徒への壺イメージ療法の適用
　　　──体験過程心理療法的考察──

Ⅰ．問題

　ロジャーズ（C. R. Rogers）によれば、自己不一致とは、有機体経験と自己概念の間にズレが生じた状態であり、そこからさまざまな心理的症状が現象するということである。そこで、不一致の状態に一致をもたらすことが、心理的治療の目的となる。この際に、体験過程の考え方を導入して、それを促進することが、体験過程心理療法の方法である。ちなみにジェンドリン（E. U. Gendline）は、フォーカシングという方法によって、体験的歩み（step）やフェルト・シフト（felt shift）といった体験的変化をもたらして、心理的治療につなげようとした。

　体験はからだで感じるという感覚的要因とそれを概念化しようとする心理的作用が常に働いている点で、英語では進行形で表される体験過程（experiencing）の概念に発展していった。そのように考えると、体験過程を促進するとは、体験の暗々裏の意味（からだの感じ）を明在化、概念化してゆくことである。（池見、1993）すなわち、体験の意味を表明あるいは表現してゆくことであろう。それは、有機的プロセスである。この有機的プロセスに働きかける一方法が、フォーカシングであり、壺イメージ療法である

と考えられる。
　吉良他（1992）は、体験過程に発動する「主体感覚」という概念を導入している。それを定義して次のように説明している。「それは、"からだの感じ"として体験されるリラックスした伸びやかさの感覚であり、問題から心理的に距離がおけて心の自由度が回復してくるにつれて賦活される感覚である。」本稿では、不登校生徒が、壺イメージの変化を通して主体感覚を取り戻してゆく様を見ることにより、心理的回復の機微と機序を見てゆきたい。

Ⅱ. 方法

　体験過程尺度は、ロジャーズ他が開発したプロセス尺度からクライン他が開発したEXP（体験過程）尺度への変遷の歴史がある。（筆者、2003, 2014）しかし、大まかに言えば、体験内容の多様な視点から体験様式に一本化してゆく、尺度開発の歴史があった。それを壺イメージの変化に当てて考えるのは、妥当性から言って検討の余地はあるものの、本論では、上記のように壺イメージ療法が体験過程を促進するのではないかという仮説から、応用できるものと仮定して、心理的回復過程の尺度が検討されてゆくであろう。なお、壺イメージ療法の開発者である田嶌（1992）がクライアントの体験様式に注目してつくった尺度がある。それは、5段階から成るもので、以下の順位になっている。
　　段階1．イメージ拒否・拘束　／　段階2．イメージ観察　／　段階3．イメージ直面　／　段階4．イメージ体験　／　段階5．イメージ受容

　これらを参考に、事例を通して、クライアントの回復ならびに成長過程を見て行く。

Ⅲ. 結果【事例1】

a. クライアントのプロフィール
　　A男、13歳（中2）

b．主訴および症状

不登校、不安感情が強い

c．家族

父（40歳）、母（37歳）、祖父（73歳）、祖母（70歳）、祖々母（84歳）、兄（高1）、弟（小4）、以上8人家族。

d．生育歴・現症歴

小さい時からこれといって問題なく育ってきたが、中2の1学期の末ごろから無断で休むようになり、近所の神社で昼食をとって帰ってくるとか、一旦登校するように見せかけて、両親が出勤したころを見計らって帰っていたので、ホーム担任の問い合わせから、不登校の事実がわかる。原因は、本人に聞いても中学生らしく、寡黙を通しはっきりしないが、両親が共稼ぎで小さいころから、おばあちゃん子であったことや、祖父や祖々母が病弱で、介護を必要としており、本人が優しく母親を手伝っていたという事実があった。兄弟の中では成績の比較的良い兄の陰に隠れて目立たず、ひっそりとしているという。不安感情が強く、夜、一人で田舎のトイレに行けずに、母親が連れだって行くのだということもわかった。これらの気の優しく、ひ弱な一面により、対人関係も消極的になり、不登校に至ったと考えられた。

e．心理診断的見方――バウムテスト結果より――

面接当初に実施したバウムテストから、次のような特徴が判明した。「実のなる一本の木を描いてください」の教示の後で、A男は、白紙の用紙にいきなり幹から上の木の部分を描く。樹冠も画用紙からはみ出しており、枝ぶりは上開放2線枝、そこに直接ヒゲ状の葉が細かく描かれている。幹の上部、樹冠の下に一本の枝が出ており、そこの葉の描写が細かくなされている。筆致は、弱々しく、幹の上部で線はところどころ断裂している。樹冠の左上部に、乱れたような影が一本線で描かれていた。（資料1）

第1部　心理的成長と中心過程について

〈描画から見受けられること〉
　全体的にどこか抑圧的な心性と絵の地面や根っこや樹冠のはみ出て見えないところが、無意識に隠された部分を示しているような印象である。地面や根っこがないのは、拠り所のなさや不安を表しているのかもしれない。一本の幹から出た細かな描写の枝ぶりは、祖母から与えられた愛情を物語るものかもしれない。不安は、現在病弱なお年寄りへのいたわりの気持ちや家族の切り盛りや介護に忙しい母親に自分のことで心配させてはいけないという母親を思いやる気持ちや兄弟同士の複雑な感情が相俟って、不安の根源となって複雑に絡み合った枝や葉が陰で蔽われた描写に表されていると推測された。
　いずれにしてもそのスケッチ風の描画の内面描写はリアルであり、A男には、「視覚的なイメージ」(画)に対する親和性があるかもしれないと思われた。

f. 来談経路
　ホーム担任の紹介でカウンセリング・センターの相談室に、両親と本人が来所した。

g. 臨床像
　相談室に来た本人の第一印象は、やや痩せていてキャシャに見える臨床像であった。話しかけてもなかなか返事が返って来ず、寡黙であった。父親は、

仕事や近所付き合いで、家のことや子育ては、妻にまかせきりという印象であった。一方、母親は、家の切り盛りやPTAの役員の仕事で忙しく、責任感が強く、大変困ったというオロオロした母親の一面を隠さなかった。地域の小規模校で不登校第1号というレッテルを貼られた息子の母親という立場であり、近所の目も気になり、家でも、大家族の中で、親の目を気にしつつ、家事や介護に追われる身をかこっていた。本人は、そのような家族の中で、病弱な祖母や祖々父のことを気にしつつ、母親の身も気がかりになりながら、居場所もなく、親に心配をかけたくない一心で、不登校を隠しながら、母親同様肩身の狭い思いをかこっていることが推測された。ホーム担任は、若くてエネルギッシュな女性教師である。不登校の生徒をはじめてクラスにもって、何とかしたいという思いからカウンセリング・センターに相談した。本人は、学校に行っている振りをして弁当持参で神社に行って、学校に来なかったのだという。親に問い合わせて、はじめて、本人が学校に欠席連絡をしてサボリ、親はてっきり学校に行っていたものとわかり、親も教師もショックであった。センターの相談室で定期的に面接することにすると、取りあえず、親も担任もほっとした様子だった。

h. 不登校から登校までの経過
（ⅰ）不登校期（X年6月末〜9月13日）
　　　6月末より7月末まで一月近く無断欠席
　　　2学期明けも不登校
（ⅱ）登校試行期（登校刺激期）
　　　9月14日〜9月28日（土曜日のみ登校）
（ⅲ）再不登校期（休養期）
（ⅳ）部分的登校期（回復期）
（ⅴ）登校期（自立期）
　　　X＋1年4月〜7月（体調に合わせて時々休みながら登校）
　　　9月より完全登校

第 1 部　心理的成長と中心過程について

j. 面接の経過
　【カウンセリング、および、学習指導、遊戯療法、描画などの試行期】
● Ｘ年 7 月 20 日　初回面接　両親と本人来所　生育歴・現症歴を問う
　バウムテスト実施（資料 1）
　夏休みに差しかかるので、しばらくは（休暇中）は、静観することとする
● 8 月 30 日　家族画を実施（資料 2）

　家族 8 人を写真のように構成する。真ん中に制服を着た大きな兄、その隣に隠れるようにイニシャル入りの T シャツを着た自分と小さな弟、その 3 兄弟の兄の横に父と母、杖をついた祖々母、自分は兄弟の陰に隠れるようにして描かれ、弟の隣には祖父と祖母が表情豊かに描かれ、弟が無邪気に笑う表情の中で、自分は平然として描かれている。母と祖母は目を細めて笑っている。その中で、兄の顔は真面目で、やや沈んだ感じ。父親の表情も険しく描かれている。眼鏡をかけた祖々母のしわのよった表情は、可愛く、リアルである。しかし、その隣の祖父の目は、垂れて口を結び、病弱であることが表されている。
〈コメント〉
　この家族画は、集合写真のようで、本人から見た大家族の様子や本人と家

族の関係性が微妙に反映されているようであった。特に、目立つ兄の横で小さくなっている本人の姿が印象的であった。

- 9月6日　夏休み明け、登校できず、相談室に来所。心労からか、やせ細った感じがあった。不安感もあった。しかし、寡黙で今の自分について語れない様子である。学習上の不安からか、英語の教科書を持参したので、1時間程度学習指導を行った。その後、卓球をして帰宅。
- 9月13日〔ホーム担任より、本人との連絡日誌の中で、本人が学校に行きたいと述べている旨の連絡があった。母親からも、本人は登校しようとしたができず、明日土曜日には登校しようと思っているとの連絡があった。〕今日は、祖父の車で来所する。明日は、学校に行ってみると言う。担任やクラスの友だちが家庭訪問して元気づけたと言う。あまり無理をしないで、できる範囲で努力したらいいのではと助言し、遊戯療法を実施して終わる。
（9月14日　登校。担任が迎えに行った。1限目　理科、2限目　美術の授業に出席。3限目以降は、運動会の準備に参加できず、下校）
- 9月17日　本日も運動会準備のため、午前中に来所。（学校長は、センター来所を出席扱いにすると伝えた）遊戯療法（オセロゲーム）実施。K君（中3）と会う。緊張している様子であった。
全体的に元気がなく、沈んだ様子であったので、「久しぶりに授業に出てどうだった」と聞くと、「何ともなかった」と、答えた。しかし、「運動会は苦手…」ということで、翌々日の運動会まではセンターに来所することにした。
- 9月18日　昼食時に来所。ゲームをする。
- 9月19日　同様、卓球、ゲームをする。
- 9月20日　運動会が本日に雨天順延し、来所。
（9月21日　登校。以降も土曜日のみ登校）
- 9月26日　母親と面接。本人は、相変わらず、不安が強く、時々、母屋のそばに来て寝ることもあるという。
（9月28日　土曜日の授業を4限とも参加し、3限目の道徳の時間にはディベートに加わったという）

第1部　心理的成長と中心過程について

【壺イメージ療法の実施期】
- 9月30日　〔面接〕先週の土曜日は、1限から4限まですべて出席できたと満足している様子であった。日頃、言葉での自己表現はあまりしなかったが、バウムテストや家族画における表現には、感受性や内面性が豊かであることや、イメージに対して拒否的・否定的な反応はなく、むしろイメージ親和性が見受けられたので、登校が多くなってきたこの時期に、自己表現の一つの手段として、壺イメージ療法を導入することにした。

〔壺イメージ療法の導入〕
　先ず、本人に、壺イメージについて目的や方法を簡単に説明し、この方法によって、自分の中にある漠然とした不安感と向かい合い、カウンセラーとともに受け止めることで、不安を少しでも軽減できる可能性があることや、ありのままの自分について知る手がかりを得ることができるかもしれないことを述べて、本人と親の承諾を得た。

〔リラクゼーションと教示〕
　先ず、緊張を解くために、からだを軽く動かしたり、自律訓練法の仕方（手足の温感や重感、腹部の温感、ゆったりとした呼吸や心臓の感じの順に、からだをほぐしてゆく要領）などで、内面に集中できるリラックスしたからだとこころのコンディションをつくる。

　その後、教示に移る。詳しくは、（注1）「壺イメージ療法の教示」参照のこと。

　簡単には、次のように教示した。

　「リラックスして、こちらの指示に従い、壺イメージが思い浮かぶのを静かに待っていてください。思い浮かんだらその壺の中に入ってみます。入りたくない場合は無理に入る必要はありません。中に入ったら、中の様子や自分の気持ちを伝えてください。しみじみと味わってもう十分だと思ったら合図してください。それからゆっくりと外に出て、蓋をして壺を収めます。」（ただし、途中で何か変化や不安もしくは不愉快な気持ちになった場合は、いつでも、遠慮なく申し出てみてください。カウンセラーは、一緒に対応しますので安心してください。）その結果、

A男は、比較的スンナリと壺イメージを思い浮かべ、それに身を置く（ゆだねる）ことができた。（以下、筆者の教示、もしくは、言葉は〈　〉で示し、クライアントの言葉は「　」で示す。）

〔壺1〕2つの壺　1．茶色の壺　2．白い壺　〈好きな順に並べる〉
　場面では、2から1と並べた。その順に、今度は〈ちょっとだけ入ってみる〉と、2つの壺の中は、「つるつるしてゾッとする感じ」を体験する。1では、次第に明るくなる感じを体験した。
　〈しみじみと入る〉場面では、1の壺のなかでは、広くて明るい空間の中を歩いている。
　（これは、イメージ体験である。）2の壺の中では、新しい家の中で、子どもから老人までの30人程が現れ、懐かしく楽しい気分に浸る。この壺から出ると、「すがすがしく、あっさりした感じ」になったという。終了後、涙を拭う一幕もあった。「あくびの涙が流れてきました」と本人は言ったが、リラックス感と感動の涙とも考えられた。最後に、当分、壺イメージを続けようと打ち合わせて終わった。
- 10月1日　担任来所。9月28日の3限目道徳の時間に、ディベートを行い、「田舎と都会」のテーマで討議したところ、A男は、都会の側に立ち、「被害があったとき、田舎では老人が多く死ぬ」と発言したという。それは、A男の不安感の背景に、老人を多く抱えている家族が直面している、病と死があることを思わせる貴重なエピソードであった。また、それを重要視した担任が、わざわざセンターにそのエピソードを伝えに来られたということも、A男への取り組みの姿勢が変わって来たことを示す事実であった。これらは、壺イメージ実施（9月30日）の頃合いとほぼ一致しており、A男が、それをきっかけに回復に向かう丁度転回点の頃の前後の事情を伝える貴重なエピソードでもあった。

〈コメント〉
　この発言の内容にある、被害と田舎と老人が多いことの間には合理的な脈絡はないが、今まさにA男の前に置かれている家族の現実的課題を、田舎に住んでいて、老人の死を受け入れたくないA男の不安な気持ちと被害感とい

第1部　心理的成長と中心過程について

う脈絡で、説得力には欠けていても、A男の中では整合性をもっているので切実に訴えたものと推測される。すなわち、この抑えられた感情が、期せずして道徳のディベートの時間に、発言に反映して皆に訴えかけるという形で、表面化（アクティング・アウト）したと考えられた。これは、壺イメージ実施（10月1日）前のA男の危機的な心理として注目される。さらに、本論の回復過程における中間期の「ふっきれる中心過程」の一つの様相としても注目に値するであろう。

- 10月24日　久し振りに本人来所。昨日電話があり、本人から来たいとの申し入れがあった。眼に濡れたタオルを当て、昨日から腫れだしたという。
　〈面接〉ずっと、学校を休んだままであった。母親は理解してくれるが、祖父母は、「学校に行け」などと話した。
　この前の壺イメージでは、「すがすがしい気持ち」で終わったが、期間を空けると、「効果がしぼんでしまう」と述べる。そこで、定期的に実施することにする。

〔**壺2**〕2つの壺。1．白い壺、2．黒い壺
　2の壺から、〈ちょっと入ってみる〉と、中は、意外と明るい。きれいな海が見え、「いい感じ」。この壺から入ることにする。〈しみじみと入る〉と、浜辺には「ぬるい」風が吹いている。しかし、波はない。途中で「泳ぎたくなる」。「先生泳いでいいですか？」と言い、泳ぎはじめる。「あったかい」海である。リラックスしていると、魚が泳いでいるのが見える。熱帯魚である。海から上がると、とても「落ち着いた気持ち」である。〈壺の外に出る〉と、やはり落ち着いている。
　1の壺は、「明るくつやつやした感じ」の壺。中は「いい感じ」である。ゆるやかな崖が現れ、今上に登ってみる。山に登っている感じである。暑いので汗が流れてくる。木が所々にあるので、涼しい木陰で休むことにする。（約2分間）〈外に出る〉と、だんだん暗くなってきて、「また、壺にもどりたい気持ち」になる。〈壺を収める〉場面で、黒い壺は、

自分の部屋に、白い壺は、「この前の茶色の壺のところ」に収める。イメージ体験から現実にもどると、「この前と同じく、すがすがしい感じ」と言った。

- 10月28日月曜日登校。しかし、1，2限目は、出席したものの、3限目の体育の授業は、欠席。
- 10月29、30日両日テスト欠席。
- 10月31日来所。壺イメージ実施。

〔壺3〕2つの壺。1．白い小さい壺 2．瓶型の大きな壺

　2の壺から〈ちょっと入る〉と、丘が見える。「さわやかな気持ち」1では、大きな川が流れている。「ポカポカした感じ」である。〈外に出る〉と、「寒い感じ」。〈しみじみ入る〉と、1では、川が流れ、太陽が照り、暖かい。やがて、ネコなども日向ぼっこをしているのが見える。川に魚が泳いでいる。「ポカポカしていい気持ち」で眠くなってくる。〈外に出る〉と、「淋しく寒い」。2では、「さわやか」である。丘に座っている。そこから自然いっぱいの風景が見える。田圃が見える。小さい子が2, 3人カブト虫やセミをとっている。「なつかしい気持ち」である。〈外に出る〉と、さっきのなつかしさが残っている。そこで、「空の壺」を教示。そこに、なつかしさを置いてくる。〈収める〉セッションでは、2つの壺を自分の部屋に置く。〈現実にもどる〉と、壺イメージが「本当にあるみたい」と言う。同時に、外の様子が「生々しく明るく」思えると感想を述べた。

　面接後、自分から明日登校してみると述べ、「ありがとう」を何度も繰り返して去ったのが印象的であった。

- 11月2日土曜日登校。しかし、1限目は保健室にいる。2限目の美術の時間は、授業を受ける。3限目レクリエーションの時間は欠席。以後、再び不登校。
- 11月7日来所。壺イメージ実施。

〔壺4：最終回〕2つの壺。1．大きい試験管　2．ボール状の容器
〈ちょっと入ってみる〉と、1は、「素朴な感じ」。周りに山や田圃のある田舎の家がある。2では、都会のビルが見える。「落ち着かない感じ」、「暗い気持ち」になる。
〈しみじみ入ってみる〉
1．（田園の風景）人々がいて、田植えをしている。その中に、母親もいる。「お母さんは田植え機の届かない部分を植えている。」自分は山の中でそれを見ている。「落ち着いた気分」である。〈外に出る〉と、「のんびりした」気分になっている。
2．（都会の風景）ビルが見え、人や車があわただしく行き来している。自分は手前の道にいて、「淋しい」気持ちになっている。横断歩道を信号が変わると皆一斉に渡り始める。〈皆と一緒に渡るように教示〉すると、「肩が触れ合って窮屈そう」と述べる。〈自分のペースでいいから渡って、戻ってくるように教示〉すると、「まだ、あわただしい気持ち」であるというので、何度か行き来して、メンタルリハーサルを行ってもらう。2，3度繰り返すうちに、「だんだん慣れてきました」と言い、向こう側に行ってみると「思ったほどではなかった」と、述懐。周りの人が学校の友だちになり、「少し落ち着いた気持ち」になったと云う。〈外に出る〉と、「さっぱり」した気分になり、2つの壺は家の片隅に〈収める〉。〈現実にもどる〉と、向こうは学校に似ていたと述べた。

- 11月26日　担任より電話があり、その後、土曜日以外にも水曜日にも登校するようになり、週2回登校しているとの報告があった。しかし、昨日は登校したものの、昼食を学校でとれないとのこと。今日は休んでいるのでどうしますかという質問には、「徐々に登校しているのでよくなっていく過程を見守ってください」と答えた。
- X+1年10月8日　母親が来所。中3の1学期は休みがちであったが、2学期からは完全登校しているとのことであった。

Ⅳ. 考察

1．A男のカウンセリング過程は、学校不適応の背景にある、不安感や対人恐怖感を和らげるため、一時期学校を離れ、「なつかしさ」に浸る退行過程を経て、自己を取り戻し、現実に復帰して行く軌跡ではなかっただろうか。

行かなければならないのに行けないというのは、意識と行動の乖離である。そこに不安や焦りやストレスが生じ、カウンセリングの事態が生じる。体験過程からは、意識と有機体経験との間に不一致が生じる。その有機体経験の齟齬がからだとこころと、時には、いのちの危機のサイン（表徴）として表れ、不登校やアトピーや無気力症といった症状や未熟な行動で表現・表出するのである。その場合、ひとり一人の表現の仕方や症状の程度は、固有のものなので、回復の方法・手段やペースは様々であろう。壺イメージ療法はそのうちの一つであるが、人によって親和性が違うであろう。A男の場合は、いくつかの方法の試行を経て、表現しやすい媒体として視覚的イメージ（画）を使うことになり、その結果、ゆっくりとした固有のペースで、リアリティのあるイメージ体験ができて、壺イメージは、彼にとって心の機微を演出する舞台となった。

A男は、壺イメージの体験過程の中で、思い切り「なつかしさ」や「すがすがしさ」に浸りながら、伸びやかなリラックス感の中で、自由になり、からだもこころもほぐれて主体感覚が賦活してゆくのを体験できた。はじめ、壺1から壺2にかけて、登校を一時停止したのは、神社に行っていたのと共通する外界から遮断して自らを取り戻す過程であった。壺3では、「なつかしさ」に浸った後に、「空の壺」の教示で、「ふっきれる」と、自ら、「明日から学校に行きます」といった。それは、回復基調への第一歩であり、こだわりや不安の過去をまっさらの今に「ゆずる」中心過程であり、新たな自分への体験的一歩であった。

2．次に、A男のケースにおける心理的回復の中心過程：機微（分化；わける）、機序（ふっきれる；ゆずる）、機縁（出会い；つなぐ）について俯瞰する。

第 1 部　心理的成長と中心過程について

　壺イメージ療法を導入する以前のＡ男は、なかなか自己を開示できない、複雑な心理を内に秘めた状態であった。おそらく、本人にもわからない原因で不登校になり、周囲にも気づかれないようにしていたのが、面接当初の臨床像であった。主訴は、不安が大きく、学校不適応に陥っていることであった。したがって、ケース前半は、そのようなＡ男の未分化な心の機微について、バームテストや家族画や遊戯療法などによって、明らかにしてゆくことであった。

　Ａ男が自己開示できるようになったのは、ケースの中間期、すなわち、6月末から9月13日までの長い不登校期を経て、同14日より、土曜日のみ登校を開始したあたり（登校試行期）で、学校とセンター相談室の関係が深まる一方、授業の中でのＡ男の自己開示が、壺イメージの導入の時期と重なったことであった。注目すべきは、壺イメージがその引き金になったというよりは、授業の内容が壺イメージに反映し、ディベートで討議した「田舎」と「都会」のテーマが、壺イメージの2つの壺で展開したのんびりした田舎と、信号機が点滅するのに象徴される忙しい都会のコントラストの中で行ったメンタル・リハーサルにつながるタイミング（機縁）であった。

　また、ディベートでＡ男が、都会寄りの立場で、発言した内容（「被害があったとき、田舎では、老人が多く死ぬ」）が、田舎に引きこもって老人の介護と死の不安をつのらせていたＡ男の心の機微を物語るものであった。そして、ほぼ時を同じくして実施した壺イメージによって、不安を軽減してゆく時期につながっていった。これも機縁であった。さらに、「効果がしぼむ」と本人からセンターに来て壺イメージを希望するようになったのは、壺イメージの効果の持続性と、Ａ男が、主体的に心理的回復に取り組む姿が見て取れた。

　壺イメージの効果のひとつに、実施後「すっきり感」や「すがすがしい感じ」が得られ、クライアントが、イメージ体験後も、現実場面に於いて不安やわだかまりやこだわりなどから解放されてゆく機序がある。これは、体験過程尺度からは、低次の外的反応レベルの段階から高次の体験過程レベルへと「ふっきれる」回復の中心過程に随伴する心の変化すなわちシフトであった。Ａ男が、都会のイメージ体験で、車や人ごみの中を、通りの向こう側に横断歩道を渡ろうとして、信号が変わるのを待っている場面は、丁度、学校

へ行こうか行くまいかしている自分の姿であり、渡っている時「肩と肩が触れ合っている」のは窮屈である点も学校場面と似ていてリアルである。しかし、何回か向こう側へ行ってみてひき返すうちに、「思ったほどではない」と実感していくプロセスも心の機序と云えよう。その後、「明日登校します」と語り、実際に学校へ行って授業に出てみる経験をしたのは、横断歩道を行き来したメンタル・リハーサルの実行であった。結果的に、次の日からまた休み始めるが、次の学年では、2学期から完全登校につながった、と母親からの報告があった。

担任の受け止め方も変化した。最初、不登校をしていることに気づかなかった新人の教師は、カウンセリング・センターに相談に来るなど熱心に取り組み始め、最初は、ぎこちなく登校刺激を加えていたが、やがて、センターと連携し、休むことも是とする受け止め方に変わっていくプロセスがあった。そして、ディベートの時のA男の発言に対する反応に見られる通り、センターに直接来られて驚きを表し、今後の対応を打ち合わせて、当面は見守ることを選択された。この情報交換は、カウンセリングにも反映し、本人理解になったのは言うまでもなく、上で見たように、カウンセラーが心理治療する上でも、本人が学校復帰する上でも機縁になった。このように、この局面は、本人だけでなく、担任も変化し、カウンセラーも方針を決めて壺イメージに取り組む、回復過程の機微・機序・機縁が一体的にここに凝集するケースの中心過程であった。

結論

以上は、クライアントが壺イメージ体験の中で表現した体験のプロセスと体験過程であった。また、さまざまなイメージ体験の中に、クライアントの心の機微を見て、それが時を経て変化し、不安症状や不登校の症状や行動に反映していくところに心の機序を見ることができた。さらに、そのような機微や機序を可能にする条件的な要素として、学校とカウンセリング・センターや生徒を取り巻く、教師や家族とりわけ親や子どもの対人関係や家族関係を巡る出会いや関係性の質などが、今、ここ、および人の三位一体的な機縁と

第1部　心理的成長と中心過程について

してあり、クライアント固有のゆっくりとしたペースで、深まっていく様相を見ることができた。

　その結果、クライアントは、主訴を改善させ、1年後には学校生活に完全復帰してゆく回復のプロセスを俯瞰することができた。そして、そのプロセスのほぼ中間的な時期に、カウンセリング過程の機微・機序・機縁が一体的に、凝集的に発展し、クライアントの中でも象徴的に体験過程が深まってゆくプロセスが可能になって、登校を巡る外的な反応（不安とこだわり）から「ふっきれる」中心過程があり、クライアントは、登校に向けて主体的な取り組みへと症状・行動を変化させてゆく様を具体的に見た。

　以上から、本論の仮説であった：不登校生徒が、壺イメージの変化を通して主体感覚を取り戻してゆく様を見ることにより、心理的回復の機微と機序を見てゆきたい：を例証できたと思う。

注
（注1）「壺イメージ療法の教示」
① 壺を思い浮かべる。（無理に思い描こうとせずに、壺イメージがやってくるのを待つような自然なゆっくりとしたペースと受動的な構えが大切である。壺は一つでも複数でも構わないと教示する。）
② 思い浮かんだら、そ（れら）の壺の形状すなわち、大きさや形や色合いや重感、質感あるいは生地など言ってもらう。
③ 次に、壺の中の様子を知るために、近づいたり、遠ざかったりして距離間をつかんで、中の様子や親近感を確かめるのである。（複数の時は好きな順番に並べてみる）
④ 蓋をつくる。（同じ素材や違う素材で蓋をイメージする）蓋の形状を言ってもらい、蓋をする。
⑤ 蓋をとって、ちょっとだけ中に入ってみて、すぐに出てくる。（入れなさそうであれば、無理に入らなくてもよいと教示する）中の感じを言ってもらう。
⑥ 今度は、好きな順にしみじみと入ってみる。ゆっくりと底にたどりつくまで丁寧に入る。（途中で、困難に出会ったり、なかなか入りにくかっ

たりしたら、カウンセラーに言ってもらい、スムーズに入れるように「工夫し、注文をつける能力」(田嶌)すなわち、主体感覚(吉良)を引き出す。それでも困難な場合、退却する)中では、もうこれで十分と思うくらいまで中の感じを味わっていてくださいと教示し、カウンセラーは中の様子や時々の自分の気持ちやコンディションについて聞き、何か変化があったら教えてくださいね、などとイメージの妨げにならない程度に応答を続ける。最後に、もうこれで十分という合図があったら、ゆっくりと外に出てもらう。入り口が見つからないときや閉じてしまっている場合は、(居心地が良いことが多い)出られない状態を何とかして出られる状態にする「工夫と注文」を考えてもらう。そうすると、例えば、出やすいように壺を横にしてみますなど、名案が引き出されることがある。
⑦ 壺から外に出たら、蓋をして、今ここでの気持ちを聞いてみる。(不安や悪い感情が残っている場合は、「空の壺」の提案をするのも良い。これは、素焼きの壺をイメージして、その中に雑念やこだわりや悪感情をすべて残して、外に出てもらうという方法である)
⑧ 最後に、壺を一つ一つ丁寧に収める。(収める場所を自分で決めてもらい、終わったら、その場所が見えないところまで来て、終了)
⑨ 外に出た時の印象や、今の気持ちやセッション全体の振り返りをして、現実に戻って(夢見心地の厄おろしを行って)終了する。

参考文献

池見　陽他(1993)人間性心理学と現象学——ロジャースからジェンドリンへ——、人間性心理学研究、第11巻第2号、pp.37-44.
吉良安之(1992)体験過程レベルの変化に影響を及ぼすセラピストの応答——ロジャースのグロリアとの面接の分析から——、第10巻第1号、pp.77-90.
高橋雅春、高橋依子(1986)樹木画テスト、文教書院、第8章、p.96.
田嶌誠一(1992)イメージ体験の心理学、講談社現代新書.
村田　進(1998)心理的成長と評価、平成8年度修士論文、武庫川女子大学大学

第1部　心理的成長と中心過程について

　　院臨床教育学研究科（臨床教育学専攻）．
村田　進（2000）無気力生徒への壺イメージ療法の適用——体験過程療法論的考察——、芦屋市カウンセリング・センター研究紀要、第7号特集；無気力と身心相関、芦屋市教育委員会、芦屋市カウンセンター、pp.39-45.

第2章　体験過程尺度から見た心因性アトピー性皮膚炎の青年の回復過程における間と推進のプロセス

Keyword: 成人（青年）ＡＤ、体験過程、「間」

はじめに

　拙著『創作と癒し』から得た回復過程の中心概念（図4）「ふっきれる」という体験過程の中心過程（第4～5段階）に起こる変化の相において具体的に何が現象しているか、イニシャル・ケースにさかのぼって検証してみたい。

Ⅰ．問題

　先行研究（事例1：D男）において、「壺」の途中で「風景構成法」を導入したエピソードのまるで体験過程を象徴するような川の流れを赤い無数の点々の小石でせき止めようとするD男の姿は、感情あるいは体験過程を症状の不安やストレスから回避もしくは抑え込もうとする心理を示すものであった。赤い点々は症状そのものに見え、そこに体験過程の停滞と、それを表現する心理療法的意味が以後の行動と症状の変化から見いだされ、そこから体験過程を推進するフェルトセンスの暗在を想定することができた。

　もう一つの先行研究として、重症のアトピー性皮膚炎（atopic dermatitis、以下ＡＤと表記する）患者の回復過程を、修正版グラウンデッド・セオリーにより概念図（図1）に表した質的研究（高橋、2013）がある。この研究から、10人の入院患者のうち回復したケースでは、回復とともにＡＤへのこだわりから解放され、柔軟な建設的な思考に変わる過程が認められた。

　さらに、筆者自身のＡＤ青年（26歳）への壺イメージ療法の適用による回復過程の研究がある。（表1、事例2：B男）（村田、1997）

　このＡＤに取り組んだ事例を通して、クライエントが、症状やそれに伴う不安をどのように変化させていったかを見ていく。

第1部　心理的成長と中心過程について

（資料　表1）青年男子の壺イメージ療法によるADからの回復のプロセス

回	カウンセリング	壺イメージ	症状と行動	評価
1 6/16	B男の混乱と葛藤、アトピーをK教諭のせいに合理化する。アパシーと不一致。	3つの壺が2つになる。中に入ろうとするが押しだされる。分身が見ている。	アトピーが顔面を被う。予備校をやめて閉じこもっている。	主観的反応。観察的関与。自己否定的。固い自己イメージ。
2 6/30	医者を転々とするが良くならない。アトピー以来人を意識しすぎる。	押しつ戻されつつ中に入ると分身も入る。別の壺では写っている自分を見る。	かゆみに過剰反応する。症状を抑え込もうとする。	過剰適応。思いこみが強い。体験に両価的な心情を持つ。
3 7/7	K教諭の言動の落書きと中学以来の自己に関するメモを持参、かゆみへの執着。	ドキドキする丸い壺。入るとかゆい。ガラスの壺から頭が出る。空の壺を置く。	リラックスして抑圧が解けるとともに、症状が表面化してかゆい。	症状への意識から、感情体験がまだ抑制されている。
4 8/11	すっきりした表情。雑念やもやもやした気分はなくなった。ふっきれた印象。	2つの壺が1つに統合される。固いイメージの壺はなくなる。	顔に白い部分が目立つ。アルバイトをしたい、働いても良いという。	こだわりや過剰意識から解放され、感覚的体験をする。
5 8/23	ここんとこ忙しくよけいなことを考えない。空虚な気持ちもある。後1、2回。	1つの壺、中身が流動的な身体的壺の中で、フワーとした無の境地を味わう。	アルバイトを始める。アトピーもジクジクしなくなってきた。	体験に身をゆだねている。症状も受け容れ、自己一致。
6 9/8	外に出て、将来のことを考えるようになった。今回で終了したい。	胸のあたりから壺を取り出し、胸にしまう。この安心感が続いて欲しい。	薬も飲んでいない。アトピーとはつきあう気持ちである。	自己肯定感。行動化と現実吟味。終結の自己決定。

Ⅱ. 方法

　高橋の社会心理学的、および筆者の臨床心理学的な質的研究および池見（1995）の体験過程スケール（ＥＸＰスケール）評定基準早見表（表2）をもとにＡＤ患者の回復過程を見ることによって、ＡＤクライエントの回復過程と

（資料 表2）体験過程スケール（ＥＸＰスケール）評定基準早見表

段階	評定基準の概要［例文］〈説明〉
1	◆自己関与が見られない。話は自己関与がない外的事象。［今日の降水確率は10％です］
2	◆自己関与がある外的事象、◆～と思う、と考えるなどの感情を伴わない抽象的発言。［今朝新聞を見たら〈本人が見たので自己関与〉降水確率が70％でした。雨がよく降るなあと思いました］〈～と思うなどの抽象的発言で感じに触れない。〉
3	◆感情が表明されるが、それは外界への反応として語られ、状況に限定されている。［雨ばかりだと、イヤですね］〈イヤという感情表現は雨に限定されている。〉
4	◆感情は豊かに表現され、主題は出来事よりも本人の感じ方や内面。［その仕事のことを考えると、胸が重い感じがする、何か角ばったような……堅苦しい感じです］〈感情は豊かに表現され、主題は仕事よりも、受け止め方。〉
5	◆感情が表現されたうえで、自己吟味、問題提起、仮説提起などが見られる。◆探索的な話し方が特徴的である。［堅苦しいのが好きになれないのかなあ……いや……堅苦しさに「はめられる」のを嫌っているのかなあ］〈「～かなあ」という仮説。〉
6	◆気持ちの背後にある前概念的な経験から、新しい側面への気づきが展開される。◆生き生きとした、自信をもった話し方や笑などが見られる。［あれ？　ああそうだ、僕は女房の病気のことを心配しているんじゃないんだ……心配しているんだ、そう思っていたけど、ああそうだ、それよりも「病院に行け」というのに、行こうとしない女房に腹が立っているんだ！　ああ，本当はそうだ、腹が立ってるんです（笑い）。このところ、ずっと重たい感じだったのは、心配じゃなくて、腹が立ってたんですね〈新しい側面への気づき。〉
7	◆気づきが応用され、人生の様々な局面に応用され、発展する。［夢の中の女性みたいに、もっと気楽に」生きられたらいいんだ。気楽さがなかったんだ。全然。自分の中の気楽さを殺してきた、というか、ここに来てから「大変だ」と思っていたから、（笑い）酒とタバコやめたりして、そういえば、毎日、強迫的に予定を作って自分をガンジガラメにしたり、そうそう……大学院に入ったときも、同じようなことをしてたし、……ああ、ストレスを感じると、いつもそうしているみたい……配属されたときも、あのときも、自分で自分をガンジガラメにしてたんですよ……］〈気づきが応用されていく。〉

第1部　心理的成長と中心過程について

体験過程を比較・対照し、そこから得られた暫定的な体験過程尺度によって筆者の先行研究の事例における、ＡＤ患者の回復過程を検証してみる。

そのために、ＡＤの回復過程（体験過程）を体験過程尺度によって見て、以下の3つの図1、2、3から比較・検討する。
（1）入院歴のある成人ＡＤ患者の回復のプロセス（高橋）
（2）先行研究（第1研究）の事例として挙げた体験過程から見た高2Ｄ男の回復過程
（3）先行研究（第2研究）の体験過程から見た青年男子Ｂ男のＡＤからの回復過程

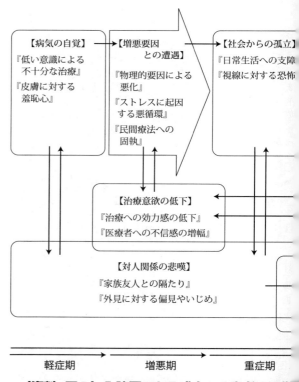

（資料　図1）入院歴のある成人ＡＤ患者の回復

Ⅲ．結果

（1）入院歴のある成人ＡＤ患者の回復のプロセス（高橋を簡略化）

軽症期　→ 憎悪期 → 重症期　　→ 回復期　→ 中等症期・軽症期　→ （症状の経過）
　　　　　　　　　　　【入院】
【病気の自覚】【憎悪要因との遭遇】【社会からの孤立】【回復への期待】【回復の喜び】
　　　　　　　　　　　　　　　　　　　　　　　　　　　　　　　　　　　↓
　　　　　　　　　　　　　　　　　　　　　　　　　　　　　　　　【建設的な言動】
　　　　　　　　　　　　　　　　　　　　　　　　　　　　　　　　【思考の柔軟化】
　　　　　　　　　　　　　　　　　　　　　　　　　　　　　　　　【わだかまりの解消】

〈筆者注：ネガティヴな反応〉
　　　　　　　【治療意欲の 低下】　　　　　　　　　　　　　　　退院後の困惑
　　　　　　　　　【対人関係の悲嘆】　　　【対人関係の軋轢】　　　↓
　　　　　　　　　　　　　　　　　　　　　　　　　　　　　【回復後も続く苦悩】

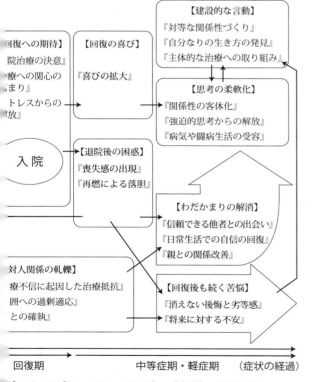

プロセス（Ｎ＝10／13）（高橋、2013）

第1部　心理的成長と中心過程について

（2）体験過程から見た高2D男のADからの回復過程

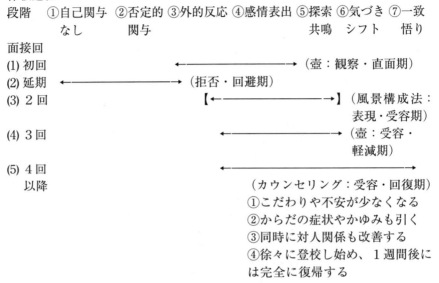

図2．体験過程から見た高3D男のADからの回復過程

ここから、回復過程と体験過程を対照する（表3）が得られた。
これは、事例1におけるクライエントの回復過程を、体験過程スケール（EXPスケール、池見、1995）と対照する形で体験様式から7段階の項目ごとに定義したものである。

表3．体験過程から見た心因性の症状・不安からの回復過程（仮の）尺度

（段階1）拒否：自己関与の否定
（段階2）回避：自己関与はしているが否定的反応
（段階3）観察：状況に限定された反応の仕方
（段階4）直面：否定・肯定交々の内面や感情の発露・表明

（段階5）受容：感情移入的受け止め方、自己吟味、問題・仮説提起、探索的
（段階6）変容：気づきやシフト、意外性のあるしみじみとした感を伴う
（段階7）覚知：気づきが拡大・発展、温かい融通性、自己一致、悟り

（3）青年男子Ｂ男の壺イメージ療法とＡＤからの回復のプロセス

青年男子の壺イメージ療法によるＡＤからの回復のプロセス

ア．先行研究２（表１：イニシャル・ケース、Ｂ男）における「壺」のプロセスを体験過程尺度（表３）から次のように前半と後半に大きく２つにわけて見た。

〔前半（低次の段階）のプロセス〕

　初回面接時のＢ男の評価は、段階１～３にわたる低次の体験過程の変化を示した。第２回目の面接の体験過程は、段階３～４：観察ないし直面レベルと評定。第３回目の面接では、持参したＫ教諭に関する落書きの記述（段階２）と自己に関するメモの記述（段階３～４）があった。カウンセリング過程と「壺」には、こだわりが表現・表出され、症状が一時表れ、身体化する変化が認められた。回復の過程で症状が一時憎悪（表面化）することもあることが示された。また、指定イメージ「空の壺」で、雑念や不安をそこにおいてくるように指示したところ、すっきり感を伴う体験過程の変化があった。これは、これまでの状況に限定された比較的低次な反応から高次のレベルの回復過程へと体験過程が「推進」する局面と考えられた。（段階４～５; 表現・表出と受容）

〔後半（高次の段階）のプロセス〕

　第４回目の面接では、段階５から段階６までの「体験的一歩」があり、自己受容によって感情・身体的レベルの変化があった。第５回面接では、高次なレベルの体験様式（段階5,6,7）が見られ、段階５～６および段階６～７の体験過程の「体験的一歩（ステップ）」が見られた。後半からは、アルバイトに出たいという思いを語った。終結を選択しようとする自発性も出てきた。

第1部　心理的成長と中心過程について

　また、第6回面接（終結）では、「アトピーとつきあう気持ち」に表れているように、不安はあっても、ありのままを受け止めて行くことが回復につながるものと信じる程に心理的成長があった。（段階7：覚知、悟り）その結果、終結の自己決定ができた。

イ．体験過程尺度から評価したB男の回復過程のグラフ
　次に、高2D男のADの回復過程から引き出した暫定的な体験過程尺度（表3）によって、事例（表1）から、ADからの回復過程を段階評価により解析した結果を、グラフでまとめると以下のようになった。（図3）（なお、カウンセリングのプロセスは（カ）、壺イメージのプロセスは（壺）、症状と行動の変化のプロセスは（症・行）、評価は（評）と表記する）

第 2 章　体験過程尺度から見た心因性アトピー性皮膚炎の青年の回復過程における間と推進のプロセス

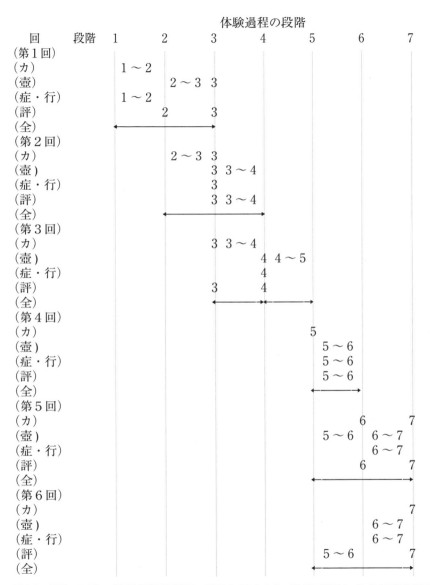

**図 3. 青年Ｂ男の体験過程尺度から見たアトピー性皮膚炎からの回復過程
（仮説モデル）**

第３章　ＡＤの３つの研究の比較・検討と回復過程について

Ⅳ. 考察

1. 比較・検討

　以上のように、３つの研究におけるＡＤからのクライエントの回復過程を図によって表したが、（１）「入院歴のある成人ＡＤ患者の回復のプロセス」（以下、「成人ＡＤ」）の研究は、入院歴のある成人患者（女性が多い）の10名のデータからとったものである。（２）「体験過程から見た高２Ｄ男のＡＤからの回復過程」（以下「高校生ＡＤ」）と（３）「青年男子Ｂ男の壺イメージ療法とＡＤからの回復のプロセス」（以下、「青年ＡＤ」）の研究は、対象がそれぞれ筆者による高校男子生徒と26歳男子青年のクライエントの事例であった。それぞれの事例の回復過程を見ると、成功事例では、アトピーの症状に対するこだわりが次第にゆるくなり、症状やそれに付随する不安が徐々に受け入れられてありのままの自己が肯定的に受け入れられて行くことが見られた。

　こうして比較すると、「成人ＡＤ」では、入院を契機としてクライエントの気持ちが変化していく過程があり、「高校生ＡＤ」と「青年ＡＤ」では、「風景構成法」や「壺」により、クライエントが同様の回復過程を経験していることがわかる。この結果、成人性アトピー性皮膚炎においては、入院治療や心理療法ないしカウンセリングの「間」の機能が共通していると思われ、それが心の停滞や外的状況に限定された反応から「ふっきれる」心理療法的な意味をもつものと考えられた。

2. 陰性反応について

　しかしながら、「成人ＡＤ」の研究における初期のクライエントのネガティ

ヴな反応は、ADクライアントが陥りやすい陰性反応として注目される。本論における事例研究で、D男が初期の段階で面接をキャンセルするという回避的な行動を示したが、それは、以前の面接で実施した「壺」の導入に対する不安反応と考えられた。これは、以前にも治療の際にステロイド剤を拒否するようなD男のやや頑なな性格傾向を思い出させた。「壺」の中のゆっくりとした慎重な所作に、そのような警戒的な態度が表れていた。しかし、この緩慢なペースこそD男が体験過程にゆっくりと触れていく探索的な段階であったと想定される。キャンセル後の次の面接において実施した風景構成法においてもまた、同様のプロセスがあった。そのおそるおそる表現していったものこそ、川の流れに象徴される感情体験であった。また、その両岸にびっしりと敷き詰めた赤い点々の小石は、その氾濫を防止しようとする心理が働いていたと思われたが、このおそるおそるの体験様式こそ、D男が、これまで扱いかねていたもろもろの病理的な内容からフェルトセンス（注1：feltsense）に触れて別の拠り所に「ゆずる」経験であった。次の面接で実施した「壺」では、さして抵抗もなく壺の底までたどりつくことができたことから、そのプロセスが思ったほど恐れるものではないという実感（気づき）につながったものと考えられる。

　高橋は、入院患者に精神医療や認知行動療法や自律訓練法のような心理療法的なアプローチの可能性を示唆しているが、本研究でも、心因性の高いADへの心理療法の可能性をより広く示した。

3．体験過程尺度から見た心理的回復の中心過程――「間」とふっきれる意味について

（1）**体験過程尺度について**：高2D男のケースから得られたADからの回復過程の暫定的な体験過程尺度は、回復過程が（図3）で示されたように、1段階ずつ、段階的にステップ・アップし、心理的成長過程と同様な回復過程を示した。

　すなわち、体験過程（EXP）スケール（評定基準早見表)（池見）とADクライアントの回復過程を対照して暫定的につくられた既述の簡易尺度を使

第3章　ADの3つの研究の比較・検討と回復過程について

用して、B男の6回の面接を4つの視点から見てそれぞれの体験過程レベルを評定し、回ごとに総合した結果を→（矢印）で折れ線グラフに表した結果、（図3）のようなB男の回復過程の変容の仮説モデルが引き出された。

（2）**過程概念の定義**：体験過程の一つの段階から次の段階までに至る過程を「変化の相」とし、一歩進むことを「体験的一歩」（注2：step)とした。また、各段階間の「変化の相」に体験過程尺度を当てることによってその変化の程度を矢印（←→）で示した結果、「変化の相」が、一段階の歩みと、二段階にまたがる、停滞からの変化があった。その一段階の変化を「体験的一歩」とみなした。また、二段階の変化を、「推進」（注3：carrying forward)とみなし、そこに心理的変化（shift、シフト）がみとめられた。

（3）**前半期の様相**：6回の面接を通して、①カウンセリングと②「壺」と③「症状・行動」および④解釈・評価の4つの視点の体験過程レベルは、ほぼ同程度のレベルの体験的歩みを示した。しかし、初回から第3回までの体験過程の低次の段階では、「壺」の体験過程レベルが他の視点よりほぼ1段階優位に働いた。このことは、「壺」が体験過程を促進する上において、低次の段階では優位であったことを意味している。初回の評価における「観察的関与」は、自己を「観察」し、自己に「直面」する体験様式を意味し、初回としては高い段階3であったが、これは「壺」の作用を反映したものであり、上で述べた「壺」の効果を具体的に表している。

（4）**後半期の様相**：一方、第4回から第6回までの高次の段階では、4つの視点の体験過程レベルにおいて、「壺」は症状・行動レベルとほぼ同水準になる一方、カウンセリングが優位に推移しているところが特徴として見られた。これは、このB男の面接の全過程において、カウンセリングとイメージ体験が補足・補完的に作用していることを示唆している。すなわち、前半の体験過程がまだ低次の段階の前概念的なレベルでは「壺」が効果的とみられるのに対し、後半の高次のレベルの言葉を使用した段階では、カウンセリングが効果的と考えられることを示唆している。

（5）**中間期の様相**：丁度、面接の中間期あたりで実施された3回目の「壺」は、症状と不安が表出し、同時に、こだわりと不安を「受容」する段階4から5へと「推進」するプロセスが見られた。その「壺」に実施した指定イメー

ジ（空の壺）は、こだわりや不安にまつわる漠然としたものを「そこに置いてくる」技法であったが、これは、どのような意味を持ったのであろうか。

4．空の壺について

「空の壺」は、壺イメージ療法（田嶌）において、開発された技法の一つで、最初に実施した指定イメージ「空の壺」のセッションを体験し、かゆみや雑念や残像をそこに置いてくると、B男はまるで脱皮したように心理的変化を示したのである。空の壺は、通常は、イメージ実施の最終場面で現在の気持ちを調べる作業において、嫌な気分など何らかのしこりが残ったと考えられる場合に、それを教示し、そこに心のしこりを置いて出てくるというきわめて慎重を要する局面である。しかし、今回は、イメージ実施の最初に試行し、最後にも実施した「空の壺」であった。最初の空の壺のセッションは、面接時にB男が持参した手記（資料1）を読み、その内容があまりにも生々しいと思われたので、先ず本人の許諾を得てコピーし、「ここにすべてを置いておく」ように言い、実施した。その後、いつもの壺イメージセッションに移り、途中、カユミを訴えたので、もう一度空の壺に入って、かゆみやしこりをそこに置いた。

実施後、B男は「スッキリしました」と心の変化を伝え、それ以後の面接においても、こだわりやわだかまりの「残像」や不安をあまり訴えなくなった。後半の高次のレベルの体験過程への移行（シフト）から見て、「空の壺」は、前半と後半を橋渡しする役割があったと考えられた。グラフからは、真ん中がポッカリ空いたような図となり、この段階4〜5に想定される場所には、「間」があるのみであった。

5．間と推進について

そこで、この「間」の中にある、グラフでは可視化できなかったものは何だろうか。もう一度イニシャル・ケースに戻って検討して見ることにしたい。ちょうど中間期の第3回目の面接時に「自己についての覚書」を自主的に持

第3章　ADの3つの研究の比較・検討と回復過程について

参したことが、この時期のB男を端的に物語っていると思われるので、それを前後の壺イメージのプロセスやカウンセリング過程や行動や症状の変化から関連付けて考えてみたい。そのために、筆者の修士論文（1996）に記述された該当箇所から引用する。

（1）B男の自己概念と行動・症状の変化の過程
　ここでB男の自己概念に注目したい。最初、アトピーで人前に出られず家に引き篭もって相談に訪れたように見受けられたクライエントも、ひそかに「心の病」をなんとかしたいという切実な悩みをいだいて来談した。自信喪失という心的状態は、単にアトピーだけから由来するものではないことが、カウンセリング過程から明らかになって来たのである。それは、高校2、3年時のホーム担任に対する執拗な非難にうかがうことができた。B男は、ホーム担任の独特の仕草やことばや言い方が気になって拒否反応を起こしていた。B男は最初友だちと反抗もしていたが、それも疲れてくるとやがてアトピーが出てきたとアトピーの原因を、担任のせいであるかのように言うのだった。彼の訴えは、担任のもっている独特の雰囲気や考え方であった。最初の面接で述べているように、担任の考えは「十のうち九つは普通と違っているとしても、その一つの部分で先生に精神的に劣っていることを思うと自分の考えに自信がもてない」というものであった。なんだか雰囲気に飲み込まれているような感じである。それは、中学時代にいじめられた生徒にいだいた「そいつにはさからわれへん」というような感じに似ているという。〔カウンセリング(1)〕それは侵襲されるというような被害感に近い。そのような時のB男は、自信やアイデンティティがなく、「今の自分を好きになれない」のであった。
　2回目のカウンセリングでは、自分の問題性をさらに概念化していく。アトピー以来、自分は人と違うと思い、自意識過剰になり、人から見たらどのように見えるか、と人の目を極端に意識するようになったという。〔壺2〕では、なかなか壺に入れずに、入ったと思っても「おしりがピョコンと出てしまう」というようなイメージ体験で、過剰意識と悪戦苦闘している様が表現される。内側からの圧力はやがて自分で押し上げているのではないかと思い当り、入っ

第1部　心理的成長と中心過程について

てみると案外楽にそこに居られて、なんだか「安直な気分」を体験する。それは、自然な体験とも言えるもので、今まで無理やり抑え込んでいた感情なりからだの症状なり感覚なりを解放していく過程であった。

　もう一つの壺では、自分が自分を見るという自己に直面しているイメージが現れる。この段階ではまだまだ自意識過剰な本人である。どこかに力が入っている。しかし、このセッションを通して、本人は自己の問題に直面し、回避していた自分に向き合うのである。現実生活でも、B男は家で実に細かい文体で、中学1年から予備校を中退した現在に至るまで自己に関する覚書を書いていった。それを次回（3回目）の面接時に自主的に持参した。そこには、高校になっていじめに会って自信を失っていく過程や、高2，3年のホーム担任への嫌悪感からアトピーを悪化させ、自信を喪失していく危機的な段階やら、その結果、受験の失敗をホーム担任のせいにするところや、人目や家人を気にして自分を取り繕う部分や、家に閉じこもって己を否定するところなどが生々しく描かれている。（資料1）

資料1．創作体験B男の自己についての覚書（X年7月7日提出）(一部抜粋、ママ)

〈高2〉

　アトピーなってからはふくかったりさんぱついったり、かがみの前でかみをなおしたり自分をかっこよくみせるようなしぐさをすると、人に「あんなかおでふくなんかにあうもにあわんもないのになにまよってんやろ」と思われそうで、そういうたぐいのことはすべてできなかった。かみをセットしたり、めだつよーなふくかばんをもったり——せいふくのほこりとったり、にきびを気にしたり、ファッショオンのはなしをしたり、かっこいいふくきたり整髪のためくしかがみをつかったり——よけいに自分に自しんがなくなる。これは小さいころあまりふくとかかってもらわれへんかったことにも大きくかんけいあり、それから中2のころ自しんそうしつになったころからあるていどはあったがアトピーでてからはとくにひどくなった。ニューミュージックやロックがきらいだと暗いといわれてうちでいろいろきいたこともあった。マクドとかきっさ

てんこわいのこと。アトピーでた前（後）（夏ごろ）ぐらいから異性のをきくことがほとんどなくなった　後輩ともいやがられへんかと思いながらしゃべった。他人とはなすのがこわくて、小さなグループとのみのつきあいになった。きらわれたくないと思ってたえず自分が一歩ひくことになれてしまった。べんとうのときいっしょ　×。しけんのときかくのがうるさい。はなしできない　かしたりかりたりできない。ちかよってはなすとかおをそむける。うつらへんのんか家でもフロはさいごに入る　つくえやいすにさわらない　きたないなど、あまりにもつかれる。
　——いやがる　高2か高3夏　にきびつぶすのがくせになる　いらいらから？　人に気をつかいすぎて、だんだん人のいうことが気になる。自分の悪口？　すれちがった人が自分のことをわらっているようなかんじ。自分をころしてピエロになる。逃げるしかみちがないこと　あきらめるいがいに　どうしようもない　あまり考えないように　自分がどんどんなくなって、ただ人のことを気にして、人のきげんをとって、人が自分のことをどう思っているのかとか人のために一歩ひく、他人のためのどれいかロボットが1つできてしまったようなものだ。

（2）B男の手記の意味
　B男が自主的に自己に関する覚書とそれを相談室に持参したエピソードは、B男の言わば主体的な創作体験であり、彼の独特な文体によって内面の動きがリアルに伝えられて、書きながらに内面を「掘り下げる」「意識の流れ」の文体となっている。（筆者、2014）
　以下に、そこら辺の事情を詳しく伝える第3回目に実施した面接の模様を、カウンセリング場面と壺イメージセッションに分けて、実際の記録から振り返ってみる。（筆者、1996）

第1部　心理的成長と中心過程について

資料2．B男の面接記録

①カウンセリング過程：（3回目面接）7月7日

　K先生の言動に対するメモや落書きと中学校から現在に至る自分の問題点を綴った日記風の走り書きを渡してくれる。

　カユミがあると「雑念」に見舞われ、イメージに集中できなくなる。日常生活でも、夕方になるとカユクなり、集中できなくなる。「かいたらアカン」という気持ちも集中力を鈍らせる。「アトピーが出てから他人の考えが自分のもののようになる。」

　空の壺ではカユミの執着がとけた。

②壺イメージ過程（本人の口述筆記）：（「壺」3回目）7月7日

　先ず、雑念を「空の壺」（指定イメージ）に入れる。

　次に2つの壺。心臓みたいにドキドキしている丸い壺に入る。人間の内臓みたいに温かい。フワフワした不安定感と柔らかい感じ。かゆみを感じて集中できない。時々出入りする。そこでまた、「空の壺」にかゆみや雑念を置いてくる。

　別の陶器の壺は、思ったより広く、自分が小さくなって落ちていくような気持ち。しみじみ入ろうとしても、顔が入りきれない。身体が入っていても頭が入りきれない。

　資料から、壺イメージ体験と日常生活が互いに反映して、B男が主体的に行った覚書を書くという「創作体験」によってB男の自己概念が、客観化され表明されていくプロセスがあったこと、そして、その手記を自主的に持参したことは、相談室外の日常生活の中で、回復の取り組みがなされた治療意欲の表れと考えられた。書かれたものは、体験過程の低次の段階を示す、自己否定的、悲観的なことの羅列であったが、それを表現しようとしたことに意味があり、それは、カウンセリングの延長線上にあり、次のレベルへの移行と考えられる。

　空の壺はそれに続く壺イメージセッションに少なからず影響を与え、次の

壺では、中に入るとドキドキするという身体のイメージを伴う壺が出てきて、B男はその中で随分リラックスし、身体との一体感を覚えた。しかし、この過程で、カユミが出て身体を丹念に掻く行為が目立ったので、再び「空の壺」を提案し、その後カユミが収まったという記録がある。これは、アトピーをもつからだへの拒絶反応が和らぐ一方で、リラックスすると同時に症状が出てきたが、それを再び空の壺に「置いてくる」ことで収まっていく回復の体験的一歩を物語るエピソードであった。ここから、「空の壺」は、こころとからだの諸症状を受け入れ、B男が自分になるのを助ける機能を果していることがわかる。

　しかし、その次に出てきた陶器の壺は、中に入ると自分が小さくなって落ちていく感じで、〈しみじみと中に入ってみようとする〉（筆者注：教示）が、どうしても頭が出てしまうという、前の心臓のような柔らかい壺とは対照的な、従来の固くて窮屈でぎこちない自己概念の一面を表した陶器の壺であった。これは、リラックスした状態から元の固い状態への反動とみるよりは、徐々に問題性に近づいていくプロセスであり、ここにおいてB男は、フェルトセンスに触れて体験を深め、自分に近づいていると見ることができるであろう。こうして、「空の壺」は、「覚書」と「面接」、壺セッションの「心臓の壺」と「陶器の壺」の間をつなぎ「推進」を促す役割を果していることがわかる。すなわち、それは、こだわりやカユミなど「病理的な内容」や身体的症状の受け皿としての機能を果し、それが体験過程の低次から高次への「間と推進」の橋渡し的な意味をもつと考えられるのである。

　こうして改めて見ると、第3回目の中間期の壺イメージ体験は、B男の実生活と連絡し、やむに已まれぬ思いで書き綴った自己概念が、壺イメージ場面に受けつがれ、①「雑念の空の壺」、②「心臓の壺」、③「カユミの空の壺」、④「陶器の壺」の流れで展開する中で、（図4）で見る回復概念を用いれば、次第に「ふっきれる」間と推進のプロセスであった。

（3）「壺の中に置いてくる」意味について
　以上の体験過程は、クライエントが自分をありのままに受け入れていく過

第1部　心理的成長と中心過程について

程である。アトピーの症状を拒絶してかゆいのに無理に「かゆくない」と自分に言い聞かせるのは不自然で「自分の感覚を拒絶しているように思う」と、B男がカウンセリング場面で実生活を振り返る個所があった。〔カウンセリング(3)〕これは本人のからだとこころの乖離の状態を暗示するだけでなく、カウンセリング過程でそのことに気づいていったことを意味している。直前の〔壺3〕では、セッション中に症状が吹き出し、盛んにかいていたが、「空の壺」に入って、かゆみをそこに置いてくると、かゆみがおさまった。実生活でも和らいだ。このことについて、本人は、かゆみがとれるというよりは、意識がボーッとなって、かゆみが薄らいだと述べている。実際、〔壺4〕では、セッション中にからだをかくことはほとんどなくなり、〔カウンセリング(4)〕で述べているように、かゆくても気にならなくなったと言うようになったのである。このような心境と同時にアトピーも軽快している。

　ここから判断すると、手記は、B男のこころとからだのあり様をそのまま伝えようとしたものであり、彼の体験とそれについてのフェルトセンスを表現したものである。面接場面の「壺」はそれらをそのまま容れる器であった。カウンセラーは、B男が自主的に持参した「自己に関する覚書」を面接の場面に「置く」ことによって、彼がこれまで扱いかねていたもろもろの病理的内容とは別にあるフェルトセンスに触れながら、自分になる経験をともにしたのである。

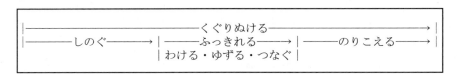

図4.「画」創作体験における回復過程の概念構成図

（4）「ふっきれる」の中心概念から
　それは、次の新たなステップと自己概念の形成につながる。その過程は、先行研究（2014, p.149 図10）でみたような、感情の表出・分化（わける）から、こだわりを去り、新たな自己に開かれてゆき（ゆずる）、一連の有機的な

プロセスに進展していく（つなぐ）体験過程であった。それは、手記に見られるような固い自己像がカウンセリング場面で表現され、次第に氷解し（畠瀬）、日常生活にも反映してふっきれていく推進の有機的プロセスであった。その後、ほぼ１か月を経て来所したＢ男は、スッキリとした表情となり、皆を驚かせた。顔には白い部分が目立つようになり、アルバイトもやってみたいと述べ、その次の回には実際に工場でアルバイトをはじめていた。これは、実に閉じこもってから２年ぶりの社会復帰であった。

Ⅴ．結論

　体験過程の中間期にポッカリ空いた「間」を埋めるのは「空の壺」であった。それは、わだかまりやこだわりやシコリなどあらゆるものをそこに受容することによって、体験過程はふっきれて次の段階へとつなぐ橋渡しの役割を担ったと考えられる。しかし、そもそも相談室そのものが「表現・表出」を可能にする「受け皿」であり、その意味で大きな壺であると考えられる。拙論の「灯台へ」創作体験に見られた目の前のキャンバスにできた中心の「空白」は、漠とした風景の中心に何か手ごたえのあるものをとらえて描き入れようとするスペースとして、壺中の壺同然に考えられる。そこに、無限の多様性を内包する「空」という概念が思い起される。それは、ありとあらゆるものをそこに受け入れる広大な慈愛（畠瀬）である。そしてまた、フォーカシングにおけるクライエンツ　クライエント（クライエントのクライエント）というクライエントとフェルトセンスの関係性を思い出させる。空の空、壺の壺、クライエントのクライエントという構造的概念は、二重構造というよりは実は一つながりのものであり、人間の心に漠としてあるものに内側からアプローチする深まりの体験的構造を表していると云えるのではないだろうか。

（注釈）
注１．フェルトセンスの８つの特徴（要約）（ユージン・Ｔ・ジェンドリン、
　　　1998、p.52）
1.　「壺」を再考すると、そのトータルな過程で「空の壺」という指定イメー

第1部　心理的成長と中心過程について

ジが低次から高フェルトセンスは意識と無意識の間の境界領域で形成される。
2. フェルトセンスは、最初ただ、はっきりしない雰囲気・質として感じられるだけである（それは独特で確かに存在するものであるが）。
3. フェルトセンスはからだを通して体験される。
4. フェルトセンスは、一つの全体として体験される。つまり、内的には複雑であるが、全体としては一つの素材（datum）として体験される。
5. フェルトセンスは体験的一歩を重ねることで進んでいく。それは一歩ずつ変化（shift）し、徐々に展開していくのである。
6. 体験的一歩によって人は自分自身に近づいていく。自分とは、その人の中にあるどんな内容とも別個のものである。
7. プロセスの一歩にはそれ自体に成長の方向がある。
8. 体験的一歩の理論的な説明は、後から振り返ってみることでしかできない。

注2．「体験的一歩」(step あるいは steps) は、フェルトセンス（注1）の特徴に内包されるプロセス概念である。

注3．何らかの「病理的内容」により今まで止まっていた体験過程が次に進んでいく現象が起きるとき、それを「推進」(carrying forward) と呼ぶ。(Ibid, p.75)

参考文献
池見　陽（1995）体験過程スケール（EXPスケール）評定基準早見表、心のメッセージを聴く──実感が語る心理学、講談社現代新書、p.93.
成瀬悟策（監）、田嶌誠一（1987）壺イメージ療法──その生いたちと事例研究、創元社。
藤原勝紀（1994）三角形イメージ体験法に関する臨床心理学的研究──その創案と展開、九州大学出版会。
村田　進（1996）心理的成長と評価、平成8年度修士論文、武庫川女子大学大学院臨床教育学研究科臨床教育学専攻、pp46-50, 60-63.

第3章　ＡＤの3つの研究の比較・検討と回復過程について

村田　進（1997）青年男子の壺イメージ療法によるＡＤからの回復のプロセス。
村田　進（1997）壺イメージ療法における心理的成長の評価、芦屋市カウンセリング・センター研究紀要、第6号不登校特集、p. 54.
村田　進（2003）　創作とカウンセリング、ナカニシヤ出版。
村田　進（2012）パーソンセンタードの学習グループとしての「創作体験」について、畠瀬　稔、水野行範、塚本久夫（編著）人間中心の教育――パーソンセンタード・アプローチによる教育の再生をめざして、第7章、コスモス・ライブラリー、pp.141-158.
村田　進（2013）　高3Ｄ男のアトピー性皮膚炎からの回復過程――体験過程から見て――、人間主義心理学会第 35 回研究集会発表論文集、pp.4-5.
村田　進（2014）　創作と癒し――ヴァージニア・ウルフの体験過程心理療法的アプローチ――、コスモス・ライブラリー、pp.190-191.
高木博子（2013）入院歴のある成人ＡＤ患者の回復のプロセス、心理臨床学研究、Vol.30, No.6, Feb., p.844.

　なお、本論は、2014 年 10 月 12 日(日)、日本人間性心理学会第 33 回大会（南山大学）において実施された口頭研究発表（座長吉良先生）を基にしたものである。
　そして、事例研究は、2013 年に宇都宮大学において開催された人間主義心理学会第 35 回研究集会において発表されたものである。2つの論文は、発表に際し、本人と親の同意を得たことを断っておきたい。

第4章　先行研究

事例1．心因性アトピー性皮膚炎（ＡＤ）の高校生Ｄ男の回復過程について（再考）

1．問題

　アトピー性皮膚炎（atopic dermatitis, 以後、ＡＤと表記）は、幼少期に発症するものの、幼児期頃には自然治癒してゆくのが普通であると言われている。その原因には、環境的な要因が考えられ、都会の光化学スモッグなどや、食物などに含まれるアレルゲンも無視できない。また、家ダニも原因の一つと考えられている。しかしながら、原因をどれか一つに特定するのは難しい。そして、思春期ごろまで持ち越されているケースは、ほとんどが心因性のものと疑われるという説もある。（冨田、1995）本論では、そのような心因性と思われる事例を取り上げ、心理臨床的なアプローチによって回復したケースから、それが心因性であることを立証するとともに、その回復のプロセスを体験過程から考察したい。

2．方法

　高２Ｄ男の事例をもとに、回復過程を考察し、体験過程スケール（池見）と照合する。

3．結果

事例研究：Ｄ男のＡＤからの回復過程

　高校生のＤ男は、ＡＤのため休みがちだったが、２年半ばに不登校になった。しかし、比較的家庭環境や学習環境に恵まれているため、不登校の原因

を特定することは困難であった。その素因として考えられるのは、小学校のときから悩まされていたアレルギーの症状やそのために、小学校以来、保健室を利用することが多く、遅刻、欠席が多かったためとも考えられた。小さい頃からの過敏な反応が、かえって、症状を長引かせているのではないかと思われた。そして、そのことが学習面や対人関係に影響をもたらし、不登校の要因になったと考えられた。

【仮説】
　本人の身体症状のみならず、几帳面な性格など心因性の要因があると思われたので、心理療法的なアプローチによって、心にゆとりを与え、ありのままの自分を見直し、受け入れて、①症状への不安やこだわりや②症状そのものの寛解と③二次的な障害と思われる対人関係が回復し、④不登校が直ることを治療方針とした。

【方法】
　カウンセリングの対話的な方法に加え、「壺イメージ法」や「風景構成法」といった心理療法の方法を取り入れて継続的に面接を行う。

【経過】
　D男は、高校1年次、養教の勧めにもかかわらず、副作用を恐れてステロイド剤を使わずに治療したいという強い意向をもっていた。そして、遠方の小児科にわざわざ出かけて行ったりしていたが、夏になると増悪する季節性のものであるということもあり、快方と悪化を繰り返しながら治療を進めていた。そして、3年の1学期末の夏休み直前に神経質になり、とうとう不登校となった。
　D男は、夏休み中に相談室で集中的にカウンセリングを受けたいと申し出て来た。カウンセラーは、以前に青年期の男性の同様のケースに関わった経験[2]もあって、短期集中的にカウンセリングに専念できるように、夏休みに時間をとって、1週1回実施した。（以下、【D男の面接の経過】参照）
　その結果、夏休み明けには初日は登校できなかったものの、2日目からは

登校し、最初は慎重に警戒しながらではあったが、対人関係も改善し、徐々にゆっくりと不登校からも立ち直る経過があった。そして、夏休み明け1週間目ほどからは、ほとんど欠席せず、症状そのものが消褪していったので通院の必要もなくなり、やがて、同時に部活動や学校生活に完全に復帰できた。
予後：その状態は3年次にも継続し、時々廊下や行事で出会ったときなどには、「メッチャ元気です」などとフィードバックをしてくれて、その後症状が後戻りしていないことがわかった。

【D男の面接の経過】
(1) 症状と不安への直面・観察期
　初回面接：「壺イメージ法」ではイメージの壺に入る様子はまるで時間の経過がスローモーションのように緩慢に流れ、D男はまるで石橋をたたいて渡るように、慎重に取り組んだ。暗い壺の中、縄梯子を伝って、懐中電灯でゆっくりと足許を確認しながら降りる様子が印象的であった。しかし、途中、不安から引き返すという経過をたどった。以後、1週1回の間隔で実施することにした。

(2) 症状と不安の回避期
　1週間後の2回目面接予定のキャンセル：症状が顕在化したため、本人が電話で予約の延期を申し出て、予定の面接日をキャンセルする。

(3) 症状と不安の表出・表現期
　第2回面接（2週間後）：今回は「壺イメージ法」は実施せず、「風景構成法」を実施。その結果、特徴的だったのは、10個のアイテムを順に描く中、「石」を「川」の堤防に赤い点でびっしりと敷き詰める様子は、症状そのものを表しているように見えた。その様子は、壺イメージのときと同様に緩慢であった。

(4) 症状と不安の受容・軽減期
　第3回面接：症状がやや消褪して、D男は嬉しそうに相談室に現れた。そこで、2回目の壺イメージ法を実施。今度は、よりスムーズに、しかし丁寧

に慎重に行い、壺の底までたどり着けた。終わった後、達成感があった。

(5) 症状と不安からの回復期（①～④のプロセス）
　第4回面接（終結）：元気そうに来室し、周囲を驚かせるような変化が見られた。カウンセリングによって自己受容が見られ、以後仮説通り、次のような回復過程が見られた。①こだわりや不安も少なくなくなると同時に、②からだの症状やそれに伴うかゆみも引いていった。③それと同時に、③対人関係も回復して、④最初はおそるおそるであったが、徐々に登校するようになり、1週間後には、完全に登校できるまでになった。

4．考察と結び

　以上の結果から、(1)から(5)までの面接経過を、症状に対する不安の受け止め方（体験様式）の変化と見て、それぞれ、(1) 直面：観察、(2) 回避、(3) 直面：表出・表現、(4) 受容：不安の軽減の段階を経て（仮説の①～④までの段階を経て）(5) 徐々に回復し、登校するという行動の変容に到るプロセスがあった。

参考文献

池見　陽（1995）体験過程スケール（ＥＸＰスケール）評定基準早見表、心のメッセージを聴く――実感が語る心理学、講談社現代新書、p.93.

村田　進（1997）青年男子の壺イメージ療法によるＡＤからの回復のプロセス、芦屋市カウンセリング・センター研究紀要、第6号不登校特集、p. 54.

村田　進（2013）高3D男の心因性アトピー性皮膚炎からの回復過程――体験過程から見て――、人間主義心理学会第35回研究集会発表論文集.

高木博子（2013）入院歴のある成人ＡＤ患者の回復のプロセス、心理臨床学研究、Vol.30, No.6, Feb., p.844.

冨田和己（1995）心から見るアレルギー――ゼンソク・アトピーは、なおる――、法政出版.

事例2 （イニシャル・ケース）：壺イメージ療法によるＡＤクライアントの心理的成長と評価について（再考）

はじめに

　本研究において、心身症としてのアトピー性皮膚炎を罹患する青年が、壺イメージ療法を通して立ち直っていったケースにおいて、４つの視点からその心理的成長を跡づけて評価し、グラフ化したい。

１．問題の所在と方法

　クライアントの心理的成長を評価する視点として、からだとこころと症状の関係について言及する必要がある。ロジャーズによれば、自己不一致は、有機体経験と自己概念の間にズレが生じるとき、様々な心理的症状が現象する。そこで、症状の変化が心理的回復や成長の一つの視点として考えられる。その際、それが精神身体症状であるとすれば、からだからとこころからの視点が必要となる。そこで、本稿では、壺イメージの方法とカウンセリングの方法を組み合わせて、症状と行動の変化に注目しながら、からだとこころの不一致の症状に苦しむＡＤクライアントの心の様相に光を当てて、複雑な変容のプロセスを明らかにし、記述的な方法によって（１）カウンセリングのプロセス、（２）壺イメージのプロセス、（３）症状と行動の変化、（４）心理的評価（アセスメント）の４つの観点からそれぞれの概念化を試みたい。

２．結果と考察

〔事例〕心身症としてのアトピー性皮膚炎をもつＢ男に対する壺イメージ療法の適用

（１）クライアントのプロフィール
a. Ｂ男：20歳
b. 主訴：アトピー性皮膚炎に随伴するこころの病を直したい。

c. 症状：アトピー性皮膚炎に悩まされる。大学病院の神経科で心身症と言われた。
d. 家族：父（50歳）、母（48歳）、弟（高1）、妹（中3）
e. 現症歴：幼児期にアトピーにかかったことがあり、高校2年時に再発。以来、現在に至る。
f. 来談経路：X大学病院神経科、Y皮膚科、Z漢方院を経て、筆者が研究員として所属するカウンセリング研究所に来談。所長の井上敏明先生がインテーク面接を行い、先生のスーパーヴィジョンのもとで、壺イメージ療法とカウンセリングを併用することにする。
g. 臨床像：顔全体に真っ赤な湿疹が被っている。面接中、時々、体を掻きむしり、湿疹が体にも被っていることをうかがわせた。過敏な反応と症状の発現があった。

（2）初回面接（X年6月16日）：B男の主訴と見立て

　主訴：ADに罹り、医院を転々としたものの、治らない。発症は幼児の頃で、収まってはいたものの、高2のときに再発した。その時のクラス担任が苦手であったことを原因に挙げた。時を同じくして、登校拒否ぎみになった。持ち上がりだったために大学受験にも失敗した。アトピーで外出もできず、ここ2年間引き篭もっていた。心因性のものと思うので、薬を飲まないで、心理療法で治したい。

　見立て：担任の批判は執拗なものであった。'廊下の真ん中を平均台のようにして歩く'歩き方から理不尽で忌々しい言葉使いや態度まで、B男は拘った。その粘着質は、その口癖や言動をノートにメモして記録するほどの徹底ぶりであった。このこだわりが、症状になって表れていると考えられた。アトピーや登校拒否や大学受験の失敗を担任のせいにするのは、合理化や反動形成といった心理機制と考え、このこころのからくりから解放されることが治療に係ると考えられた。しかし、自己防衛の執拗性から云っても本人にそのことを気づかせる、分析的な手法では難しく思われた。それほど、強迫観念の壁が厚かったからである。

　その意味で、スーパーヴァイザーの井上敏明先生の壺イメージ療法の提案

は、有難かった。
　自己概念の枠組みが固いB男が、ありのままの自己を受け入れてゆくには、壺の中の「安全弁」が有効であろうと考えられた。

（3）治療のプロセスと評価
　X年6月から同年9月までのおよそ4か月間、ほぼ2週間に1回、計6回の面接であった。以下に、その過程を、ア．カウンセリング過程、イ．壺イメージの過程、ウ．症状と行動の変化の過程、エ．カウンセラーの見方（描画）と評価（アセスメント）に分けてまとめ、簡略化して表にする試みを行った。

ア．カウンセリング過程
〔1回目〕6月16日
　アトピーに罹ったのは、高校2年の後半ごろ、高3までの持ち上がりの担任への反発と重なっている。大学受験に失敗し、自信がなく、今の自分を受け入れられない。予備校に通っていたが、やめて、ここ2年間、自宅に引き篭もっていることが多い。何事にも感動がなく、「ここで感動しなければ」と、無理に人に合わせようとしている。
　女性のことも口にすら出せないでいる。
〔2回目〕6月30日
　大学病院の精神神経科で、薬をもらってきたが、薬を飲まないでも気分の落ち込みを治したい。現在、皮膚科にもかかっている。さらに、漢方も服用中。アトピー以来、自分は他人と違うと思う。自分がアトピー患者を見て、異質だと思うから、他人から見てもそうなのだろう。だから、自意識過剰となる。
　将来は、哲学や犯罪心理学に興味がある。
〔3回目〕7月7日
　担任の言動のメモや落書きと、中学から今までの自分について書いた日記を持ってきた。カユミがあると、「雑念」に見舞われ、イメージに集中できなくなくなる。日常生活でも、夕方になるとかゆくなる。「かいたらアカン」という気持ちも集中力を鈍らせる。覚書には、「アトピーが出てからは、他人の考えが自分のもののようになる。」と書かれてある。

第1部　心理的成長と中心過程について

　空の壺では、カユミの執着がとれた。
〔4回目〕8月11日
　スッキリした表情で現れた。
　もやもやした気分はなくなった。
　しかし、「雑念」がなくなると、空虚な気持ちが残る。
　今日は、イメージの残像や、入るときになかなか入れないというこだわりもない。
　何かふっきれたような気分である。
〔5回目〕8月25日
　アルバイトをはじめた。
　ここのところ忙しく、よけいなことを考えなくなってきている。
　随分、自然で高揚した気分である。
　しかしながら、空虚で雑然とした感じも残っている。
　後、1, 2回でカウンセリングを修了できると思う。
〔6回目〕9月8日
　外に出るようになって、いろいろと将来のことも考えるようになった。来年、大学も受けてみたい。教師にもなりたい。今は顔のことを気にせず、自分を他人と対等に考えられる。今まで、「雑念」として済ませていた考えも、将来、哲学を学ぶときに生かしたい。大学で話せる相手が欲しい。今回で終わりにしたいが、進路のことで相談に来るかもしれない。
　その時はよろしく。

イ．壺イメージ過程（口述筆記）
〔1回目〕6月16日（以下、前記と同様のため、回数のみ表記する）
　3つの壺。そのうち2つの壺が一つになる。1つの陶器の壺の中に、のびちじみする袋がある。中から熱い感じが沸き上がり、「何かせなアカン」という気になる。かきわけて入らないと入れない。入ってもすぐ雑念が湧く。分身が自分を見ている気になる。
　もう一つの壺にも、なかなか入れない。入ってみても、集中していないと、いつの間にか外に出てしまう。自分をみている自分、壺を見ている自分を意識する。

〔2〕
　2つの壺。一つ目に入ろうとすると、水が出てくる。ぐっと押えて入ってみる。押したり戻ったりの状態。単に想像だけで蓋を押しているのかもしれない。蓋をとると、意外と簡単に中に入れる。外にいる自分が壁を通り抜けて入る。こびりつくような残像を消す。別の壺では、自分の無表情な顔が写っている。入ると外の分身が、入れないと内の分身が自分を見ている。集中すると一致する。リラックスすると、壁が広がり、扉が開かれている感じ。

〔3〕
　先ず、雑念を、指定した「空の壺」に入れるように教示。2つの壺。心臓みたいにドキドキしている丸い壺に入る。人間の内臓みたいに温かい。フワフワした不安定感と柔らかい感じ。カユミを感じて集中できない。時々出入りする。そこで、もう一度、「空の壺」に、カユミや雑念を置いてくる。もう一つ別の陶器の壺は、思ったより広く、自分が小さくなって、落ちていくような気持ち。しみじみと入ろうとしても体だけで、顔や頭が入りきれない。

〔4〕
　同じような2つの壺。一つの壺に入ってみる。外からは、白い感じに見えるが、中に入ってみると、ブラック・ホールに吸い込まれてゆく感じ。体の感じが消えて、感覚だけが残っている。
　もう一つの壺には、水か空気がつまっていて、自分もフワフワ浮いているような感じ。先ほどの壺の残像のような気がする。外に出て、この壺を消してしまう。

〔5〕
　形のない、中身が出たり入ったりしている流動的な丸い感じの壺が1つだけ現れる。中に入ると、自分が軽くなった感じである。居心地は悪くない。普通の自然な感じがする。しみじみ入っていると、何もないフワーとしたような……（約1分間）……けだるく浮いているような気分。
　最後に、胸の中にその壺を収める。そのあとも、白い「無」の中にいるような感じ。

〔6〕
　胸のあたりから壺を取り出す。中に入るとフワーとした感じだが、「こわれるかもしれない」という気持ちが流れ込み、フッと我に返りそうな気持になる。

第1部　心理的成長と中心過程について

ウ．カウンセラーによる描画

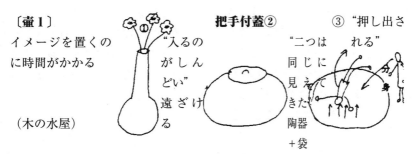

〔壺1〕
イメージを置くのに時間がかかる

（木の水屋）

把手付蓋②

③"押し出される"
"二つは同じに見えてきた"
陶器＋袋

"入るのがしんどい"遠ざける

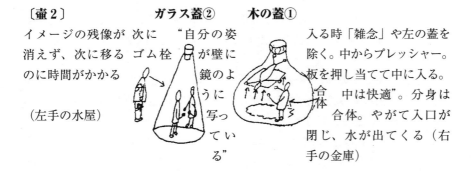

〔壺2〕
イメージの残像が消えず、次に移るのに時間がかかる

（左手の水屋）

ガラス蓋②
次にゴム栓
"自分の姿が壁に鏡のように写っている"

木の蓋①
入る時「雑念」や左の蓋を除く。中からプレッシャー。板を押し当てて中に入る。中は快適"。分身は合体。やがて入口が閉じ、水が出てくる（右手の金庫）

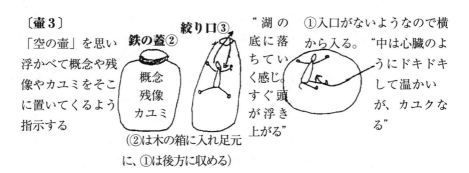

〔壺3〕
「空の壺」を思い浮かべて概念や残像やカユミをそこに置いてくるよう指示する

鉄の蓋②
概念
残像
カユミ

（②は木の箱に入れ足元に、①は後方に収める）

絞り口③
"湖の底に落ちていく感じ。すぐ頭が浮き上がる"

①入口がないようなので横から入る。"中は心臓のようにドキドキして温かいが、カユクなる"

80

第4章　先行研究

〔壺4〕

足元。後方からどっちともつかない壺状のものを取り出す

横から入る "ブラックホールに吸い込まれる"

コルク蓋①　　コルク蓋②

"ぬるま湯につかっている感じ"　　水か空気がつまっている感じ "湯上がりの気分"

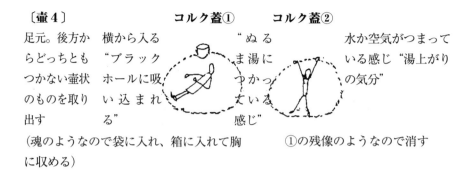

（魂のようなので袋に入れ、箱に入れて胸に収める）　　①の残像のようなので消す

〔壺5〕

"白い舞の中にある感じ"　　"自然な高揚感、向上感がある。空白感もある"

（袋に入れて胸の中に収める）

〔壺6〕

木の蓋　　"温かい状態の中を漂っている感覚"

（胸に収める）

第1部　心理的成長と中心過程について

しかし、それに持ちこたえられそうな心境である。
壺の外に出ても、静かで自然な気持ちである。
再び、胸に収める。

エ．症状と行動の変化（カウンセラーの評価）
〔1〕
　アトピーが顔面を被い、人目を気にしてとても過敏な反応を示す。
　直射日光に当たってはいけないと医者から言われ、通院以外は、外出していない。
　壺イメージでは、しきりに胸をかいていた。
　自己概念の硬さがある。
　融通性に欠ける性格的な要因も考えられる。
〔2〕
　アトピーに過剰反応がある。カユミに対しても同様で、意識過剰になり、症状を無理に抑え込もうとする。
　その過剰防衛が、感情や有機体経験も抑え込むので、自己概念と有機体経験の乖離も著しい。すなわち、不一致の状態である。
　そのために、かえって、症状を悪化させている。
〔3〕
　普段、アトピーは、夕方5時ごろにはカユミが表れ、5，6時ごろには、ピークに達すると云う。その症状が、セッション中に表れ、顔面をポリポリかきはじめた。
　しかし、それは、ある意味で、相談室でホッとしてリラックスしているから症状が表面化したとも考えられるので、あながち悪い症状ではないと云える。カユミは緊張すると我慢できるが、「かゆくない」と自分に言い聞かせるのは、絶対無理があると思う。
〔4〕
　カユミへの執着はとれ、同時にアトピーも収まってきた。顔面には白い部分が目立つようになった。それとともに、調子が上向き、ちょっとアルバイトをしてみたいと思うようになってきた。長い間引き篭もっていたが、外で

何かできそうな気がする。大学には行けてもよ行けなくてもよい心境になってきた。アルバイトの延長で、働いてもよいかなとも思う。

　セッション中、一切からだをかくこともなくなり、ありのままを受け入れている。

〔5〕

　「週3回アルバイトに出ています」と元気よく言った。旋盤の仕事はつらく、足がダルイですが、続けるつもり。

　疲れるとカユミも出るが、アトピーは、よくなってきている。

　ボロボロ皮膚はとれても、ジクジクしない。

　治る自信と希望がもてるようになってきた。

〔6〕

　「ここんとこ毎日外出しています」と明るく言った。旋盤の仕事は、油が飛んで、皮膚に悪いので、違う職種を探している。

　薬は飲んでいない。完治はしていないが、アトピーとつきあうつもりで、徐々に直してゆこうと思っている。

　「一番しんどい夏を克服した。」

3. 評価（まとめ）

　6回の面接を①カウンセリング、②壺イメージ、③症状と行動の3つの視点から簡単にまとめ、以下のように、体験過程の見方を加えて、回ごとに評価し、表にした。（表1）

表1

〔1〕　主観的反応　観察的関与（壺の体験的機能性）自己否定的（固い自己概念）

〔2〕　過剰適応　思い込みが強い（否定的反応）体験に両価的（主体感覚の賦活）

〔3〕　症状への強い意識・不安　感情レベルがまだ抑制されている（外

〔4〕 こだわりや過剰意識が少なくなる　（身体）感覚的体験（フェルトセンス）
〔5〕 体験に順応（固有のペース）症状も受け入れている（自己一致、心的回復）
〔6〕 自己肯定感　現実吟味（今ここ）　終結の自己決定（自己発揮、心的成長）

4. フォローアップ面接

　その後Ｂ男はどうなっているのか予後を見るために、両親と本人の同意を得て、Ｘ＋8年、Ｂ男を訪ねて予後面接を1時間程度実施した。

　都会にあるＢ男の居住地へは電車での旅になったが、近づくにつれて空が曇り、スモッグのにおいが気になった。また、電車の中では、アトピーにかかっているのではと思われるような人が何人かいたので、風土も症状に与っているのではと思った。待ち合わせの場所でもアトピーの人がいて、何しろ、8年後のことなので、Ｂ男と間違えるところだった。しかし、久しぶりにそこで会ったＢ男は、かすかにアトピーは残っていたものの、すっきりした表情で、すっかり大人になっていた。先ず、相変わらず几帳面に、「今から、職場に向かうところなので、面接は簡潔にお願いします」と、述べた。その後、デザイン関係の専門学校で知り合った先輩の紹介で、デザインの仕事に就き、今は大変忙しくしているとのことであった。その仕事に専念している様子は、彼の心理的成長を物語っているようであった。また、インタヴューでは、担任の見方も、「自信たっぷりに非常識を振りまいていた」というように相変わらず手厳しいものであったが、主観的見方は、少し和らいで、客観性のある表現が印象的であった。当時の自分を振り返って見て、「純粋で、過敏に反応していた」と客観的に分析した。これは、当時の担任に圧倒されていたときと比較すると、一定の距離感があり、今は、それほど担任イメージに侵襲されていることもなく、発言には、随所に、「主体感覚」が守られている点が見出された。

Ｂ男は、壺イメージの印象については、「実にタイミングよく受けることができた」と体験の機縁について評価していた。体験の機微については、それほど深く覚えていないものの、自分が自分を見つめているところは、よく憶えていて、それが、「自分について知るきっかけとなり、それから変化があった」と、体験の機序について答えていた。

このように、予後面接においても、Ｂ男の主体感覚の発動から主体発揮に至る心理的回復と成長の中心過程は、体験の機縁・機微・機序の有機的なつながりにおいて、見られたと云ってよいであろう。

5. 考察

ＡＤが、身体的治療を抜きにして、純粋に心理的治療で治るかどうかは疑問であるが、Ｂ男の予後面接からは、壺イメージ療法の適用が、アトピーの症状に直接効き目があったと考えるよりは、心理面での効果が結果的に症状を軽くしたと云う方が妥当であろう。

身体面から、小児科医の冨田（1995）は、ゼンソクやアトピーを心身症のアレルギー反応として、からだの側面ばかりでなく、こころや環境の側面からみる必要性を説いている。また、アトピー性皮膚炎について、それが思春期まで持ち越すのは、かなり重症で、アレルギーの面以上に心の問題を真剣に考える必要があることにも言及している。これは、Ｂ男のケースにも妥当するであろう。

心理面からは、壺イメージの中で、自己イメージに直面し、「自分を知る」というプロセスがあり、そこに「主体感覚の賦活」（吉良）が見られた。そして、回を重ねるうちに、自分の思い込みのやや固い自己概念が、柔軟になり、ありのままの感情や体のレベルの有機体経験へと変化する体験のプロセスがあったと云える。後半には、アルバイトの場面にうかがえるように、相互関係の中で自己発揮してゆく、心理的成長の機序が見られた。次々と、友人やデザインの勉強や仕事に恵まれていくＢ男の順調なプロセスは、回復基調から成長過程への変遷であり、そのあたりについて壺イメージ療法の開発者である田嶌誠一先生に学会で直接お聞きしたことがあったが、先生は、それを、

第1部　心理的成長と中心過程について

「チャンネルが開いた」という表現で説明された。これは、停滞からの復調とともに、成長という回路へとつながる、回復過程が成長過程と軌を一にすることを表明されていたと云えるのではないだろうか。

参考文献

池見　陽他（1986）体験過程とその評定：ＥＸＰスケール評定マニュアル作成の試み、人間性心理学研究、第4巻、50-64.

池見　陽（1993）人間性心理学と現象学——ロジャーズからジェンドリンへ——、人間性心理学研究、第11巻第2号、37-44.

吉良安之他（1992）体験過程レベルの変化に影響を及ぼすセラピストの応答——ロジャースのグロリアとの面接の分析から——、第10巻第1号、77-90.

吉良安之（1995）主体感覚の賦活を目指したカウンセリング、カウンセリング学論集（九州大学六本松地区）、第9輯、39-53.

Klein, M. H., et al (1985) *The Experiencing Scales*. In W. P. Pinsof & L. S. Greenberg (Eds.), *The psychotherapeutic process: A research handbook*, New York: Guilford.

畠瀬　稔（1996）人間性心理学を求めて、畠瀬　稔（編）人間性心理学とは何か、大日本図書、pp. 11-54.

冨田和己（1995）心から見るアレルギー——ゼンソク・アトピーは、なおる——、法政出版.

Rogers, C. R. (1961) *On Becoming a Person*, Boston: Houghton Mifflin Company, pp. 125-159.

田嶌誠一（1987）壺イメージ療法—その生いたちと事例研究—、創元社.

田嶌誠一（1992）イメージ体験の心理学、講談社現代新書.

第5章　学校臨床事例研究

事例研究1　図書館における臨床と中心過程

1．図書館で見る生徒の対人関係

居場所を求める生徒の傾向：攻撃性の表面化

　X年、筆者はH高校に転勤になったその年、これまで校務分掌として主に相談室を担当してきたが、はじめて図書館に配属された。H校図書館は、多くの生徒に親しまれ、読書や学習のための場所であるばかりでなく、リラックスできて生徒が本音や素顔を見せる居場所としても利用されていた。しかし、フリースペースとも違い、教室と同じ秩序・規律が保たれていた。それは、ロジャーズのいう自己規律（self-discipline）という学習の自由が保たれた雰囲気であったので、ここにその一端を紹介したい。

　H校は、かつて校則のない学校で知られていたが、この年は、ややともすれば、後退的な気風のために、生徒指導や進学指導が徹底的に行われ、自由の気風は、かろうじて図書館に保たれていた。しかしながら、そのために、締め出しをくった一群の生徒たちが、校舎外や図書館でたむろする場面が見受けられた。グループの周辺では、ガラス窓が割られるなどの嫌がらせが目立った。そこで、生徒指導の教師ばかりでなく一般の教師たちが、2、3人で昼食時に校舎内外の巡回を行って、「親がつくってくれた弁当を感謝して食べなさい」などと外でたむろして食事をしている生徒に話しかけた。

　図書館では、同じグループが雑誌を無断で持ち出すなど、うさ晴らしをする傾向があった。これまでも再三注意されたことのあるリーダー格のI男の周辺で本がなくなるので、学校司書（以下、司書と略称）は、対策を考えあぐねていた。一時は、よくなくなるスポーツ雑誌の閲覧を規制したが、一向に改善しなかった。それを生徒指導の問題として生徒指導にゆだねる方法もあったが、これまでの経緯から、グループのこれ見よがしな挑発的な態度を

第1部　心理的成長と中心過程について

助長し、器物破損などを引き起こしかねなかった。そこで、教師らは、担任にも相談し、I男となるべく対話をこころがけることにした。外回りで、「とんびが（弁当）ねらっているよ」。I男「ほんとにトンカツとられたことがあるんです」など。格闘技で鍛えたガードの固いI男であったが、このようなさりげない会話で、防衛がややゆるみ素直になったように見えた。

　そこで、「信頼しよう」と、司書と誓い合って、スポーツ誌の閲覧の規制を解いた頃から他の本の紛失もなくなった。また、I男は、次第に教師たちを信頼するようになり、味方に回るように変わっていった。友だちの図書の無断貸出しの不祥事も「こいつの家に行ったら、図書館かと思ったよ」と、明かすなどして、無断で持ち帰っていた本が、そっくり返ってきたこともあった。これは、罪や失敗をたしなめるばかりでなく、修正する機会が与えられると、一種の経験として個人やグループ内に、自己規律が生まれたことを示している。

　しかし、このグループには、漠然とした仲間意識はあるものの結束はゆるく、簡単に仲違いする特徴があった。その後の喫煙事件でグループの何人かが生徒指導にかかった際も、受けた処分の重さの違いから仲違いが生じ、仲間外れにあった生徒が図書館で一人しょんぼりする姿があった。このように、元々は仲良しグループだったものが、グループ内いじめや、徒党を組んだ非行に容易に傾くことが特徴としてあるのである。

2. 図書館臨床

　その他、図書館でよく見られる対人関係で、臨床的に気になる傾向があった。図書館を利用するグループやペアの中には、攻撃性や依存性の強い生徒がいて、お互いに分かち合う相互関係がくずれて、強い方が、一方的に、優しそうな生徒や弱そうな生徒に向けて、きつい言葉をかけてからむなど攻撃性をむき出しにすることがある点である。これは、教師としても見ていてはらはらするが、攻撃している側を一方的にしかるのは、その後の2人の関係に、必ずしもよい結果をもたらしそうにないことで、教師らがどこまでその関係の中に入っていけばいいのか、判断が難しい。

　しかし、よく観察してみると、実は、そのような場面では、弱い立場の子は、

聞き役を果たしていることに気づいたのである。つまり、攻撃性は、依存性の裏返しであることが多く、相手に自分の感情やストレスを聞いてもらいたい心理があるものの、弱い感情は見せたくはないので、表向き強がる、あるいは、馴れ馴れしさで相手に同情を引いたり、甘えたりするという屈折したものであることが多い。たいていは、なれ合いの中で起こるので、じゃれあっていたり、相思相愛のように見損なわれることも多いが、実は相手が大変迷惑がっていたり、困っていたりすることがあり、それが露骨に表れたり、相談室に駆け込んだりする場合は、関係にこじれが生じていたりするので、カウンセリング的な対応が必要である。そのようなとき、教師らは、その聞き役の生徒に、「つらいときは図書館に来ていいよ」などと、受容的に関わることで、2人のややこしく見える関係が、破綻したり、傷つけあったりしなくなった。

　このように、一方的な関係から好ましい相互関係によりを戻すのは、誰かが仲裁して、お互いの心情をとことん聞くといった、場合によっては危機介入的（問題解決的）なカウンセリング（心理臨床）も必要であろう。そうすれば、両者は双方向的な関係を回復・維持することができるようになり、回復の貴重な経験を得て、以前よりまして好ましい関係を結ぶことができるであろう。

3．居場所を求める生徒の翌年の傾向：攻撃性の沈静化

　X＋1年は、学校の方針がこれまでの生徒指導や進学指導を徹底するものから、柔軟なものに変化した年であった。校長は、早朝に校門であいさつをし、全校集会などで、少年時代の自分のいじめを受けた経験を自己開示するなど、いじめをなくそうと率直に訴えた。学校には開放的な雰囲気が生まれ、外でたむろする生徒や図書館をたまり場とする生徒はいなくなった。

　しかし、それに代わって多くなってきたのは、休み時間にポツリと一人でやってきて、帰って行く生徒であった。クラスからはみ出されたのではないかと心配になる生徒たちであった。中には、相談を持ちかける生徒もいた。一方、相談室から読書のために回って来る生徒もいて、司書は笑顔で迎え、思いやりの言葉をかけた。教師も、司書室の貸し出しカウンター越しに声をかけて、受容と尊重の姿勢で生徒の声に耳を傾けた。

第1部　心理的成長と中心過程について

　図書館によく来て、教師らに何かと愚痴を聞いてもらっていたJ子は、時々立場を変えて、同じグループからはみ出されそうになったK子の話し相手になっていた。ある時、教室で、K子がグループの一人と髪の毛をつかみ合う喧嘩を始めた。しかし、その時、J子はK子を制止し、喧嘩の相手は、グループの他の生徒が制止して事なきを得た。J子は、図書館に駆け込んできて、「K子を後ろから抱えて止めましたが、肝をひやしました」と、興奮した様子で語った。
　この苦労話には、とっさに発揮された生徒自身の決断や勇気や、中に割り込んで仲裁しようとする思いやりや自己指示（self-direction）の心が働いている。このように、普段こちらが聴いてあげているうちに、その生徒が、立場を変えて、他の生徒の気持ちを聴いて、体験を分かち合う姿勢が自然に生まれてくる風土がつくられる。J子は、かつては、男子グループの一人にからかわれて「キレル」行動に出て、よく図書館に駆け込んでいたが、よくもここまで成長したと司書は感慨深く語った。しかし、ここには、個人的な成長を促す図書館の文化風土も一つの要因として関連していると思う。すなわち、それは、生徒を信頼しようと誓い合ったその日から次々に展開する中心過程の推進の一つの表れと考えられるのではないだろうか。
　この風土づくりに関連して、村田ら（2007）は、図書館活用フォーラムにおいて、H校の美術コースの図書委員の提案で、学園祭の展示として、合同画制作を行った。これは、縦横7枚ずつ、計49枚の手作りキャンバスを図書館に来る生徒たちが一人一枚ずつ分担し、ルノアールの名作「舟遊びする人たちの昼食」（1881）を実物大で模写する試みであった。夏休みを含む期間になされた制作中、意見が対立して緊張する場面があったりしたが、創作が生徒の心を一つにして、攻撃性も沈静化していったように見えた。コースや学年を越えて、誰もが参加でき、不登校傾向の生徒も誰も来ない頃を見計らってやってきて、熱心に仕上げるなど、出来上がっていくうちに感動的な作品に仕上がっていくプロセスがあった。絵を描きながらに様々な生徒と出会い、知り合い、表現し、心を通わせてゆく、すなわち、ワンピースがパーツとなり全体となって形を表す様は、学校が一つになって成長する中心過程の一つではなかっただろうか。それは、永らくその作品が図書館に掲げられていることからも示されている。

第5章　学校臨床事例研究

4．いじめ解決への教師の相談力について

以上、事例に照らして、学校臨床の一つとして、図書館における取組みの可能性を示し、いじめ解決への教師の相談力に仮定モデル（Ⅰ、Ⅱ、Ⅲ）を提示した。

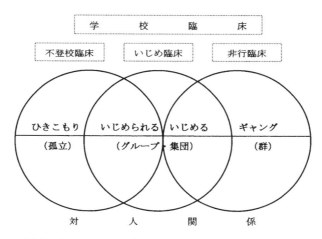

図1　対人関係から見た学校臨床におけるいじめ臨床の位置づけ（仮定モデルⅠ）

表1　いじめの対人関係と危機（仮定モデルⅡ）

いじめられる側の 対人関係と危機	いじめる側の 対人関係と危機
孤立化	グループ化
ひきこもり	いじめグループ
いじめ自殺	非行グループ

表2　いじめ解決への教師の相談力（仮定モデルⅢ）

援助の段階	いじめられる側への相談力	⇔	いじめる側への相談力	〔対象生徒〕
一次的援助	純粋性・真実性・	（思いやりなど自己規律の）促進力		〔全部の生徒〕
二次的援助	尊重・受容力	⇔	信頼・対話力	〔一部の生徒〕
三次的援助	共感的理解・傾聴力	⇔	問題解決（危機介入）力	〔特定の生徒〕

91

第 1 部　心理的成長と中心過程について

　これらの図表から、図書館における臨床においては、特定的な場所ではあるが誰もが利用できる場所という設定から、学校臨床の最近の喫緊の課題となっている不特定多数のグループや個人を対象とするいじめ・いじめられるなど対人関係をめぐる問題には、二次的援助という視点から、弱者・被害者側の生徒への尊重・受容的対応と、強者・加害者側への信頼・対話力が、問題解決に向けての予防的かつ危機介入的な対応策の中心過程となり、生徒の立ち直りや改革を促進するであろう。
　しかしながら、今、いじめ対応について教師に必要とされるものは、専門性や経験が問われる問題解決力だけではなく、すべての教職員が生徒や同僚を思いやる予防的で促進的な、いじめが発生しない風土を学校に培うことであろう。

参考文献

石隈俊紀（1999）学校心理学、誠信書房.
村田　進、横長衣子（2007）図書館活動は Collaboration で——響き合う図書館活動の実際と図書館利用生徒の傾向. In: 石川県高等学校図書館協議会編：平成 18 年度石川高校図書館第 44 号（平成 18 年度中部地区学校図書館活用フォーラム分科会発表資料）.
村田　進（2007）いじめの解決：教師の相談力とは , 特集：いじめと学校臨床、臨床心理学、第 7 巻第 4 号（通巻 40 号）、金剛出版、473-477.
Rogers CR, Freiberg HJ (1994) *Freedom to Learn, 3rd.Ed.* Prentice Hall. 畠瀬稔、村田　進訳（2006）学習する自由、第 3 版. コスモス・ライブラリー.

第5章　学校臨床事例研究

事例研究2　ふっきれる回復過程と「間」について

1．テーマと目的と方法

（1）テーマ：分離不安をもつ不登校傾向の生徒への対応について
（2）目的と方法：3年生の大事な1年間を、いじめられたという体験から引き篭もったのちに、それでも卒業したい一心で相談室登校を開始した女子生徒（A子）の事例から、いくつかのエピソードを取り上げてカウンセラーのあり方を考えてみたい。

2．いくつかのエピソード

（1）A子の卒業時のメモ
　後先になるが、小さい書置きのメモについて考えてみる。それは、クライエントの生徒が卒業時に私に残したものであった。クライエント（高3）は、相談室に来た折には、クラスの対人関係に悩み、そのことで1学期間不登校に陥っていたが、2学期から次第にクラスに復帰して行き、出席日数をかろうじてクリアして卒業していった。彼女の残したメモ書きには、「本当にお世話になりました。先生のおかげで学校行けてました!!　ありがとうございました。」（ママ）とあった。寡黙な生徒のたどたどしい手であるだけに身に沁みた。そこには、女子高生のセンチメンタリズムを超えた複雑なものがあった。クラスの対人関係で悩み、1、2年生の時期をしのぎ、3年生の相談室登校から徐々にクラス復帰していく過程で様々なことを体験した彼女の1日1日を思うときに、つらかっただろうなという思いがよみがえってくる。

（2）A子の母親について
　同時に、日を置いて考えてみると、それは対人関係の問題というよりも別の要素がそこに潜んでいることがわかった。クラス復帰に際しては、カウンセラーとして筆者が教室に同行することがあった。そのようにした発端は、彼女の母親が学校に来て、彼女をクラスに誘導すると、クラスに入ることが

93

できたことがあったからである。私は母親の代行のようであった。そのようにすると、クラスまで行けるが、中には入れず、渡り廊下のベンチに腰掛けて、教室の外で授業を聞くことが多くなった。ある日、母親は、参観授業のときをみはらかって、クラスまで一緒に入って、様子を見ていたことがあった。普段は、そもそも母親が教室に入ること自体が珍事であったが、教室内を観察したいという思いが強くあり、当の本人Aさんもそれを恥ずかしがらずに許容した。

(3) 一つの出来事をめぐって

そのような折に早朝、母親が教室に入って、グループの一人に自分の子供をいじめないように戒める出来事が起こった。怒られた生徒は、ショックで相談室に駆け込んだが、実は、その子（B子）が1年時にいじめられる側で、しばらくの間、相談室登校を続けた生徒であった。今は、立場が逆転していたのである。このことがあって、親同志の間で不穏な空気が持ち上がり、そのことで担任が相談に来られた。こうして学校の仲介が始まり、担任が生徒の言い分をどちらも丁寧に聴くことで一応おさまった。

3. 考察

(1) 対人関係のこじれと母子分離不安

このような仲良しグループを巡る人間関係のこじれは、学校ストレスを巡る未熟な行動化と、もう一つ見逃してはならないのは、「2人組」的な母子関係すなわち、共依存関係である。母親が教室に乗り込む行為は、「これはおかしい」と皆が了解するほど、タブーが破られ、引けてしまうアクティング・アウトであった。しかし、このことがあった後、周囲に、そっとしておこうという共通認識が生まれ、その日から生徒も教師も親も冷静に見守り、B子も周囲の同情や共感を得て、落ち着いてゆく過程があった。

(2) 行動化とふっきれる収束のプロセス

このケースにおいて、カウンセラーとして、自分自身が親子の間に介在し

て、学校との風通しを良くし、見守っていたが、結果的に母親は、アクティング・アウトを起こした。一方、それを機に、彼女は、クライエントよろしく自ら箱庭をつくり、変容し、同時に、A子も自立的に行動するようになるという風に母子分離につながった。

(3) カウンセラーの「間を置く」むずかしさ

　しかし、カウンセラーの見守る姿勢は、いつの間にかグループの中の葛藤に巻き込まれていくだけではなく、母子関係の中にも巻き込まれ、二人組ならぬ三人組となってしまう危険すらあった。アクティング・アウトを阻止できなかったことには、クライアントに対峙する姿勢すなわち、中立を保てなかったカウンセラー側の「間を置く」むずかしさがあった。同時に、この場合、クライエントの心理的回復過程に、一時的に症状の表出やアクティング・アウトの現象がみられることを知っておくことは大切なことである。なぜなら、それは、回復過程の兆しであることもあり、それが正当に評価されず、悪化と受け止められがちだからである。しかし、問題場面の中で、それを的確に評価し、周囲にわかってもらうことは、カウンセラーの力量である。そこには、カウンセラーの経験と勘や専門性や周囲との日頃の良好な信頼関係が問われる。

(4) ふっきれる回復過程

　A子とその母親はその後どのようになっていったのだろうか。母親は、まるでそのようなことはなかったかのようにA子を学校に送り出し、相談室に来て、A子と同席し、相談室にあった箱庭の人形や砂場を勝手に使って、まるで自分がクライエントであるかのように、作品を作ったのである。それは、背景の戦場と橋の手前にある平和な社会と家庭の二極対比的な作品の世界であった。そして、以後は、まるでゆだねたように学校や相談室に来なくなった。同時に、A子もクラスに出席する回数が増え、出席日数も足りて、最後は、卒業式に皆と参列できて、無事、卒業していった。

　このことで考えられるのは、母親がカウンセラーや学校にこのようにやってほしいという思いを伝えたかったのかもしれない。カウンセラーの難しさ

は、二人に与すれば、巻き込まれて良かれ悪しかれ、二人の思いを強化する立場になる。そこで、そのようになる前に、カウンセラーがイニチアティヴをとることが、賢明であっただろう。そして、さらに怖れられるのは、相談室登校がなければ、タイムリミットなどの物理的な条件で、A子自身があきらめてしまわなければならない状況に陥ることであった。それだけに、慎重に、母親には行動して欲しかったところではあるが、母親は、学校の規則と子どもの対人関係のはざまで葛藤し、爆発したものと推測できる。しかし、結果的に思いのたけを行動化した母親は、その後ふっきれて退き、子どもにまかせた。それは、母子分離の一歩といえるであろう。学校が事の重大さを認識し、その変化を受け止めたことに意味があったと云えるであろう。

4．結論

心理的回復のプロセスは、A子にとって、しのぐ段階とそれからふっきれて、のりこえる段階を経たと思われるが、それに対応して、カウンセラーは、クライエントの主訴や症状や行動の変化を受け止めながら主体的に立ち直ってゆく心理的回復の機序を心得ておくことが必要であろう。

第2部

V. ウルフ『灯台へ』と創作体験

第6章 『灯台へ』概論

Virginia Woolf's Experiential Writing in *To the Lighthouse* — In Search of "Core of Darkness"—

Preface

Once I was, I remember, enamored of the sound of the sea full of nostalgia in the work, *To the Lighthouse*. But as I re-read, I was surprised to know that the sound had much to do with death. Also, I came to be interested in the formal phase of the work, and the original method of the author, Virginia Woolf. In this point, I was much indebted to David Daiches and Robert Humphrey. But I endeavored to see both form and content, or the intersecting part, for we cannot separate the two, particularly in this work. In the first place, I saw the imaginary quality in the work, and took reality seen from the relationship between the work and the author into consideration, who was the narrator describing as freely as she could, moving from one perch to another, on the branches of stream of consciousness in her characters in the work. The aim of this study is to see how one grows and changes in the daily life, and becomes oneself, touching upon one's core of self.

Chapter 1. In Search of Reality — Woolf's Concept and Intention of Experiential Writing

Perhaps, he (i.e. Lytton) said, you have not yet mastered your method. You should take something wilder and more fantastic, a framework that admits of anything, like *Tristram Shandy*. But then I should lose touch with emotions, I said. Yes, he agreed, there must be reality for you to start from.

This conversation between Woolf and Lytton Strachty was recorded in her diary dated on 18 June in 1925. It was done about Mrs. Dalloway. This advice of Lytton was to make a delicate influence on her next work, *To the Lighthouse* (1927). For it suggests her inclination to her original writing style in two ways for the future. One is concerning the setting, and the other the method of her experiential writing.

Lighthouse has a symbolical 'framework' to endow unity and certainty with. And the beautiful and emotional style in Dalloway was replaced by her descriptive camera-eye of her own, which describes a spectacle of consciousness of people living in the summer resort house. Therefore, lyrical tune echoes in the work, coming from the author herself, so 'reality' and 'emotions' co-exist in her creative writing style. For one thing, the subject itself is 'sentimental'. The lyricism covers her work, and her theme itself is sentimental in To the Lighthouse. The following is the design of this work, which she wrote in her diary on 20 July in 1925:

> … The word "sentimental" sticks in my gizzard…. But this theme may be sentimental; father and mother and children in the garden; the death. The sail to the Lighthouse. I think, though, that when I begin it I shall enrich it in all sorts of ways; thicken it; give it branches — roots which I do not perceive *now*. It might contain all characters boiled down; and childhood; and then this impersonal thing, which I'm dared to do by my friends, the flight of time and the consequent break of unity in my design. That passage (I conceive the book in 3 parts. 1. at the drawing room window; 2. seven years passed; 3. the voyage) interests me very much. A new problem like that breaks fresh ground in one's mind; prevents the regular ruts.

第6章 『灯台へ』概論

This plan, though a little modified, reports her intentions straightforwardly. Here we can see her fatal theme, Time and death, the nostalgia for the past, mother and father, the plot of sailing to the lighthouse, and her design to set three parts of section independently. In Woolf's writings, there is always realism which reminds us of her own experience; for example, there is the scene of an excursion to the sea by the children in *To the Lighthouse*. The following is her own experiential writing of the stream of consciousness of Nancy, Mrs. Ramsay's daughter, in the novel.

> She crouched low down and touched the smooth rubber-like sea anemones, who were stuck like lumps of jell to the side of the rock. Brooding, she changed the pool into the sea, and made the minnows into sharks and whales. … And then, letting her eyes slide imperceptively above the pool and rest on that wavering line of sea and sky, on the tree trunks which the smoke of steamers made waver upon the horizon, she became with all that power sweeping savagely in and inevitably with-drawing, hypnotized …. (87-88)

This is Nancy's experience reflecting what Virginia went through. This dazzling feeling in the enormous gap between 'vastness' and 'tininess' (macrocosm and microcosm,) in nature forms the prototype of Woolf's dualistic way of thinking; human beings and nature, images and reality, and symbolism and naturalism all through her works. Her realism may be traced back to her early days at St Ives.

Woolf describes her own childhood experience, which gives much effect on the formation of personality thereafter. In *The Waves*, one of Woolf' s masterpieces, Bernard, who seems to be her alter ego, explains how his infant age was printed with casual impressions through his senses and became the mother-body of his later consciousness. One day awaking for the first time to life in his innocent mind, he sees a scene that the gardeners are sweeping the lawns with great brooms. And the lady is sitting writing. This apparently insignificant scene "happens in one second and" would last for ever in his mind. And it often reappears in his soliloquy, because it had an important symbolic meaning for him. It was the first perception of things other than himself, or enemies, he says. Then he thinks that "it is strange that one cannot stop gardeners sweeping nor dislodge a woman. There they have remained all my life. It is as if one had woken in Stonehenge surrounded by a circle of great stones, these enemies, these presences". In *Lighthouse*, Woolf refers to the infant experience about James and says, "to such people even in earliest childhood any turn in the wheel of sensation has the power to crystallize and transfix the moment upon which its gloom radiance rests …" In fact, James keeps conceiving hatred to his father for his having refused to go to the lighthouse for a decade.

  This is the way Woolf attached importance to experience. She drew most of her materials from her experience; from London in *Dalloway* and from St Ives in *Lighthouse*. This is why her novels have emotionally colored reality, while she tried to catch reality in her ordinary life, and to revive it in her works.

  In *Lighthouse* the first and the third chapters deal with one day each at the same place, while the second one suggests just time passing between them. This contrast beyond time brings one day of an ordinary life to highlight. But her intention was not only to set such a situation, but also to depict characters from inside, describing her experience, and real persons as models. Mr. and Mrs. Ramsay are her old images of her father and mother. In spite of early recollections, she, Bell says, drew her mother, Julia, "more real and more convincing than Leslie's portrait," which is saintly pure. Julia was really as beautiful as Mrs. Ramsay to the extent that Burne-Jones had used her as a model and "the 'Burne-Jones type' owes something to her profile." And she was so lovely and tender in the way that "everyone demanded some kind of help or sympathy," above all her husband, as seen in the novel. But she almost exhausted herself to charities and maternal commitments and financial management, etc, and she was always the center of her family and could have created 'The felicitous family of Stephen' in most situations." On the other hand, Leslie, Virginia's father, was an obstinate just like Mr. Ramsay, had a conviction that "Noah's Flood was a fiction. And he could have acted resolutely in accordance with his convictions. He left the post of Cambridge and at the same time a profession of faith. Then starting as a journalist and being concerned about politics, he tended more and more towards philosophical speculation and literary criticism, one of which achievements is *The Dictionary of National Biography*. But in his later days he was not always happy. He needed Julia's consolation as well as Mr. Ramsay asks for sympathy for his wife to be secured from a sense of seclusion. He was a 'skinless man' whom nothing could touch but her soothing hand.

　　These analogies prove how Woolf depended on reality; experience and facts, while she did not write plots. In 1927 she said in her diary that she could make up situations, but could not write plots in *Lighthouse*, in which there is no more than a motif of 'Going to the Lighthouse', but it is too feeble to call it a plot of fiction. And her experience is just coarse subject matter that must be selected in a symbolical situation. She says;

> "It (i. e. reality) would seem to be something very erratic, very undependable — now to be found in a dusty road, now in a scrap of newspaper in the street, now in a daffodil in the sun …. But whatever it touches, it fixes and makes permanent. That is what remains over when the skin of the day has been cast into the hedge; that is what is left of past time and of our loves and hates …. It is his (i.e. writer's) business to find it and collect it and communicate it to the rest of us."
> (*Room*)

What she means by reality is more spiritual than material. It must show (as Daiches says) "both the thing and its value, its metaphysical meaning, simultaneously." (Daiches, 42) W. Pater says, "While all melts under our feet, we may well grasp at any exquisite passion, or any knowledge, or ⋯ any stirring of the senses, strange dyes, strange colours, and curious odours, or work of the artist's hands, or the face of one's friend." She stood on the same horizon as Pater in that she faced the concrete objects in the actual life, and tried to grasp the impressive moment and to give it form, just like Lily who tried to picture the moment of 'revelation' in her campus in *Lighthouse*. The work of *Lighthouse* itself is such a grand enterprise to fix the moment of the past and revive it as a myth in the novel.

Accordingly, here is 'the thing and its value,' like Mrs. Ramsay grasps branches of the elm trees to stabilize her position and has the image of 'stillness', which calms her disturbed mind after the party, and leads to her conviction that after her death this moment will outlive and she will continue to live in the emotions of everybody. Here, branches are both the thing and the symbolic meaning of 'stability' of the moment. In chapter 2, 'airs', as if they were living, steal into the room and ask questions 'as to what, and why, and wherefore'. Things observe the decaying state of the house after the Ramsays left it. They stand for the emotion and spirit of the observer and narrator, the author herself, who laments for the mutability of time and the monotonous tone of the 'waves' with 'regular mechanical' sound of the bell that tolls and tells that all is 'ephemeral as a rainbow'. It is a sense of time passing, all through her life and works. *Lighthouse* is full of various symbolic images on such a symbolical structure, imaginary and reminiscent.

This explains the dualistic structure of Wolf's realism. That is, Woolf carried the method of realism to extremity, so that she could reach the boundary, where the realism becomes one with symbolism. In *Axel's Castle*, E. Wilson says; "The literary history of our time is to a great extent that of the development of Symbolism and of its fusion or conflict with

Naturalism." Woolf is not an exception. Using the method of realism, she depicted reality somewhat through the filter of her emotions. In contrast to the traditional objective way, her realism was to describe a delicate human consciousness as subtly as possible, rather than the story. It was a new method to describe reality from within.

Chapter 2. Writing "Shower of Atoms" — Woolf's Experiment of Describing Reality from Within

A new method had to be made, by which she might acquire the means to experiment her new intentions. Making the survey of modern frictions, she denies the Edwardians; Wells, Bennett, and Galsworthy, calling them materialists, who "are concerned not with the spirit but with the body", and she expects the Georgians, Joyce, and Eliot. According to G. S. Fraser, "in the Edwardian decade (in reaction against the 'art's sake' doctrine of the 1890's) almost nobody was judging, praising, or discussing literature from a purely aesthetic point of view." (89 − 90)

So, in the same way, the writers of its period "spent their time" pursuing only social problem and immense skill and immense industry making the trivial and the transitory appear the true and the enduring. (M.F.187) New generation needed a new attitude toward life and literature to transcend the old, both in the spirit and in the manner. This attitude deviates from the essential way of literature, at least from the artistic point of view, while in the background of such thinking, we cannot overlook the change of the age. There was the First World War. The shadow of the war is distinctly projected, for instance, on *The Waste Land* by T. S. Eliot;

Unreal City,
Under the brown fog of a winter dawn,

> A crowd flowed over London Bridge, so many,
> I had not thought death had undone so many,
> Sighs, short and infrequent, were exhaled,
> And each man fixed his eyes before his feet.

The crowd of ghosts is the image of the dead killed by the war and at the same time of the living left aimless to be deprived of their base to live on. People between the two world wars had more or less such viewless characters. They were called 'lost generation' whose sense of value had fallen down. They floated separately, untied from the bandage of human relations; some subsided into their own world; some tried to revive human relationships. In such a chaotic state the authors could no longer depend upon tradition, whose framework had been cut in pieces; the dream of romanticism broken, and only the fragmentary of reality left, to which they had tried to hold on. Eliot embraced Anglo-Catholic as a chessboard on which he could stand and act resolutely. Forster, despairing of the relationships among English men, asked in vain for the communion with the Indians beyond some handicaps. Lawrence found the rescue chiefly in the sexual relations between men and women, through which he thought humanity could revive. And Joyce went upstream beyond absurdities of modern society only to find the peace of primitive humanity.

In *Lighthouse* the war also casts a shadow over the work. For instance the bracketed message that Andrew Ramsay was blown up by a shell in France is reported in the second chapter. After that, Woolf suggests, comparing the early and the late of summer to the dream and the actuality, that there is some crevice creeping between nature and time. The consciousness of man had so far been a mirror that reflected "the sunset on the sea, the pallor of dawn, the moon rising, fishing-boats against the moon, and children pelting each other with handfuls of grass. That is, "Beauty outside mirrored beauty within." (153) There imaginations and dreams had bound the outer world with the inner world "assembling outwardly the scattered parts of the vision within". It is a state where "good triumphs, happiness prevails, order rules." There must be "some absolute good, some crystal of intensity, remote from the known pleasures and familiar virtues, something alien to the processes of domestic life, single, hard, bright, like a diamond in the sand". (151) But the war destroyed such romanticism and idealism into pieces. Something out of harmony with this jocundity, this serenity "invaded." The silent apparition of an ashen-coloured ship came and went. "The bland surface of the sea" was stained purplish with blood. Man violated Nature, and was revenged by her. "The mirror was broken." And man and Nature have been cut off, she thought.

  Lily's yearning after the dead Mrs. Ramsay in the third chapter may be the nostalgia of the lost past. Mrs. Ramsay is the last embodiment of old virtues, tender, tolerant and beautiful. Her, what Mr. Ramsay calls, 'exaggerations' and 'lies' are a kind of delicacy. After he says scientifically, "But, it won't be fine.", she cannot help saying, "But it may be fine — I expect it will be fine.", worrying James' mind. On the other hand Mr. Ramsay is typical of modern rationalism. He says nothing but 'truth'. He doesn't mind hurting others' feelings by persisting his belief. (As a result, he very often causes friction with others, and his mind is always dry and wants wet 'sympathy'.) While Mrs. Ramsay has an image of the 'delicious fecundity' compared to a 'fountain and spray of life', he has an image of 'the fatal sterility of the male' compared to 'a beak of brass, barren and bare' that plunges into its delicious world. (She stands for the old-fashioned romanticism, while he stands for the modern rationalism.) In disregard of his child's expectation, he judges the weather for a rain, thinking coldly, "Not with the barometer falling and the wind due west." This scientific spirit (depending on only the science and) regardless of humanity is perhaps the worst product of the modern civilization. Mrs. Ramsay thinks of him that "to pursue truth with such astonishing lack of consideration for other people's feelings, to rend the thin veils of civilization so wantonly, so brutally, was to her so horrible an outrage of human decency…" (38) For her his modern intellectualism is rather as brutal and uncivil as to break 'human decency'. His act to try to "repeat every letter of the alphabet from A to Z accurately in order" and his philosophical speculation remind us of a modern machine, like in Chapline's film *Modern Times*. The contrast of Mr. Ramsay makes Mrs. Ramsay conspicuously romantic. She gives her husband 'sympathy' and takes care of children, and manages household affairs, tries to encourage unhappy young man, Carmichael, in her house. And so many people flock to her door with love and respect for Mr. and Mrs. Ramsay, such as Lily and Mr. Bankes. But on the other hand she has a kind of 'pessimism'. She wishes for her children never to grow up into 'long-legged monsters'. She has so clear and severe a view of life in her apparently optimistic attitude that sometimes she feels it "terrible, hostile, and quick to pounce on you," thinking that "there are the eternal problems: suffering; death; the poor." (p74) Already there appears to be a great gap between life and her, where she has been trying to bridge, for her life. In a way it was the gap between senses of value, modern and old." (p198) And she dies and disappears, very suggestively after the first chapter. But even if her morality is old and crushed by the war, its virtue is eternal and universal. After her death she continues to live in everybody's mind. Though her hopes for the future that Lily and Bankes should marry, Poul and Minta be happy, and Prue make wife are all betrayed, her existence remains in everyone's mind ever after as a nostalgia deeply underlying in his or her mind.

　　　Perhaps Lily's yearning after Mrs. Ramsay is Woolf's own nostalgia of the past. She confesses that "why is life so tragic; so like a little strip of pavement over an abyss. I look down; I feel giddy; I wonder how I am ever to walk to the end. " (W.D.29) This pessimism is in accordance with her excessive sense of isolation. It is the way　she says that nothing seems to support her any longer. Having no belief or prospect, she stands and walks for herself without any help of convention or of the contemporaries. Its confession is the cry of one who is robbed of common principles and loses sight of the traditional base whence she should rise herself. Human relation changed. Common sense which would have been found in human minds has already not existed. Each man has made the wall of egoism. She herself confesses that she is likely to throw up 'screens' between her and the others, and accusingly says to herself, "These screens shut me out. Have no screens, for screens are made out of our own integument; and get at the thing itself⋯." (Ibid, 97) The characters of almost all her works have, therefore, the shadow of isolation. Mr. Ramsay repeats 'Alone' and 'Perished', and murmurs;

> But I beneath a rougher sea
> Was whelmed in deeper gulfs than he,

His sigh culminates to the existential sense of isolation of human beings. *The Waves* is the novel, which searches the relationship of six men and women all through their lives and reaches to the Bernard's conclusion that they are secluded absolutely from each other, and it is in vain to ask for identity but in the moment. Woolf, critic, was keen to the state of her age, and thought that they were trembling on the verge of one of the great ages of English literature. In *Mr. Bennett & Mrs. Brown* she expounds;

> With all his powers of observation, which are marvelous, with all his sympathy and humanity, which are great, Mr. Bennett has never once looked at Mrs. Brown in her corner. There she sits in the corner of the carriage − that carriage which is traveling, not from Richmond to Waterloo, but from one age of English literature to the next, for Mrs. Brown is eternal, Mrs. Brown is human nature, Mrs. Brown changes only on the surface, it is the novelists who get in and out − there she sits and not one of the Edwardian writers has so much as looked at her. They have looked very powerfully, searchingly,

and sympathetically out of the window; at factories, at Utopias, even at the decoration and upholstery of the carriage; but never at her, never at life, never at human nature. And so they have developed a technique of novel-writing which suits their purpose; they have made tools and established conventions which do their business. But those tools are not our tools, and that business is not our business. For us those conventions are ruin, those tools are death. (103-104)

The question is whether they should use 'a fork or their fingers'. In any age it is equal to labor pains to create something new. The Georgians had to start first by breaking the form in vogue. That meant that they must be 'a free man and not a slave' and write what they chose and depend upon their own feelings. Now 'no plot, no comedy, no tragedy, no love interest or catastrophe in the accepted style' mattered, Woolf thought. (189.M.F.) In place of them Woolf tried to describe the character itself, Mrs. Brown herself. She is an ordinal but eternal existence — human nature 'itself. She tried to describe Mrs. Brown herself — the character itself — who is ordinal but eternal human nature. In Modern Fiction she says, "Examine for a moment an ordinary mind on an ordinary day. The mind receives a myriad impressions-trivial, fantastic, evanescent, or engraved with the sharpness of steel. From all sides they come, an incessant shower of innumerable atoms…" (189) In order to realize its aim, she described the character out of the inside. She thought that it was the writer's mission to show these 'atoms' of an ordinary man, and unveil the mystery of human inner world. She changed the way of the traditional style of realism into a new one describing human nature itself, by the way that the writer records the dynamic, changing, unknown human consciousness as it is, so that the character might have real and deep quality and insight.

Chapter 3. Describing Luminous Halo — Woolf's Experience of Expressing Herself

It was a new method of 'stream of consciousness' that became the main stream of the 20th century novel that made it possible for Woolf to attain her aim. The inner description exposed the panorama of human mind; impressions, images, emotions, and ideas. Her own style of describing the thing as it is like the camera-eye of the inside projected the shades of her own psychology, and made the streaming and flying state of human consciousness explicit. There was the mechanism of association drawing the threads of perception, imagination, recollection, or fancy in the dialog and the soliloquy. As in *The Mark on the Wall* the author associates various things with the snail on the wall, so in *Lighthouse* the consciousness of characters flows of itself in large stream. The following is an example;

> What had she done with it, Mrs. Ramsay wondered, for Rose's arrangement of the grapes and pears, of the honey pink-lined shell, of the bananas, made her think of a trophy fetched from the bottom of the sea, of Neptune's banquet, of the bunch that hangs with vine leaves over the shoulder of Bacchus (in some picture), among the leopard skins and the torches lolloping red and gold…. Thus brought up suddenly into the light it seemed possessed of great size and depth, was like a world in which one could take one's staff and climb up hills, she thought, and go down into valleys, and to her pleasure (for it brought them into sympathy momentarily) she saw that Augustus too feasted his eyes on the same of fruit…(111-112)

In this way the stream of consciousness has the form of 'interior monologue'. And it flows like a stream. In stream of consciousness in the modern novel Robert Humphrey says, referring to the nature of consciousness, that "first, a particular consciousness, we assume, is a private thing; and second, consciousness is never static but is always in a state of motion." (42) (This assumption is on the basis of the idea of William James and Henri Bergson.) These two qualities are true of Woolf's works. Character's consciousness continues to move on, sometimes jump, and sometimes go round the same place, although sometimes interrupted by the outer affair. It jumps or inflects, and starts again to move on. It is, as Humphrey says, true of the principle of Freud's psychological free association. In the case of Woolf the conjunction 'for' and the pronoun 'one' play the part of a knot among associations, as we can see in the quotation above. 'For' shows certain vague connection between thoughts, and 'one' shows expansion from 'I' to 'We' or 'You'.

　　　　Woolf's own camera-eye often trod on its very private and mystic sphere that another persons cannot enter into. Sometimes from under the surface of consciousness come up suddenly certain usually suppressed impulses or passions, sometimes steal concealed feelings different from the outer appearances. And often the world of unconsciousness appears. Mrs. Ramsay's heart, which seems optimistic apparently, is in actual rooted in dark pessimism, anxiety and despair, and anticipates death when she is alone. There is a scene in which she is suddenly attacked by a terror against the violence of time and death. The monotonous sounds of the waves which were first not heard on behalf of the sounds of men's murmurs or children's cricket playing suddenly and unexpectedly come to "thunder hollow in her ears" (like a ghostly roll of drums) and warn her that life is "ephemeral as a rainbow" and make her shudder with the terror. (19-20) This is the existential anxiety which usually sleeps under the dark depth of human minds. The change of the sound shows her concentrated consciousness very effectively. Mr. Ramsay exposes human nature more barely. His stream of consciousness is less, but his heart is apparent in his behavior. He is seemingly strict and obstinate, but in his mind absolutely lonesome. So he asks for sympathy or love and almost enforces Mrs. Ramsay or Lily to give it to him. His delusion of persecution that "Someone had blundered" is in reality the reverse feeling that he wishes to be emancipated from isolation, and to be loved. But this isolated image is the one more or less common to all mankind, and bears the air of universality. He has the atmosphere of pathos, which is compared to his worn boots that reminds us of Van Gogh's *Boots with Laces* (1886), full of pathos.

  Lily's psychology is more complicated. While she builds walls between the others and herself, she cannot help having a desire to love, or to be loved. She first feels hateful against Mr. Ramsay and rejects sympathy for him resolutely, but later repents of not giving it to him after she has been moved by his pathos, and in the end longs for him from the bottom of her heart. She doesn't realize Mrs. Ramsay's offer that she should marry with Mr. Banks, and thinks that she needs not marry anybody, but her suppressed passion sometimes flares up suddenly in her stream of consciousness. She keeps holding secret love for Paul Rayley who is to marry Minta. At the party in the first chapter her thought stream lets her delicate and strange womanly heart, 'the vibration of love', come up like the flickering of candles. (117) And with her rare emotion she proposes to him that she should go with him to search for Minta's lost brooch on the beach. But he laughs and she makes her mind not to marry anybody, feeling betrayed by the 'fangs' of love. But in her thought-flux as to the marriage emerges suddenly its sub-consciousness after years without any notice;

> (Suddenly, as suddenly as a star slides in the sky, a redish light seemed to burn in her mind, covering Paul Rayley, issuing from him. It rose like a fire sent up in token of some celebration by savages on a distant beach. She heard the roar and the crackle. The whole sea for miles round ran red and gold. Some winy smell mixed with it and intoxicated her, for she felt again her own headlong desire to

throw herself off the cliff and be drowned looking for a pearl brooch on a beach. And the roar and the crackle repelled her with fear and disgust, as if while she saw its splendour and power she saw too how it fed on the treasure of the house, greedily, disgustingly, and she loathed it. But for a sight, for a glory it surpassed everything in her experience, and burnt year after year like a signal fire on a desert island at the edge of the sea, and one had only to say 'in love' and instantly, as happened now, up rose Paul's fire again. And it sank and she said to herself, laughing, 'The Rayles'; how Paul went to coffee-houses and played chess.) (199-200)

This is the gushing out and emergence of raw passion which has subsided into the depth for a long time. It bursts up suddenly like a volcano and issues like a stream of lava. But at once her consciousness tries self-adjustment. And various womanly mixed emotions, love, hate and jealousy flare up and sink down in a moment. It is worth noting that this monologue is bracketed. The bracket shows that the issue has taken place in a moment. But for this passage, the sequence would be kept. It is, as it were, the shadow of consciousness, shut up usually. But it sometimes comes up, while thought flux continues as before. The bracket suggests such spontaneity and simultaneity. Lily is recollecting the past problem of marriage with Mr. Bankes for some time, and then that subconscious gushes out, but after that the previous recollection begins to start from the same place as it has ended. This is the plain order. But the fact is that subconscious has aroused like a flush at the corner of her brain in parallel with the main stream of consciousness. Nevertheless, these two kinds of consciousness have relevance to each other. For in this case also, association draws subconscious from main thought flux, that is, to Paul from Mr. Bankes. This juxtaposition suggests how Lily has regretted about the problem of marriage with Mr. Bankes. And she would have married with Paul. She also has very complicated feelings for Mrs. Ramsay. While she has ill feeling against Mrs. Ramsay's a kind of authoritative attitude and even thinks that it was all owing to Mrs. Ramsay's fault that she must paint at forty-four, wasting her time (170), she cannot help feeling love for her. Painting, the following strange notion occurs to her in the recollection:

> Could loving, as people called it, make her and Mrs. Ramsay one? for it was not knowledge but unity that she desired, not inscriptions on tablets, nothing that could be written in any language known to men, but intimacy itself, which is knowledge, she had thought, leaning her head on Mrs. Ramsay's knee. (60)

    Mrs. Ramsay has been in the center of Lily's mind, and after her death Lily feels vacant and cries for her at last. James who was once injured mentally by his father keeps having enmity against him, and even conceives the impulse of killing him in the ship. But in the end his fierce hatred seems to be softened and removed by his father's compliment on his steering on the boat. Then Cam thinks that "You've got it at last." And it is this father's tenderness that James has been in search of.
    The characters have various phases of personality and are weaving texture of delicate mentality. On a whole, they have two different motives often contradictory to each other in their minds that make them conflict and frustrate and at times appear upset, whether conscious or subconscious. But such spectacles in their minds can be in fact found in our ordinary minds easily enough to say that their mental activities are realistic. Their movements of collision and compromise are wonderfully delicate and subtle like ripples by the wind. The process is not so much logical as intuitional. Often thoughts stream after a logical way in meditation, but sometimes it floats up among various inner images from outer impressions as in a dream, it lingers under the dark depth of emotions (secluded off). These thoughts,

feelings and emotions, making mutual effects, are tuning melodies and being absorbed into a great harmony and echoes. But how realistic such spectacles are! We tend to be absorbed in the work without knowing it. It is such a reality that Woolf had tried to realize in her novel. In Modern Fiction she says:

> …life is a luminous halo, a semi-transparent envelope surrounding us from the beginning of consciousness to the end. Is it not the task of the novelist to convey this varying, this unknown and uncircumscribed spirit, whatever aberration or complexity it may display, with as little mixture of the alien and external as possible? (189)

Again one of the characteristics of 'stream of consciousness' is that raw materials of images of mind issue so naturally that symbolical perception, which is characteristic of consciousness, makes it appear in the forms of various symbols, which convey what is vague and difficult to express in words. Originally, mind has an intuitive side that perceives things first as certain images in the level of the body. Among other things, primitive perception tends to assume a symbolical form, as seen in infant's physiognomic perception or in the animism of the primitive. So, it is useful in the method to dig out such primitive images lingering deep under consciousness. It results in bearing infinite reality as stated in Wilson's *Axel's Castle*. *Lighthouse* is full of similes, metaphors and symbols. For instance, Mr. Ramsay is described with various characters' images through various eyes. Through Mrs. Ramsay's eye he looks 'as a stake driven into the bed of a channel upon which the gulls perch and the waves beat'.(52) Through Lily's eye he looks as 'a scrubbed kitchen table', 'whose virtue seems to have been laid bare by years of muscular integrity'.(28) Through James' eye he is a 'fierce sudden black-winged harpy, with its talons and its beak all cold and hard'. (209) Besides, he who has pathos is compared to worn, untied boots. And he who would 'die standing' in his philosophical speculation has the image of the lighthouse standing alone in the sea 'his eyes fixed on the storm, trying to the end to pierce the darkness' (41) Thus, it is almost limitless to pick up such examples. *Lighthouse* is, in a sense, an imaginary world of Woolf herself.

Chapter 4. In Search of "Core of Darkness" — Woolf's Process of Being Aware of Herself

'Stream of consciousness' does not always follow the law and order of time. Needless to say, it can move round freely among past and present and future. In *The Sound and the Fury* by W. Faulkner the consciousness of Benjamin, idiot, aged 33, leaps almost at random from present to past at the age of three. In *Lighthouse* there is much mixture of time, too. While Mrs. Ramsay tends to look forward to the future in the same way as she expect to go to the lighthouse, people tend to retrospect to the past after her death. In the third chapter Lily and James, painting and sailing respectively, are subsiding into the past;

> Lily stepped back to get her canvas − so − into perspective. It was an odd road to be walking, this of painting. Out and out one went, further and further, until at last one seemed to be on a narrow plank, perfectly alone, over the sea. And as she dipped into the blue paint, she dipped too into the past there. Now Mrs. Ramsay got up, she remembered. It was time to go back to the house − time for luncheon. And they all walked up from the beach together…(195)

Hence her thought flux of reminiscence continues to go on bending until she cries for Mrs. Ramsay. In the case of James he follows up a clue to his vague childhood memory.

…There was a flash of blue, he remembered, and then somebody sitting with him laughed, surrendered, and he was very angry. It must have been his mother, he thought, sitting on a low chair, with his father standing over her. He began to search down, leaf upon leaf, fold upon fold softly, incessantly upon his brain; among scents, sounds; voices, harsh, hollow, sweet; and lights passing, and brooms tapping; and the wash and hush of the sea, how a man had marched up and down and stopped dead, upright, over them. Meanwhile, he noticed, Cam dabbled her fingers in the water, and stared at the shore and said nothing…. (192)

　　The work has two-fold structure of time; mechanical time and conscious time, objective time and subjective time. And both times do not always proceed hand in hand with the same pace. The setting of time structure of the work is that the first chapter deals with a single evening between six o'clock and the dinner on September before the First World War, and the second chapter suggests the passing of ten years including the war, and the third chapter deals with a single day event from eight, early in the morning, to the noon of the same day in September after ten years. Naturally here is a discontinuity in the time passing. In the first chapter time seems to stand still. Its movement is exceedingly slow, prolonged as much as possible within limited time space, like slow-motion. On the other hand much time of ten years passes as in an instant within comparatively less pages in the second chapter. It is like the method of speed-up in the cinema. And in the third chapter, time is passing as in the first chapter, its process shown one after another by the situation of the ship for the lighthouse inserted in Mr. Ramsay's scenes alternately with Lily's painting scenes.

　　In the opening of the novel, 'stream of consciousness' flows in a torrent among a few words of the conversation concerning going to the lighthouse. So it appears that the movement of the outer world is very slow like a slow-motion. But the outer movement, having continuity of its own, seems to be interrupted but never cut off by it within the same chapter, in spite of long intermission the conversation goes on in a series, when it is bound together as the following;

> 'Yes, of course, if it's fine tomorrow.' said Mrs. Ramsay. 'But you'll have to be up with the lark,' she added.
> 'But,' said his father, stopping in front of the drawing-room window, 'it won't be fine.'
> 'But it may be fine − I expect it will be fine,' said Mrs. Ramsay, making some little twist of the reddish-brown stocking she was knitting, impatiently.
> 'It's due west,' said the atheist Tansley, holding his bony fingers spread so that wind blew through them…
> 'Nonsense,' said Mrs. Ramsay, with great severity.
> 'There'll be no landing at the Lighthouse tomorrow,' said Charles Tansley, clapping his hands together as he stood at the window with her husband.

This makes us suppose that there is another time other than mechanical time in the work, which seems to be proceeding independently from the other time of its own, following after that of 'stream of consciousness'. This is conscious time. It has a regular rhythm in the work in contrast to the irregularity of mechanical time which makes us associate with slow-motion or speed-up. This shows how the author made much of conscious time, and entered into the inner world. But from the other point of view we are able to suppose that the author caught conscious time relatively and wrote it down as really as possible according to the quality that consciousness can flow freely, swift or slow, setting absolute time in places as milestones. The sound of the waves symbolizes absolute time. Its 'habitual sound' or 'regular mechanical sound' is enough to make us associate with the sound of the clock. It plays the same important part as 'Big Ben' in Mrs. Dalloway. So are the clocks in Jacob's Room and the waves in The Waves. In Jacob's Room there is a sailing scene on a boat when the sea is changing as the hour passes by;

> By six o'clock a breeze blew in off an ice-field; and by seven the water was more purple than blue; and by half-past seven there was a patch of rough gold-beater's skin round the Scilly Isles, and Durrant's face, as he sat steering, was of the colour of a red lacquer box polished for generations. By nine all the fire and confusion has gone out of the sky, leaving wedges of apple-green and plates of pale yellow; and by ten the lanterns on the boat were making twisted colours upon the waves, elongated or squab, as the waves streaked or humped themselves. The beam from the lighthouse strode rapidly across the water. Infinite millions of miles away powdered stars twinkled; but the waves slapped the boat, and crashed, with regular and appalling solemnity, against the rocks. (51)

Here the sea is the definite image of the hour. Still it has the 'appalling' figure. All through the works of Woolf it is characteristic that there is a strong contrast between a flowing moment and eternal images. Now, while it has a function creating all things, time is a Death which destructs all that lives. Heraclitus, Greek sophist, says that all things flow and nothing stands. Woolf seems to have such a sense of mutability, as well as Walter Pater. Pater regards life 'flamelike', quoting Victor Hugo's saying: we are all under sentence of death but with a sort of indefinite retrieve. And Pater expounds : To burn always with this hard, gemlike flame, to maintain this ecstasy, is success in life. And again: Not the fruit of experience, but experience itself, is the end.(185) Woolf, however, stared at the other side of life. If Pater tried to look at the light part of life, she could not help but look at the shadow part of it, that is to say, death. Time is a ruthless iron wall that crushes all the living things. Whoever that has life must die without relevance to his will. Woolf can't help feeling this absolute contradiction painfully. And she wishes if she could be free from the fetter of time.

Mrs. Ramsay too has the time oppression. As we have seen before, she sometimes hears the monotonous tone of the waves remorselessly beat the measure of life, and shudders with terror, anticipating death. So she tries to be immune from the fetter of time. Probably it is, she thinks, possible in being alone and oneself, in a true sense. Being solitary, she thinks;

> She could be herself, by herself. And that was what now she often felt the need of to think; well not even to think. To be silent; to be alone. All the being and the doing, expansive, glittering, vocal, evaporated; and one shrunk, with a sense of solemnity, to being oneself, a wedge-shaped core of darkness, something invisible to others. Although she continued to knit, and sat upright, it was thus that she felt herself; and this self having shed its attachments was free for the strangest adventures. When life sank down for a moment, the range of experience seemed limitless.

Here she is going to subside into the world of consciousness beyond ordinary time. The 'core of darkness' must mean such a free spirit itself immune from a mortal frame which is chained to the real world. It is the completely free. She modifies it as such;

> Beneath it is all dark, it is all spreading, it is unfathomably deep; but now and again we rise to the surface and that is what you see us by. Her horizon seemed to her limitless. (73)

第2部　Ｖ.ウルフ『灯台へ』と創作体験

　　The 'surface' suggests only its part which has to do with a body which contacts with the world and is restricted to mechanical time. But deep under it, she thinks, there is 'freedom', there is 'peace', there is, most welcome of all, a summoning together, a resting on a platform of stability. The spirit is limitlessly free and eternal because it is restricted neither to the time nor to the place. She looks as if she believed in old Platonism which expounds the freedom and eternity of a soul.

　　When she thinks that, she is very close to a mystic. What she means by returning oneself, or the core of darkness is, in fact, to leave out a shell of ego and let oneself float in the great stream of the universe. Looking at the stroke of the lighthouse, she begins to feel like losing her personality and melting into one with the thing that she sees. Then she feels exquisitely happy. It is just the state of the ecstasy. Etymologically the ecstasy means an experience transcending the limitation of ego and assimilating with the magnificent cosmos in consciousness. It does mean bringing time to naught or making it eternal. She is now touching upon her own 'felt sense'; able to be one with 'trees, streams, flowers', shedding off 'the fret, the hurry, the stir' in the world; very happy;

>　　…She looked at the steady light, the pitiless, the remorseless, which was so much her, yet so little her, which had her at its beck and call (she woke in the night and saw it bent across their bed, stroking the floor), but for all that she thought, watching it with fascination, hypnotized, as if it were stroking with its silver fingers some sealed vessel in her brain whose bursting would flood her with delight, she had known happiness, exquisite happiness, intense happiness, and it silvered the rough waves a little more brightly, as daylight faded, and the blue went out of the sea and it rolled in waves of pure lemon which curved and swelled and broke upon the beach and the ecstasy burst in her eyes and waves of pure delight raced over the floor of

her mind and she felt, It is enough! It is enough! (75-76)

Here she looks as if she were united with her environment, with the vital rhythm and breath of the universe, full of delight. This is the ecstasy, and the image of love and death, with the eternal quality, realized in this moment with the intimate people. This is reality that she tries to establish the 'relation' of the family or friends through her exhaustible efforts and self-sacrifice and love. She is the heart and core of people and a 'knot' which ties them. And when such a stable, static state has been realized, she calls it as such: Life stand still here. It is the state where, according to Lily's saying, this eternal passing and flowing is struck into stability, and the moment is made something permanent. (183)

We can see that *Lighthouse* has underneath the most mystical themes of love and death. And both love and death root in a desire to be emancipated from the fetters of time, of the real world, of the shell of ego. Earlier in the novel she says to James, "My dear, stand still," measuring the stocking, a gift to a lighthouse-keeper's son, against his legs − this is a suggestion, And again she wishes children never to grow up into 'long legged monsters'.(68) And she finds eternity in the dimension of 'core of darkness'. She finds it in the progress of time, and in the process of the party;

They all sat separate. And the whole of the effort of merging and flowing and creating rested on her. Again she felt, as a fact without hostility, the sterility of men, for if she did not do it, and so, giving her self the little shake that one gives a watch that has stopped, the old familiar pulse began beating, as the watch begins ticking-one, two, three, one, two, three. And so on and so on, she repeated, listening to it, sheltering and fostering the still feeble pulse as one might guard a weak flame with a newspaper. (96-97)

第2部　V.ウルフ『灯台へ』と創作体験

　　In the course of time, everyone begins to soften his 'solidity' of the mind and to be conscious of community of feeling, when the table is set and all the candles are lit. Around the table and candles all, exhilarated, communicates with each other. It is this moment that Mrs. Ramsay has ever been searching after. There and then she feels again that floating sensation full of delight, and believes that this moment will remain ever after;

> Just now (but this cannot last, she thought, dissociating herself from the moment while they were all talking about boots) just now she had reached security; she hovered like a hawk suspended; like a flag floated in an element of joy which filled every nerve of her body fully and sweetly, not noisily, solemnly rather, for it arose, she thought, looking at them all eating there, from husband and children and friends; all of which rising in this profound stillness (she was helping William Bankes to one very small piece more and peered into the depths of the earthenware pot) seemed now for no special reason to stay there like a smoke, like a fume rising upwards, holding them safe together. Nothing need be said; nothing could be said. There it was, all round them. It partook, she felt, carefully helping Mr Bankes to a specially tender piece, of eternity; as she had already felt about something different once before that afternoon; there is a coherence in things, a stability; something, she meant, is immune from change, and shines out (she glanced at the window with its ripple of reflected lights) in the face of the flowing, the fleeting, the spectral, like a ruby; so that again tonight she had the feeling she had had once today already, of peace, of rest. Of such moments, she thought, the thing is made that remains for ever after. This would remain. (120-121)

　　This is the ecstasy that she has experienced again, once alone, this time together with everybody, which, she thinks, is the eternal moment, shared with each other, and after the party she feels satisfied, convincing that she will be woven into people's hearts, however long they live, when everyone lets each mind melt into one and even assimilates into the things. Recollecting after the party, she thinks that it is still dancing for joy in an enraptured state, that community of feeling with other people which emotion gives "as if the walls of partition had become so thin that practically (the feeling was one of relief and happiness) it was all one stream, and chairs, tables, maps, were hers, were theirs, it did not matter whose." (131)

She feels satisfied, convincing that she will be a person in people's hearts as long as they live, being aware of herself in her felt sense, 'core of darkness'.

Chapter 5. Beyond Time and Distance — Woolf's Process of Becoming Herself

In *To the Lighthouse* Woolf's aim was to construct such momentary but static, eternal moment in the ordinary life describing 'shower of atoms' in a daily life through her experiential, creative and realistic 'method of stream of consciousness'. It was perhaps possible only through this method, because of describing mystical psychology only taking place in human consciousness. Lighthouse is a rare work in which 'form and content fit perfectly and inevitably', as Daiches points out. (95) For that purpose, she used the symbolic setting very effectively. She contrasted the flowing and passing and the solid and hard images (for example, the sea is the flowing image, and the lighthouse is the solid image.) She endowed the scene of the party with the images of the room lighted by the candles, which seemed to be 'order and dry land', of the house which stands up on an island at night with a comparison to the 'fluidity' of the moment;

> Now all the candles were lit, and the faces on both sides of the table were brought nearer by the candle light, and composed, as they had not been in the twilight, into a party round a table, for the night was now shut off by panes of glass, which, far from giving any accurate view of the outside world, rippled it so strangely that here, inside the room, seemed to be order and dry land; there, outside, a reflection in which things wavered and vanished, waterlily. (112)

The image of the candle light will remain for ever as an intense afterimage of the moment with that of Mrs. Ramsay in people's mind and in the reader's, though it will soon go out just as the image of the twilight in the end of *The Waves*, when, on the background of the twilight, Bernard finds out 'geniality' and 'identity' of the six friends returning at parting after meeting in vain and thinks, we six, out of how many million millions, for one moment out of what measureless abundance of past time and time to come, burnt there triumphant. The moment was all; the moment was enough.(239) Here is intensity of life flaring in the moment, and beauty of it just before dying out.

But, as I have pointed out, Woolf used the method of contrast, starting again one day at the same place in the third chapter, after inserting the middle chapter describing the passing of ten years, making us consider what the meaning of the past was, and what was lost between 10 years. In the second chapter she set her camera-eye only on the house which had been empty but an old charlady and suggested, through the house going to ruin, how time passes swiftly and ruthlessly. And she put the bracketed message that the marriage of Prue and her death from childbirth; Mrs. Ramsay's death; and Andrew's death by a shell in the war, and showed how the war had broken the mirror of human mind, which mirrored Nature where "good triumphs, happiness prevails, order rules." Mrs. Ramsay's death is very symbolical. The gulf between the past and the present introduced like this, the third chapter starts from the same situation of the repaired house, but with as less members, when Mr. Ramsay and his party are going to the lighthouse, and again Lily is going to paint a picture at the same position as ten years before.

But the case is quite different from the past. In the morning Lily feels 'the blankness of her mind'. And again she feels herself vaguely different from her surrounding, 'cut off from other people' and even from 'the house, the place, the morning'. The state is 'as if the link that usually bound things together had been cut, and they had floated up here, down there, off. 'Something must be lost.' Without it the world would be meaningless, 'chaotic', and 'unreal' like an empty coffee cup she has now. Mr. Ramsay, raging, repeats 'Alone' and 'Perished'. In the ship James keeps having enmity against his father, making compact with Cam. And in Lily's canvas a 'space' appears by all means. Painting, she thinks that once there was something in the 'relation' of lines and of the mass, which had been a 'knot' in her imagination.

Such contrast of the past and the present makes the meaning of the past more and more conspicuous. In the past there was love and unity and rest around Mrs. Ramsay in contrast with the chaos of the present. People have been holding the reminiscence of the past and the image of Mrs. Ramsay. Their thought flux flows back alone to the past, as if the present were meaningless, without substance. They continue to weave a texture of reveries as if to revive the castle of the past in the present. Lily's action of painting roots in aspiring for the past. So is Mr. Ramsay's going to the lighthouse. It is one of 'rites he went through for his own pleasure in memory of dead people'. (187) Lily wonders;

> Why, after all these years had that (i.e. remembrance of Mrs. Ramsay) survived, ringed round, lit up, visible to the last detail, with all before it blank and all after it blank, for miles and miles? (194)

This is the imaginative, stabilized past time. Lily's aim of painting is to realize eternity in the canvas. She always worries whether her picture remains for ever, and about Tansley's words: Women can't write, women can't paint. She has been struggling with the problem of eternity. Her concern is how she can grasp such a moment and visualize it in the canvas, just as Mrs. Ramsay tried to stabilize the moment in her life. She awaits, therefore, the moment of 'revelation'. However, there is no object to correspond to such design, now that Mrs. Ramsay is gone and all the relations of things and persons have been released. Once, ten years ago, in her picture there was 'the triangular purple shape' which was the impressive expression of Mrs. Ramsay with James and a definite design that she would put her image overlapped with the tree to support into the 'awkward' space in the middle. (98) Now there is not Mrs. Ramsay any more, and the space remains unfilled. Lily's thoughts only go up-stream and linger about Mrs. Ramsay;

> What is the meaning of life? That was all — a simple question; one that tended to close in on one with years. The great revelation had never come. The great revelation never did come. Instead there were little daily miracles, illuminations, matches struck unexpectedly in the dark; here was one. This, that, and the other; herself and Charles Tansley and the breaking wave; Mrs. Ramsay bringing them together; Mrs. Ramsay saying 'Life stand still here'; Mrs. Ramsay making of the moment something permanent (as in another sphere Lily herself tried to make of the moment something permanent) — this was of the nature of a revelation. In the midst of chaos there was shape; this eternal passing and flowing (she looked at the clouds going and the leaves shaking) was struck into stability. Life stand still here, Mrs. Ramsay said. 'Mrs. Ramsay — Mrs. Ramsay:' she repeated. She owed this revelation to her. (183)

After that Lily cries for Mrs. Ramsay and even sees her 'purplish and soft' vision passing among flowers across fields or that 'triangular shadow' sitting over the step, but it is not until Mr. Ramsay's party has reached to the lighthouse and a 'daily miracle' has been realized that Lily can draw a line in the center of the picture. As the ship draws near the lighthouse, people begin to melt their hardened minds; in the ship, Cam has been holding affection for her father in spite of her compact with James, and, when the ship has reached to the lighthouse, believes that James is very satisfied with his father's praise for his steering, and then they both tries to follow their father who lands cheerfully in a group; on the shore. Lily, who has been repenting on not having given sympathy for Mr. Ramsay in the morning, wants him heartily, and feels as if she had given it to him when he has landed, and she, who has been wishing to communicate with Mr. Carmichael by her side, feels that they have been thinking the same things, saying, "They will have landed". Thus people communicate beyond distance and perhaps with Mrs. Ramsay beyond time, becoming herself, and one with everyone, filling the space of the picture with a line, having her vision coming at last.

Conclusion: Woolf's Career of Becoming Herself to Oneself

In *A Writer's Diary* Woolf says, "I can make up situations, but I cannot make up plots." (dated on 5 October in 1927) This saying is true of *Lighthouse*. She who had broken off the traditional form of the novel had to make up for the loss with various devices and definite intentions to give unity and strain to the work. Robert Humphrey puts up the following patterns as the forms in place of the conventional plot in *stream of consciousness in the modern novel*;

1. The unities(time, place, character, and action)
2. Leitmotifs
3. Previously established literary patterns(burlesques)
4. Symbolical structures
5. Formal scenic arrangements
6. Natural cyclical schemes(seasons, tides, etc.)
7. Theoretical cyclical schemes(musical structures, cycles of history, etc.) (86)

  Lighthouse has surely more or less such patterns. In particular its structure is note-worthy. There is subtle correspondence and contrast between the first and the last chapter. And the both maintain the balance of power, having the climax respectively. And each chapter proceeds on for the last catalysis, or the moment of intimacy, repeating collisions and conciliations, of characters. The second chapter dealing with the passing of ten years shows the gulf between two chapters. In fact the great conflicts have occurred by the war and the death of Mrs. Ramsay. But each does not always exist independently. There is a definite sequence among them, which is symbolized by the leitmotif of going to the lighthouse. Mrs. Ramsay died, but her spirit has been living in people's minds. Mr. Ramsay's going to the lighthouse suggests that he has put her wish which once he rejected into practice. Hence we can see that Mrs. Ramsay's wish maintains the balance of the work, whether she is living or dead.
    Behind such a device we can not dismiss the author's consistent intention. And again Woolf used only 3rd person preterit as the base of personal pronoun and tense in spite of dealing with, what is called, interior monologue.(R. Humphrey calls its method 'indirect interior monologue') She didn't give the first personal pronoun to her character who was doing monologues, in contrast with Joyce, Richardson, or Faulkner. She rather accused their character who had the first personal one for its 'damned

egotistical self' (W.D., 1920.1.26). It is because she didn't want the character to behave too arbitrarily. She seems to have needed the author's right to create the work as a narrator.

However, the use of the third person resulted in making us feel the breathing of the author behind the work. Woolf could easily unify the work by the use of the third person as well as by setting simplified situations. If she had given the first personal pronoun to the character, she could not have flown as freely from one perch to another among characters, and her descriptive eyes could not freely have peeped through at various thought streams without stopping at one spot among characters, and her characters are objects seen by her camera-eye of her own which keeps on selecting which to film next. And she is the narrator who unifies a whole, although she has always kept some distance away from the camera. In 'Notes on an Elizabethan Play' she says;

> Our contention merely is that there is a station, somewhere in mid-air, whence Smith and Liverpool can be seen to the best advantage; that the great artist is the man who knows where to place himself above the shifting scenery; that while he never loses sight of Liverpool he never sees it in the wrong perspective. (C.74)

Such method reminds us of that of the cinema. She herself wrote a treatise on 'cinema' in 1926, when she was just writing *Lighthouse*. There she was interested in the technical phase of the cinema. She first noted reality in the cinema and its suggestive power, seeing *Dr. Caligari*, in which, she thought, the shadow made an important role to suggest the lunatic's brain as a symbol, and its possibility to mingle emotions together and affect them to each other with speed, which the writer, she thought, could not do so easily, and then its free treatment of time, e.g. flush-back, and free movement of space, its easiness and surety. (The former is, what is called, 'time-montage' the latter 'space-montage'.) This new art of the cinema which started in her times must have influenced upon her method. At least the points of her concerns for the qualities of the cinema are in accordance with the new methods of the novel that she had tried to realize in those days. But it is, in actual, very difficult to take such methods of the cinema into the novel. The novelist might toil after time-montage mixing the present with the past, and after space-montage which needed the exact setting of the changing scenes in vain. But she made it possible by setting over-simplified time and space without any interpretation. Only fragmentary reference to them is a suggestion to a whole situation, appearing at times in characters' flowing emotions.

  Lighthouse has a geometrical frame, consisted of three components, time, space and direction. The setting of time is one September evening and one September morning, between which there is the span of one decade. The place is the Hebrides, whence the lighthouse is viewed. And the direction is the pointing to the lighthouse, as is shown by the title. These simplified components are formed into the psychological vector to the lighthouse with three elements of time, space and direction of people's stream of consciousness, which is shown by the way of time and space montage in the illustration, Diagram (1). The vector of time from (A) to (B) shows ten year passing; time span of one decade. It is the second chapter 'Time Passes' that films changing time, fixing the camera-eye on the house itself. And the vector of space from (C) to (D) shows the going to the lighthouse by Mr. Ramsay's party, − Mr. Ramsay's space movement from the house to the lighthouse. Then, as soon as Mr. Ramsay's party has reached to the lighthouse, the invisible vector is completed from (E) to (F) in the diagram. This vector of direction corresponds to Mrs. Ramsay's invisible wish to go to the lighthouse, psychology pointing to love and eternity.

  You can see that the frame of *Lighthouse* has much to do with its content. There are some symbolical meanings in almost every action. The act of going to the lighthouse is a kind of symbolical attitude to put Mrs. Ramsay's wish into practice. Mrs. Ramsay's wish was to search love and eternal moment in a daily life. And now at last the family have found it out at the same time when they have arrived at the lighthouse. The lighthouse is the symbol of such eternity, standing still in the midst of the sea. Summing up, writing *Lighthouse* was describing herself, life itself for Virginia Woolf, and becoming herself to oneself as a human being.

Notes:

  She used symbols effectively. For instance James plays a part of bridging between the first chapter and the third one. His enmity against his father sprouted in the beginning of the novel lasts all through the work until he has melted it in the end. Then a symbol makes an important role. In the third chapter James holds an obsession that a wagon has crushed his foot when his father is knocking around to go to the lighthouse. So James follows its image up to the past. And he comes upon the old scene where the wheel goes over one's foot in a very peaceful garden. Then suddenly he remembers that saying: It will rain. Here we can find that the scene suggests the contrast between Mrs. Ramsay's world and her husband's. The wheel is the symbol of Mr. Ramsay's 'tyranny'. And the crashed leg is the imaginative sensation of James' obsession. There is a scene that infant James' bare leg is teased by his father's tickling spray. Moreover the image of the wheel overlaps with the metaphor of sensation about James in the first page: …to such people even in earliest childhood any turn in the wheel of sensation has the power to crystallize and transfix the moment upon which its gloom or radiance rests. (37) Thus the image of the wheel is a knot to bind the relation between the past and the present, reminding us of the conflict between father and his son.

第2部　V.ウルフ『灯台へ』と創作体験

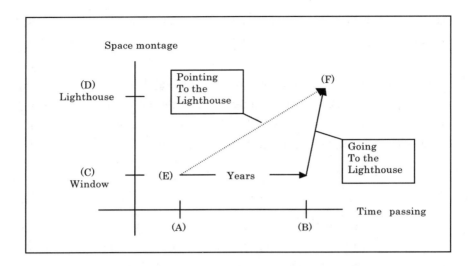

Diagram (1) Psychological Vector to the Lighthouse (by Time and Space Montage)

References

Bell, Quentin (1972) *Virginia Woolf A Biography* Vol.I., London, The Hogarth Press.
Daiches, David (1960) 'The Nature of Virginia Woolf's Art' from Chapter 10 of *The Novel and the Modern World*, revised edition, University Press of Chicago Press, Chicago 1960. In Critics on Virginia Woolf edited by Jaqueline E. M. Latham, George Allen and Unwin, Ltd. 1970.
Eliot, T.S. (1922) *The Waste Land*, Brooks, C., Warren, R.(1960) Understanding Poetry Third Edition, New York, Holt, Rinehart and Winston.
Faulkner, W. (1931) *The Sound and the Fury*, the U.S.A. Pennguin Modern Classics.
Forster, E.M. (1924) *A Passage To India*, Middlesex, England, Penguin Modern Classics.
Fraser, G.S. (1951) *The Modern Writer and His World*, Tokyo, Kenkyusha, 1967,『現代の英文学』(上田勤, 木下順二, 平井正穂訳) 研究社, 1952 年.
Humphrey, R. (1954) *Stream of Consciousness in the Modern Novel*, University of California Press, 『現代の小説と意識の流れ』(石田幸太郎訳) 英宝社, 1967 年
Lee, Hermione (1997) *Virginia Woolf.*, U.K., Vintage.
Leonard Woolf (ed.) (1953) *A Writer's Diary*, 1928, London, The Hogarth Press.
Pater, Walter (1923) *The Renaissance*, T.Taketomo(ed.), Tokyo, Kenkyusha.
Wilson, Edmund (1959) *Axel's Castle*, New York, Charles Scribner's Sons, 『アクセルの城』大貫三郎訳, せりか書房, 1968 年.
Woolf, Virginia (1916) 'Wuthering Heights', The Times Literary Supplement. In The Common Reader First Series, London, The Hogarth Press,1925."
Woolf, Virginia (1917) 'The Mark on the Wall', A Haunted House and Other Short Stories, London, The Hogarth Press, 1944."
Woolf, Virginia (1919) 'Modern Fiction', The Times Literary Supplement. In *The Common Reader First Series*, London, The Hogarth Press, 1925.
Woolf, Virginia (1922) *Jacob's Room*, Richmond, The Hogarth Press.
Woolf, Virginia (1924) 'Mr. Bennett and Mrs. Brown'. In *The Captain's Death Bed and Other Esseys*, London, The Hogarth Press, 1950.
Woolf, Virginia (1925 reprinted 1963) *Mrs. Dalloway*, London, The Hogarth Press.
Woolf, Virginia (1925) 'Notes on an Elizabethan Play', The Times Literary Supplement. In *The Common Reader First Series*. London, The Hogarth Press.
Woolf, Virginia (1926) 'The Cinema', Arts. In *The Captain's Death Bed and Other Essays*, London, The Hogarth Press, 1950.
Woolf, Virginia (1927 reprinted 1963) *To the Lighthouse*, Middlesex, England, Penguin Modern Classics.

第2部　V．ウルフ『灯台へ』と創作体験

Woolf, Virginia (1928) *A Room of One's Own*, Middlesex, England, Penguin Modern Classics.
Woolf, Virginia (1931) *The Waves,* Middlesex, England, Penguin Modern Classics."

第7章 「灯台へ」創作体験による
心理的変化の評価について

はじめに

　本論は、約 15 年前に取り組んだ、創作とカウンセリングの実際についての主に評価について実施した研究の過渡的な段階で試行錯誤した結果の一部を紹介したい。従って、本論は、評価に関するイニシャル・ケースに遡った基本研究である。前書（2003）で紹介した「灯台へ」創作体験法を実施し体験過程を深めたと思われるいくつかの事例について、（1）大学院生の成長モデル2ケースの自己評価表にもとづく評価、および（2）E子の回復モデルについて実施した自己評価表にもとづくインタヴュー（同）と、暫定的な体験過程尺度により創作体験の心理的変化を評価した実際についてフィードバックし、以て、本書の主題である創作体験の成り立ちを振り返って、その中心過程の特質について考察したい。

1．問題

　E子については、すでに先行研究（同）により彼女の心理的成長を跡づけた。今回は、その前段階で、心理的成長過程を体験過程尺度によって評定及び検定した「ダロウェイ夫人用体験過程尺度」（表1）（「資料編」参照）を開発する過程で、尺度の検討や評定の仕方・方法をプロセス尺度から検討した先行研究を取り上げたい。
　その理由は、2つある。一つは、先行研究『ダロウェイ夫人』における場面毎の夫人の心理的変化の評定結果を2項検定で検定した結果、10％レベルで有意差傾向があると判明。さらに、それをT検定（金子、2000）により検定した結果、同様の傾向があった。そして、これらの結果から「感情」と「他者との関係性」の方が「自己関与」と「体験様式」の視点より

も「差」の出る傾向があると判明し、これらの視点から改めて取り上げる価値があると思われたからである。

　二つ目は、本書の主題である回復のふっきれる中心過程（わける・ゆずる・つなぐ）の構成概念が、プロセス尺度のリファレント（照合体）の視点や「一致」(congruence) のレベルと関連し、他の２つの視点とともに、中心過程の３つの構成要素と密接に対応すると考えられたからである。すなわち、「わける」が感情の分化、「ゆずる」が一致からフェルト・シフトへ、「つなぐ」は関係性に対応する。そこで、３つの視点から成る：「感情」、「リファレント」、「関係性」の尺度は、創作体験の３つの構成要素の中心過程を測るのに妥当な創作体験用の尺度として取り上げることにした。この研究によって、ウルフの作品のみならず創作体験法による創作作品にもプロセス尺度（ロジャーズ他）や体験過程（ＥＸＰ）尺度（クライン、ジェンドリン他）が使用できる可能性を示すことが、本研究のもう一つの目的である。

　なお、書かれたものに体験過程尺度の使用が可能かという根本的な問いについては、その後のダロウェイ夫人用体験過程尺度（ＥＸＰ尺度）の開発（資料１）（「資料編」参照）と適用によって、その信頼性・妥当性をすでに検証している。(2003)

2．方法

（１）では、自己評価表（表２）（「資料編」参照）とインタヴューによる評価、（２）では同様に自己評価によるインタヴューに加えて、体験過程尺度を使った方法により評価を実施する。「灯台へ」創作体験法による院生の２つの作品を自己評価により考察した上で、Ｅ子の４つの作品について自己評価と体験過程尺度から考察を加える。なお、Ｅ子の心理的成長過程については先行研究（2003）において体験過程から裏づけているが、今回、体験過程尺度から再検討したい。

第7章 「灯台へ」創作体験による心理的変化の評価について

3．結果

（1） 成長モデルの事例

ア．事例1―A子の作品と創作体験後の自己評価およびインタヴュー結果

　「灯台へ」枠付け創作体験法をエンカウンターグループ（X年8月、K市で実施）のプログラムの中の興味関心別グループにおいて教示して、本人が自宅で実施し、その創作作品を郵送してもらった。（X年9月、N市）
　A子のプロフィール：青年女性（23歳）は次のような作品を創作し、体験後の感想を記述している。（なお、①～⑨は、次のような場面の表示である。①窓辺の親子（ラムジー夫妻と幼いジェームズ）、②リリー（画家）の心象、③夫婦（ラムジー夫妻）の会話、④灯台を見て（夫人の回想）、⑤歳月の流れ、⑥舟の中で（父と姉、弟）、⑦リリーの心象、⑧灯台に着いて、⑨リリーの心象）

〈A子の作品〉
①ジェームズ（息子）「母さんの優しい言葉も父さんの一言で地面にたたきつけられる。遠くに見えるあの燈台への道程を思いめぐらせ、明日という日を心待ちにしていたのに……。幼いながらも、"雨"ということばが、何を意味するかぐらいは理解できた。
　父さんは、いつもそうだ……。とにかくいつもそうなんだ。本当にいつもそうなんだ……。」
　ラムジー夫人（妻）「あの人はいつもこうだ……。夫人はため息混じりに思った。雨になることぐらいはわかっていた。しかし、何も、明日を楽しみにしている6才の子にむかって言わなくてもいいだろうに……。夫は悪い人ではない。しかし、度々、人を落胆させる。そして、そのことにいっこうに気付く気配がない。夫をうらめしく思った。今日は、このかわいそうなジェームズをどうなぐさめようか……。」
　夫「明日は雨にちがいない。だれが考えたって、この空では一目瞭然だ。

第2部　Ｖ．ウルフ『灯台へ』と創作体験

何も息子に期待をもたせることもないのだ。行けないものは行けないのだ……。

妻の優しい声に魅かれたこともあったが、今は、目ざわりなだけだった。」

②リリー「だんな様は、ご立派で、その整えられた髪も、口ひげもお似合いになる御方。奥さまも気品高く、美しく、そして何よりも優しい母であり、女である御方。申し分のない身分と邸宅を与えられ、私のあこがれる家庭。しかし、何かが足りなかった。何かが足りない……。三角形を思いめぐらせながら、リリーは、「何かが……」とつぶやいた。」

③ラムジー（夫）「明日は雨だ。
　　　　　　　空を見ればわかるじゃないか。
　　　　　　　ジェームズだって、明日になればわかることなんだ。」
　妻「そうね、あなたは正しいわ。」

④妻「今日もまた同じように１日が終わった。１日が同じように流れ、私を運んでいく。確かに夫ラムジーは正しかった。いつも精密なまでに正しかった。しかし、それは、私にとっては、空虚なものでしかなかった。まるでガラスのない真四角の窓わく……。私はこれからも、そのわくに、必死に何かをつけ足していくのだろうか……。燈台の光はやさしかった……。」

⑤〈時の流れ〉
　やがて戦争が始まり、多くの人が葬られ、家、財産、…様々なものを失った。ラムジー家においてもそれは、例外ではなかった。直接に被害を受けることはなかったが、夫人はその心労と元来からの持病とが重なって、数日の病床のうちに亡くなった。別荘は、手つかずのまま荒れ放題となり、しかし一方でジェームズらラムジー家の子どもたちは、その面影を残しつつ青年へと成長していった。

⑥ラムジー（父）「１０年前、燈台行きが流れたあの日と、この海も、燈台も、何もかわらない。かわったのは、夫人がいなくなったことと、子どもたちの成長と、自身の体の老いのみだ。しかし、それ以上に、何かが欠けている。まぶしいばかりにふりそそぐ太陽と、潮の香り……．長年待ち望んでいた燈台行きのはずなのに……．何かが足りない。ラムジーは、夫人が、'あなたは窓わくね'と笑ってみせたときのことを思いだしていた。」

ジェームズ（息子）「母さんのことは思っていた。さきほどまで気になっていた太陽のまぶしさも忘れるほどに１０年前のあの日の母さんと、燈台を思っていた。１０年も経たというのに、あの日、あの燈台からこぼれていた光のあたたかさは、鮮明に思い出され、何ともいわれようのない思いが心を支配する。

何を求めていたのかわからなかったが、この１０年、燈台行きだけは、忘れえなかった。いつか必ずと思っていた。ただ、何かが足りない。」

キャム（姉）「念願の燈台行きだった。キャム自身、燈台行きが何を示しているのかわからなかったが、ジェームズの様子からも、ラムジー家にとって、重要なことのように感じられていた。お母さまがいれば、何とおっしゃったかしら……。」

⑦リリー「何かが足りない。海も、空も…何もかも１０年前とかわらないというのに、何かが足りない。１０年前も同じようなことを思った。しかし、今は、それとは違った、それ以上の大きな何か……．その何か１つで、構図がまとまる……。眼下に広がる海には、ラムジー家の人々を乗せた船が一そう燈台を目ざしている。何かが足りないまま、どこに向かって梶をとっているのだろうか。リリーはふとそんなことを思った。」

⑧ジェームズ「かける足は軽かった。念願の燈台へ到達したということ以上の達成感が、自分の体全体を軽くしていることが理解できた。やった！と思った。もう母を思いその度にもやもやした気持ちを抱えることはないだろうと思った。

長い間ためていた燈台行きの裏に隠れていた自分の気持ちを、このとき、

ようやく知ることができた。」

父「自らの何げない言葉がけの後で、何らかの異物感がからだから抜けていくように感じられた。まるで浜辺で潮がスーッと引いていくかのごとく、突然で、あっけなく……。ジェームズのかけていく後姿を見つめ、夫人のことを思った。長かった。夫人が亡くなってから、大きな何かを失ってしまったかのようにバラバラになってしまったラムジー家が、ようやく１つになったと感じた。自分にはなかった何か……そして自分がそれを埋めなければならなかったのに、１０年もの月日を費やしてしまった。燈台へ来てよかった。やっと仕事を終えた。」

⑨リリー「ようやくまとまったわ。確かにそこにあるはずなのに、描き入れられなかったものによって、絵がやっと１つになった。
　彼女は大きな満足感で一杯だった。」

〈A子の創作体験後の感想の記述〉
「不思議な感覚。いわゆる一冊の本を読み終えて、現実にもどらない状態とも言えるが、何らかの自分自身の心の流れがあり、達成感があった。加えられる文章はあいまいで、その人物の気持ちすべてを表すことのできるものではないが、自分の中で、文章以上に、人物の気持ちを感じてとれたのがとてもよかった。まるで、ある一つの統合の仕事を終えたような感覚。どこかしら、フォーカシングの過程と、共通していたようだ。」

〈作品の結果と考察〉
　作品の中で父親は、夫人からいつも精密なまでに正しい姿として、ガラスのない「空しい」窓枠で喩えられている。「とにかくいつもそうなんだ。」という息子の口からも固い融通の利かない父親像が浮かび上がる。「行けないものは行けない。」といった父親自身の言葉からもそれがうかがえる。立派な恰幅の良い姿がリリーという第３者の目によっても描かれる。その彼が夫人の死という喪失体験を経て、夫人から「あなたは窓わくね。」と笑ってみせられたことを思い出す。そして彼女の遺志を汲んで灯台行きを実現

した彼は、「自分にはなかった何か……そして、自分がそれを埋めなければならなかったのに、１０年もの月日を費やしてしまった。」と自分に欠けたものを自覚し、後悔する一方、「やっと仕事を終えた。」と達成感を覚えている。

　この自分に欠けたものは「よくやった。」という一言をかけることで象徴される家族思いの姿勢で償われる。その時、夫であり父親でもあるラムジーは、「何らかの異物感がからだから抜けていくように感じられた。まるで、浜辺で潮がスーッと引いていくかのごとく、突然あっけなく……。」と満足感を身体で感じる。ジェームズもその時「かけ足は軽かった。念願の灯台へ到達したということ以上の達成感が自分の体全体を軽くしていることが理解できた。」と達成感を身体の感じとして受け止める。そして、今後は「母を思い、その度にもやもやした気持ちを抱えることもないだろう」と思う。

　これらは、創作の世界において設定された母親の死という虚構の喪失体験によってもたらされた母親の愛情の再認識と、父親に欠けていたものを再認識するという気づきのプロセスであった。父親が１０年越しにそれを実感した時に、満たされた心すなわちカタルシスがもたらされたといえる。創作者自身の両親像が作品の両親像に反映されていたとみえる。その結果、創作者自身が両親にまつわる「もやもやした気持ち」から解放されスッキリした感情がもたらされたものといえるのではないだろうか。感想で創作者自身が述べていたように、「フォーカシングの過程と共通していた」体験であった。それは、自らの中で父親像と母親像を再統合するプロセスであり、その結果フォーカシングにおけるようなシフト（心の変容）を創作者自身が体験できたという実感だったのではないだろうか。さらに、「自分の中で、文章以上に、人物の感情を感じとれたのが、とてもよかった。」と述べている。これは、創作者自身が登場人物になりきり、フェルトセンスに触れていく体験過程のプロセスがみられたといってよいであろう。最初は固い枠組みの父親像を窓枠に喩えて受け入れていくのは困難そうではあったが、最終的に受け入れていくプロセスがあり、問題との体験的距離が縮って行き、その結果、シフトが生じたといえるだろう。

第2部　Ⅴ．ウルフ『灯台へ』と創作体験

　Ａ子は、以前、両親への依存感情と対立感情と思われるアンヴィバレント（両価的）な転移感情をロールプレイで示したことがあった。しかし、創作体験後は両親との間で、双方向的な関係を表すようになり、受容的な関係を保持するようになっていった。その間、彼女は、エンカウンターグループの事務局を担当するなど、自発的・自立的行動を示す心理的成長を遂げ、その後は、自分の経験を生かして臨床心理の専門分野に進みスクールカウンセラーとして、地域の小・中学生や親や教師の相談活動に貢献していることもつけ加えておきたい。

〈Ａ子へのインタビュー結果（Ｘ＋１年半後、Ｎ市で実施）〉
①創作体験はどうでしたか。
「短時間で１冊の本を読み終えたような感じ。達成感、爽快感があった。真ん中でゆれるイライラするのが、最後で達成感があった。気持ちよく、いい体験だった。」
②作品は完成しましたか。
「完成した。そこに自分の流れができた。」
③家族関係について
（Ａ）作品における両親像はあなたのそれと共通していますか。していればどの点で共通していますか。
「はじめ、客観的に書いた。いつのまにか自分の両親像になり、最後は理想の両親像になっていった。」
（Ｂ）作品における親子関係はあなたのそれと共通していますか。していればどの点で共通していますか。
「娘の父に対する気持ちが、自分の父への気持ちとオーバーラップした。息子の方は客観的に書いたせいか覚えていない。（……）今思うと息子の方にも自分の気持ちが反映している。」
（Ｃ）作品における姉（妹）と弟（兄）の関係はあなたの兄弟姉妹関係と共通していますか。していればどの点で共通していますか。
「あまり覚えていない。リリーの絵。真ん中の三角形。家族のバランスの欠けていたのが一つにまとまったのかな。」

④作品において主人公は誰ですか。
「ラムジー夫人。途中で亡くなり、見ているような。」
⑤作品においてあなた自身に一番近い人物は誰ですか。
「最初夫人の気持ちになって書いていた。最後は会話はないが、娘かな。」
⑥「時の流れの詩」についてコメントがあれば述べてください。
「皆がバラバラになっていくイメージ。」
⑦創作体験中、作品の父親像、母親像に変化がありましたか。あなた自身の父親像、母親像についてはどうですか。またあなたの本人像にも変化があったらそれぞれどのように変化したか具体的に述べてください。
「母は変化なし。温かく守ってくれる。亡くなってからも、そんなイメージが残っていた。

　父は厳格で冷たいイメージで、子どもとの距離があったが、最後に血が通い、子どもとの距離が縮まった。特に今変化なし。母には自分の母の投影。父は自分とは遠い存在だが、どこかで自分を見ていてくれるのだなと思ったように覚えている。

　本人像の変化はないですね。」
⑧創作体験中、作品の夫の妻への思い、父親の子どもへの思いに変化がありましたか。あなた自身の、父（母）子関係への思いに変化があれば、具体的に述べてください。
「子どもの思いは自分を投影しているせいかすぐ思いつく。近づき寄りがたかった父が近くに感じられた。

　夫の妻への思いは分かりにくい。表面的には考えてなさそうだが、夫の中に亡くなってから（妻の）存在感が大きくなった。同時に父としての自分を感じはじめた。父自身が（「よくやった。」の）一言の後で、家族を意識した。」
⑨創作者の立場で、書く体験にともなって、被験者の他者・自己との関係、生き方の変化および感情レベルの変化があれば、それを具体的に述べてください。
「やっていて楽しかった。書き終わって２、３日親への見方の変化があったが、具体的に思い出せない。多分数回繰り返せば変化があるだろうが、

距離の近さぐらいは感じた。」
⑩創作体験後においてあなたの家族観に変化があれば、それを具体的に述べてください。「③⑦⑧で答えたように、家族観に変化があった。」
⑪作品における心的外傷体験や喪失体験とあなた自身にもあればそれとの関連について述べ、創作体験後どのように変化したかについて、具体的に述べてください。
「特に思い当たる体験はない。」
⑫その他の創作体験による気づきがあれば述べてください。
「フォーカシングの短時間の経験で感じが変わるような不思議な感じをもった。自分の感じが変わり、最終的に納得がいく一つにまとめられていく感じがした。」

〈考察〉
　以上、インタヴューによって、A子の主観では、他者、自己との関係や生き方の面での急激な変化や持続的な変化はみられなかったとあるが、特に家族との関係において、子どもの立場で父親の見方に立ったような共感的な理解が進み関係性が深まったことや、書くことによって、A子は「爽快感」や「達成感」を味わい体験過程の推進がうかがわれた。しかし、1回限りの体験では自分がどれほど変化したのか分からないと述べ、A子は継続的な創作体験を希望した。そして、その後のエンカウンターグループの興味・関心別グループで2回目を経験した。その結果や作品についてはここでは詳細は省くが、A子との面接の感想から概要のみを示したい。感想で、「1作目は、光のあたたかさや（筆者注：父親に抱いていた）異物感がからだから抜け落ちていくような達成感ともシフトともいえる気持ちの変化を経験しました。2作目は、やはり、前回と同じく、本を読んでいるように物語に入っていました。正反対のことをいう父と母、混乱する息子、一方的な父親、冷たい家族のわだかまりがある一方で、弱くなった父親が「本当に子どもたちのことを考えていたのだろうか」と考える場面や素っ気なくした自分に気付くジェームズがいて、探索しながら気づいて行く過程やシフトがありました。ただ、今回は、自分は、客観的にラムジー家を

見つめるいわばリリーのような存在だったように感じられます。また、前回と同じくスッキリしましたが、なぜか、自分の思いを出し切れなかった夫人を思って、悲しくなりました。」。A子はこのように非常にリラックスした中で、リリーの立場から家族を思いやり、客観視し、見方を変えていく新たな体験過程を経験することができたといえるだろう。その意味で、回を重ねることが、ますます体験の深まりを推進する事例となった。

イ．事例2―P男の創作体験の過程と作品の考察

　「教育のためのエンカウンターグループ経験と人間中心の教育研修会」（第20回）（1998年12月25日〜28日於兵庫県しあわせの村）で筆者が実施した創作体験の課題・関心別セッションに参加した大学生である青年男性P（19歳）は、次のような作品を創作した。

第1章「窓」
〔第1場面〕（窓辺にて）
息子「父さんは仕事ばかりで、会話だってろくにしない。たまに話をしても『明日は雨だろうな。』なんてひどい事を言っている。それにせっかくの家族旅行をしてもぜんぜん楽しくなさそうだ。父さんには楽しみがあるのだろうか。」夫人「主人の息抜きをかねた家族サービスをと、友人の別荘を借りて、家族旅行をしているのに、主人はかえって不機嫌な様子で、何が気に入らないのだろう。仕事でそうとう疲れているのか、何か失敗したのか心配だ。」
主人「こんなに遠くまで来て交通費もバカにならない。接待ゴルフを断って来ているのに、あんなに古くさい燈台になんか行っていられない。」
〔第2場面〕（丘の上で）
リリー「別荘と燈台、海との距離がしっくりこない。このすき間に何か描き足すなら紫という非自然的な色がよく似合っていると思う。」
〔第3場面〕（夫婦の会話）
主人「ジェームズは弱すぎるのでないか。おまえが甘やかすからそうなっ

たのではないか。天気予報でも雨が降ると言っていたから朝はゆっくり寝ているから起こすなよ。」
夫人「何がおもしろくないのか。来たくなかったのなら最初からそう言えば良かったのに。あなたの考えていることは、わからない。何故言ってくれようとしないの。」
〔第4場面〕（一人になって）
夫人「燈台は遠くにいる船にも自分の位置を教えてくれるのに、主人は何も伝えようとしない。このままでは灯はつかないだろう。何かきっかけがつくれれば良いのに。」

第2章「時は流れる」
〔第5場面〕（時の流れの詩）
　旅行から帰り、2年後に戦争が起こり、別荘の持ち主も夫人も亡くなり、夫人の死の直前に娘が産まれた。有名企業に務めていた主人も、会社の経営難行を理由にクビになってしまう。仕事に就くこともなく、悲しみ、怒りを感じ、ぬぐいさることはできていない。ある日、主人は昔の別荘のことを思い出す。

第3章「燈台」
〔第6場面〕（ボートの中で）
ラムジー「妻との思い出をたくさんつくることができなかった。仕事ばかりで何もしてやれなかった。いつまでも悲しんでもしょうがない。妻にしてあげられなかった事を子供たちにしてあげなくてはならないだろう。」
ジェームズ「父さんは何も言わず、ずっと燈台を見つめたままだ。父が言い出したことなのに、楽しそうでもなく、何を感じているのだろう。」
キャム「なぜ燈台へ行くのだろうか。まあ、ついて行ってみよう。」
〔第7場面〕（丘の上で）
リリー「島は波で削られ、燈台はさらに古び、別荘も荒れはてている。しかし、それぞれの距離が、今、じょじょに縮まっている。対象が動いているので描くことができない。」

〔第8場面〕（燈台に着いて）
ジェームズ「父がこんな事を言うのは初めてだ。今までで一番うれしいと思える。父親というのは何なのか、わかった気がする。」
父「燈台のように子供たちを照らしていられる存在でいよう。」
〔第9場面〕（丘の上で）
リリー「燈台に灯もつき、夜の絵ではあるが良い絵が描けたであろう。」

〈作品の評価〉
　評価の視点として、作品全体から①人物像と関係性の特徴を、第2章から②環境要因の変化、第1章と第3章の比較から③人物像と関係性の変化を追ってみる。
①人物像と関係性の特徴
１．母親像
「心配」主人への思いやり、「批判」主人への率直な物言い、「洞察」主人の問題性（仕事からの息抜きの必要性、家族における自分の立場を意識していないこと）の憂慮
２．父親像
「苛立ち」仕事への執着心および家族を配慮する余裕のなさ、「責任転嫁」息子の弱さ妻の甘やかしという見方による問題の合理化
３．本人像
（父親から見て）「弱い。甘えがある。」
４．夫婦関係
意見の違いはあるものの、「双方向の関係」
５．親子関係
父親への不満感情（「仕事ばかり。会話がない。」）
６．家族観（第3者の視点から）
「距離がある」しっくり調和していない、「非自然」な感情
②環境要因（生育史、環境、時代など）の変化
（第2章「時は流れる」より）
〈戦争〉、娘の誕生、〈夫人の死〉、別荘の持ち主の死、父親の免職

③人物像と関係性の変化
 １．母親像の変化
特に認められない。
 ２．父親像の変化
「気づき」仕事ばかりであった。「決断」いつまでも悲しんでいても仕方がない。「一言」喜びをもたらし、存在感を発揮し、子供を導く力となった。
 ３．本人像の変化
父親受容、尊敬
 ４．夫の妻への思いの変化
「何もしてやれなかった。」
 ５．父親の子供たちへの思いの変化
「妻にできなかったことを子供たちにしよう。」
 ６．家族観の変化
「距離が縮まる。」関係性が深まる。受容的関係

〈Ｐ男の作品の解釈〉
　作品の上で仕事一辺倒な父親が、物わかりのいい妻や仕事の喪失体験をきっかけにして、家族の中で子供を導く存在感の大きな父親へと変貌していくプロセスがあった。これは、創作者の意識の中では父親不在的な家族関係であったものが、創作の中で創作者が父親に直面し、その結果父親像が創作者の意識の中で見直されていく過程であった。
　フィードバック・セッションで、創作者に現実の父親観を問うたところ、「尊敬しています。」という返事が返ってきた。
その後の夜のイメージ・セッションで、森の中に一人でドライブした彼が、指定イメージで向こうからやってくる10年後の「わたし」と出会う。それは髭をたたえ優しさをたたえた人物であり、現実の父親の風貌をしていたととても感慨深げに述懐した。これはいわば父親との新たな「出会い」と統合であり、前記の創作体験の延長線上のできごとだったと思われる。

〈P男とのインタビュー、X＋半年後、N市〉
　以下は約半年後にP男にインタビューを実施した結果である。
第1章について
①作品における母親像はあなた自身の母親像と似ていますか。
「わりと周りを気遣うところが似ているが、（実の母の）あまり自分の感情を表に出さないところは異なる。」
②作品における父親像はあなた自身の父親像と似ていますか。
「仕事中心のところは似ているが、（実の父は）子どもに対して割とやさしくしてくれる感じです。」
③作品における親子関係においてあなた自身は誰に近いですか。
「全体で通してみれば、夫人に近いところにある。」
④作品において主人公は誰ですか。
「父です。」
⑤作品における本人像として夫人はあなたとどういうところで共通しているか。〉
「他人の状態が自分にとって大きく影響するみたいに考えていて、そのせいか人のことをよけいに気にする。」
⑥家族関係（夫婦関係、親子関係、兄弟・姉妹関係）について現実のあなた自身の家族関係を思わせる箇所があれば自由に指摘してください。
「正直なところ現在の家族関係はどんな状況か分からない感じです。以前は深いと思っていたがたまに帰ってみると変わっていて、現実と作品を比べるのが難しい。」
⑦第3者的視点からみた作品の家族観について思うところがあれば記述してください。
「簡単に言えば決して幸せではない。家族それぞれが独立した関係です。」

第2章について
　G「時の流れ」のテーマ に沿って、〈戦争〉、〈夫人の死〉以外の変化について特に述べることがありますか。
「家族自体が夫人を亡くして、生活全般において活気がなくなっていって、

第2部　V.ウルフ『灯台へ』と創作体験

流されるままに生活していった10年間といった印象です。」
⑨そのことについてあなた自身どういう風に感じますか。
「私自身何かをなくすとそういう状態になってしまう。この家族と私自身同じと思う。」

第3章について
⑩家族像に何か変化があれば述べてください。
「ラムジー（父親像）に一番変化がありました。長い間かかってやっといろんなことに気づき、何かをしなければいけないと自分から変わっていった。子どもたちへの思いも変化していった。」
⑪自分自身の気持ちの変化があれば述べてください。
「自分自身にはないが、逆に私の父に関係している。父は不器用な性格でなかなか現実に思うようなことができないと考えているが、行動にだすのが遅く、（ラムジーと）関連性がある。」

〈総合的問い（創作者の立場での答え）〉
①創作の中での書く体験にともなって、あなた自身の内面的な変化があったとしたら、それを述べてください。
「特に大きな変化はなかった。」
②作品における喪失体験とあなた自身の喪失体験との関連について、特に述べることがありますか。
「4人姉（兄）弟で皆大きくなって家族が皆でやることがなくなったことが大きい。」
③創作によってあなた自身の家族観が変化したとしたら、それはどのような変化だったか述べてください。
「変化していない。」
④創作における問題との距離と現実場面における問題との距離についてあなた自身の心的構えに変化があれば具体的に述べてください。
「書いたことで改めて自分の家族について考えた。」
⑤創作における感情の変化についてあればあなた自身の体験を具体的に述

第7章 「灯台へ」創作体験による心理的変化の評価について

べてください。
「自分の家族を思い浮かべ悲しい気分になりました。」
E 作品完成後のあなた自身の気持ちを記述してください。
「正直に言うと宿題が終わった気持ちと同じ。でも、書き上げたことは、提出するということで、自分の書いたもの、自分の気持を伝えるのがちょっと恐いかなという気がしました。今もそうです。」

〈考察〉
　P 男は、グループ中でもどこか超然としたところがあって、寡黙であり、他者との関係性が課題であると、その時のファシリテーターとして筆者は感じていた。そして、創作体験でも彼は、どこか淡々としたところがあった。しかしながら、インタヴューで自分自身の気持ちに特に変化はないと言いながらも、創作には熱心に体験的にかかわっていたことが印象的であったし、作品の中にもそれがうかがえた。特に、自分と父親との関係の面で、父親への自己同一視の傾向が特徴的であった。そして、創作しながら、父親の態度が家族への思いやりに変化していく過程があり、それは、自分自身の実際の家族に寄せる思いと一致しているようであった。父親の視点で家族を見直した点は、心理的成長から言っても大変意味があったと思う。

（２）回復モデルの事例

ウ．事例３―心身症の中２女子をもつ E 子の家族関係の変容について―創作体験に見る E 子の心理的成長の評定の試み―

　本事例は筆者の先行研究 (村田、2003) の E 子の心理的成長の「体験のプロセス」を、ロジャーズらのプロセス尺度により測定を試みたものである。このことによって、言葉によるカウンセリング場面にのみ利用されてきた体験過程尺度が創作体験にも適用できることを試行してみたい。すでに、筆者は、先行研究（Ibid.）において、『ダロウェイ夫人』に体験過程

153

第2部　Ⅴ.ウルフ『灯台へ』と創作体験

尺度を適用し、書かれたものにも体験過程尺度が通用することを統計的に裏づけたが、今回は、本研究において「ダロウェイ夫人」用体験過程（EXP）尺度が作られる以前に、実際に試行錯誤されて開発されたプロセス尺度による評定方法を取り上げることにより、創作作品への体験過程尺度の適用の可能性やこの方法が直面する困難性や問題点などを取り上げてみたい。そのことによりＥ子の心理的成長を体験過程尺度からも裏づけることがねらいである。

（ア）Ｅ子の面接と創作体験について
〈Ｅ子のプロフィール〉
はじめにＥ子について略述しておきたい。
Ｅ子：40歳会社員
家族構成：夫42歳、高校１年の長女15歳、中学２年の次女、祖父65歳、祖母60歳
〈面接の概要〉
　Ｅは中学２年の心身症の娘をもつ母親として相談に来た。しかし、主訴は家族の中の自分自身の問題であった。娘はある相談機関に１年ほど通っている。医師にも相談したが、娘の件では自分自身にも問題があるのではないかと思っている。自分自身の両親や現在同居している夫の両親への不満もある。それが子どもの心に影響を与えているのではないかと思う。一時期、親との別居も考えた。それもままならず、うつ状態になったことがある。本人の両親像は大変低いもので、自らの低い「自尊感情」に反映していた。
〈面接の方針〉
　インテーク時の親への不満感情からみて、Ｅさんにとってそれは深刻な心の問題であると予想されたので、娘はそのまま同じ相談機関で治療を継続するように勧め、Ｅさんは１カ月に１度ほど医師の了解をとった上で筆者のところに来談する契約（公的相談機関、無料）をした。
　以下はＥさんが面接時に自主的に持参したメモの内容である。
「母は子供が母親になったような人　社会性がない

常に"あぶない　あぶない"と言って　普通の人の普通の行動でも人を不安にする

呪文のように聞かされて育ってひっこみ思案で、大人しく育って　他人に自己主張してもよいということを思えなくて不安で　淋しかったと思う

小中学生の時　活発で　先生に物おじせず話しかけるクラスメイトがうらやましく思う。暗くて　おとなしい子には先生も話かけてくれず　淋しく感じた

数日前　下の子の担任の先生が、家庭訪問に来られたが、いろいろ聞いてくれ、

子供にも言いたいことがあったら何でも話してくださいと言われ、子供もすごく安心して信頼したようです。

私自身　小さい頃に　親からのはげましと暖かいもの　また　大人の信頼感があれば

もう少し　自分に　自信が持てたかと思う。（中略）

主人と結婚して　親と同居して　母親の娘への大切に思う気持ち、母親への信頼を見ると

親と私の関係を考えてしまう．

娘を持つ親として　子供達を大切にして　いきたいとおもうが……。」

　次回には、Ｅ子は自主的に次のような実父に関するメモを持参した。（省略）その最後は次のようにしめくくられていた。

「みんな冷たい家庭だと思っていた、

でもやさしいしっかりした父母に守られている。

そのことを知ってすごく驚いた。

話に耳をかたむけてくれる親、世話してくれる親であってほしかった。

弟に親に自分の気持ちのおしつけではないかと言われた。

開けてはならぬパンドラの箱」

　以上のような訴えを繰り返していたＥ子であるが、家族への思い込みの程度がかなり強く、自尊感情が低いと思われたので、家族関係を見直すきっかけになるように、家族をテーマとする『灯台へ』枠付け創作体験法を導入した。

第2部　Ⅴ.ウルフ『灯台へ』と創作体験

（イ）E子のつくった作品と体験過程尺度による評定

　1ヶ月一度の面接で、E子は次々と小説のスタイルで本法による作品を持参した。最初は本法に忠実に外国人名で、2回目は結婚後の現在の立場で実名を使って、3回目は結婚前の家族のイメージで実の子を登場させ、4回目には3回目のイメージをふくらませながら理想の家族像を完成させた。

　E子は書きながら自分を家族の中のいろいろな立場に置いた。そうすると相手が見えてきてその人物像をふくらませることができた、と語った。つまり創作することによって、今までの一面的な見方から脱却して、より複眼的な見方に立てたこと、そうすることでこだわりをもった固い拘束的な自我からより柔軟な相手を受容していく開かれた自我へと自らを変容させていったと思われる。そういった体験過程レベルでの変化を4作品について次の視点から考察する。

a. 他者・自己との関係、生き方などがどのように変わってきているか。
b. 感情のあり方がどのように変化しているか。

　また、評定が評定者の主観に流れず、なるべく客観的になるように、わかりやすい簡略化した、以下のような体験過程尺度を用いて評定することを工夫し、試みた。

〈評定の実際〉

　評定資料をもとに『灯台へ』創作体験過程の評定シートを用いて、関係性と感情ならびにリファレントの視点から、9つの場面毎に評定尺度で体験過程を評定する様式にし、評定者が記入できるようにした。

　評定尺度は、以下のように体験過程の関係性レベルと感情レベルに加えて創作者の心の変化のレベルを評定するリファレントの視点からの3つの評定尺度を用意した。

　3人の評定者（大学院生2人、大学生1人）に、その説明を行い、それぞれに評定を求めた。内二人（評定者1、2）は教育大学大学院女子2回生、一人（評定者3）はN実業系大学学生男子4回生である。

〈評定尺度〉

　創作体験過程の評定尺度としてカール・ロジャーズ（1967）が編集した4つの体験過程尺度、E．ジェンドリンとT．トムリンソンの6段階の関

係性の尺度およびＣ.ロジャーズの７段階の「心理療法におけるプロセス計測のための暫定的尺度」における「感情および個人的意味合いとの関係」の体験過程尺度（1958）を参考にする。また、体験過程の包括的な見方に立った畠瀬（1999）の体験過程尺度及び池見（1995）のクライエントのための体験過程スケールを参考にした。さらに、プロセス・スケールの一つとして開発された自己不一致の尺度をより焦点化したリファレント(照合体)の尺度に関連するものとして、「不一致の度合」などを参考にした。(2003、2014、資料編)

　従来の日本におけるクラインらのＥＸＰスケールにもとづく体験過程尺度は、簡素化された実用的な尺度として工夫されてきた。しかし本研究では、ロジャーズの体験過程のストランズの概念とサイコセラピーの過程概念(1961)および上述のプロセス・スケールとそれを基にした畠瀬のプロセス・スケールを使用。評定の便宜のために次のような簡略化した尺度を開発した。それらを、評定前の準備段階のトレーニング資料として試行し、若干の修正を加えた上で、評定時の教示・説明用に用いた。特に、池見・吉良・村山・田村・弓場（1986）体験過程とその評定のＥＸＰスケールの評定基準と評定例をテキストにして、トレーニング資料に使った他、より簡易的な評定尺度として、暫定的に以下のような簡易尺度をつくり試行した。

１）関係性レベルの評定尺度
　ロジャーズは、自己の構成概念の一つである他者との関係性について２つの方向性があると述べている。一つは、他者が自分の経験の世界に関与する「他者関係」、もう一つは、自己が他者の経験の世界に関与する「自己関与」である。一方、ジェンドリンは関係様式に注目し、そのプロセス尺度（2003, p.172、2014, p.179）をつくっている。それらを参考にした。
①無関係
②一方的関係（カウンセラーからクライエントへ、他者から自己へ）
③一方的関係（クライエントからカウンセラーへ、自己から他者へ）
④双方向の関係（両者の対立関係）
⑤双方向の関係（両者の受容関係）

⑥無条件の受容関係

２）自己内関係性レベルの評定尺度
①自己否定
②一方的関係（知的レベルのみの内的関係）
③一方的関係（感情的レベルのみの内的関係）
④双方向の関係（ＡとＢの葛藤）
⑤双方向の関係（ＡとＢの折り合い、受容）
⑥無条件の自己受容

３）感情レベルの評定尺度
①感情拒否
②感情との距離が遠い。（自分の感情を認めたがらず、他人事もしくは過去の事として表現する。）
③感情を好ましからぬものとして表現する。
④感情を語るが、強烈なものは抑制する。時にはそれが、意に反して表出する。
⑤今ここでの感情を探索的に表現する。気づきが生まれてくる。
⑥滞っていた感情が流れだし、受容され、さらにおそるおそる挑戦される。わだかまりやこだわりが解消していく。
⑦新しい感情が豊かに経験され、それが次のリファレント（内的照合体）として使われる。

４）体験過程のリファレントのレベルの評定尺度（案）
①見方の枠組みが固い。「内面へのリファー」(自己への言及) が見られない。
　〈例〉「それとこれとは別にして……」「それはあなたの問題だ。」
②自分の問題意識は薄く、他人事もしくは過去の事として触れる。自己への言及がほとんどなされない、ないしほとんど内面を見せない。
　〈例〉「そのことについては、十分に検討済みです。結果はやがて公評される予定です。」

③内面を表明するが、過去や状況に限定して否定的に語る。自分の問題としてうすうす感じている。
〈例〉「疑うのは悪いが、あの時のあなたは私に対していつもと違っていたよ。」
④自分に言及し内面を語る。しかし、本人はそれを恐れていて、時々意に反して吹き出す。
　自分の受けとめ方に目を向ける。自分に問題の責任を認める。
〈例〉「しかし、……何かにおびえているのは事実だ。人におびえているというか、あなたにも自分にもおびえている。」
⑤自分についてゆっくりと、とつとつと表現する。自分のリファレント（照合体）に触れて探索的に関わる。しかし、まだ否定的感情は恐れていて、おそるおそる表出する。
〈例〉「難しいが、とにかく自分自身の中にあるこのずっしりと重いかたまりを何とかしてみたいです。」
⑥自分のリファレントに照合しながら感情を受け入れる。問題に対して柔軟な見方をし、否定から肯定への洞察的な見方がある。自分らしく生き生きしてくる。
〈例〉「そう、何とかして欲しいという気持ちがさまざまな行動になっていたのです。人のせいにしてそれが本来の自分になることを妨げていたのです。」
⑦自分のリファレントから新しい感情をこまやかに経験する。気づきを新しい状況に応用、適用していく。自分になる。機能的な人間になる。
〈例〉「あなたの気配りに私は、戸惑っていましたが、私の方が気づかいをさせていたのかもしれないと気づきました。気づかいと言ったらいいか、遠慮と言ったらいいか。お互いに自分の仕方で思いやっていたというのが正しいのかもしれませんね。そう思うと何だか仕合せな気がします。」

ウ．作品の評定の実際
　Ｘ＋１年Ｎ市にて、以上の体験過程尺度について説明と教示をし、Ｅ子の作品の評定を試行した。

第2部　V.ウルフ『灯台へ』と創作体験

〈評定の手続〉

　評定が簡潔になるように、資料のような『燈台へ』体験過程尺度評定シートをつくり、9つの場面にわけて、それぞれの場面の家族のせりふを評定できるように、横軸には時系列順に場面を、縦軸には5人の家族を配置して表にし、評定結果が一覧できるように工夫した。

　評定資料として、4つの作品の場面毎に5人の家族のせりふ（独白や会話の部分）を抜き出し、場面毎に登場する家族の該当するせりふを評定し易いように工夫した。

〈評定方法〉

　3人の評定者に評定尺度の説明を行った後で、文学作品の一部を示し、以下に示す評定の仕方について教示した上で、実際に評定を行う前にトレーニングを実施した。その後、『灯台へ』体験過程評定シートとE子の作品の評定資料を提示し、その評定方法で実施した。

　評定の仕方については、それぞれのせりふについて、感情と関係性（自己内関係性と他者との関係性にわけてある）とリファレントの項目にわけて評定し、それらの値の最頻値（モード）を割り出す方法を採った。

　その際、リファレントを、「照合体」と訳し、創作者がリファー（言及ないし照合）する自己の心と定義した。それは、「実感」（池見）やフェルトセンス（ジェンドリン）を指し、経験の中心過程を反映する中心概念である。

　また、最頻値（モード）は、原則として一段落をセグメントあるいはユニットとして、全体的な、あるいは平均的なスケール上のレベルを集約したものである。つまりセグメントにおける最も一般的な、つまり最もよく起こる体験レベルを表わしている。なお、モードがセグメントの中の標準的な値だとすれば、その中の通常は一瞬の最も高い値が想定され、それはピーク値とされる。ピーク値とモード値の関係については、Klein, M.H. ら（1985）（吉良ら、仮訳、1988）は、「セグメントがスケール上のある範囲にまたがる（例えば第1段階で始まり、第2段階へと移行し、第3段階で終わる）場合には、最も高い段階をピーク値、よく出てくる低い段階をモードとする。特に長いセグメントの場合や高い段階が現れる場合がそう

だが、モードがピーク値よりも2段階低い値をとることはないのが普通である」とある。なお、書かれたものの評定は1段落中から抽出され2段落にまたがることはない。また、その中で、4,4,4,3のように評定が分散する場合、モード、ピーク値はともに4となる。

エ．作品の評定資料と結果
　E子の初回作品を評定する際に、枠付けを9つの場面に分け、登場人物の会話や独白のせりふ中心に取り出したもの。
〈評定資料1（第1作）〉
　登場人物：ジェームズ、ラムジー夫人、ラムジー、キャム、リリー
（1）ジェームズの心理的変化
（第1場面）
　ジェームズ「ねえ、お母さん。お父さんは明日の燈台行きが楽しみでないの？　久しぶりに皆で行こうとあんなに楽しみにしていたのに。お父さんはいつも皆の楽しみを不意にするんだ。燈台は遠くからも見えるし、夜になると灯りがついて真っ暗な海を照し舟を道案内する大切な建物なんだ。」
（第6場面）
　ジェームズはぼんやり考えごとをしている父を見つめた。大きく感じた父は今や自分よりも小さく弱々しく無言の重圧を感じた事が嘘のようだ。10年前の燈台行きの夜の思い出の悲しみが蘇えり、あの時どうしても行きたいと何故心の内を父に話さなかったのだろうか。大きく強い父が怖かったからだろうか。もう母は亡くなり楽しい思い出はつくれない。時間は過ぎてしまった。
（第8場面）
　ジェームズはもっと早くここへ来たかった。父が自分の気持ちを理解し認めてくれる言葉を長い間待っていたのだ。ジェームズの脳裏には父に自分から心の内を話せばわだかまりが早く解け、母が亡くなる前に燈台に来る事が出来たのではないかという思いが浮かぶ。
（2）ラムジー夫人
（第1場面）

第2部　V．ウルフ『灯台へ』と創作体験

　ラムジー夫人「そうね、ジェイムズ。お母さんも明日の燈台行きをとっても楽しみにしていたのよ。皆で燈台を眺めたかったわ。」と涙ぐむ息子をラムジー夫人は優しく慰めた。「お父さんは自分の意見で何事も決めてしまう。でも、明日は晴れて燈台に行けるかもしれないわ。」と怒りを押さえながらラムジー夫人は夫を思う。
　夫は何事も決め一言で計画を変更させる。その都度私と子どもたちに失望と悲しみを与える。ラムジー夫人は怒りを感じるが、夫に期待しないと誓う。喜びの感情を受け入れれば失望もまた大きいからだ。何も感じてはいけない。そうすれば失望や不満よりも悲しい気持ちを受ける事がないからだ。
　ラムジーは背が高くがっちりしていて理知的であり、社会的に成功している。優しくひかえめなラムジー夫人と並んでいると二人は中（77）の良い夫婦に見える事だろうしかし、ラムジー夫人の孤独感と寂寥感はだれも知る事がない。
（第3場面）
　ラムジー夫人は夕食の準備の手を止めて夫に言った。「ねえラムジー、ジェイムズは天候に関係なく燈台行きをとっても楽しみにしていたの。私たちは大人になったから随分我慢する事に慣れてしまったけどジェイムズは今を生きているの。あの子の夢や希望をもっと大切にしてあげたいの。燈台はここから見ても暗闇の海に一抹の光を投げかけすばらしく美しいのに。明日行けたらどんなにあの子が喜ぶかしら。」……夕食を急がせ話し合いにもならない夫に苛立ちを感じながらいつものように話を途中で切り上げ、ラムジー夫人は何事もなかったように夕食の席についた。
（第4場面）一人になって。
　燈台の光が私に投げかける時、私はときめく。このスポットライトの瞬間は本来の私に戻れる。一瞬の輝きにときめき、そして次の瞬間に暗闇に戻る。人生はその繰り返し。数々の思い出と夫との出合い。ジェイムズ、キャムの誕生。私は輝かしい未来を願う。
（3）ラムジー
（第3場面）夫婦だけになって。

ラムジーは窓の外に気をとられながら「燈台にはまた何時でも行けるさ。雨が降った日に行くよりも気持ちの良い天気に出かける方が楽しいよ。そんな事よりも早く食事にしてくれ。」と妻に言った。

（第6場面）舟の中で。

昔からこんなに静かだったのだろうか。いや10年前は子供たちの無邪気な会話、妻の暖かい手料理を囲んでお喋りしながら笑ったものだ。それがいまや皆言葉少なく静かだ。随分年月が立ったものだ。あの楽しい時間はもう戻らないのだろうか。

私は仕事と社会的安定が家族の為だと思い実行してきたが本当にこれで良かったのだろうか。平凡を愛し、家族に心を傾けるべきだったのではないだろうか。

（第8場面）燈台に着いて。

息子もいつのまにか大きくなった。いつも子供扱いしてきたが人間としての意志を尊重する事がどうして出来なかったのだろうか。ラムジーは今なら家族一人一人の寂しさ、忍耐、愛情を実感できると思う。

（4）キャム

（第6場面）舟の中で。

ボートから身を乗り出して無心に水と戯れているキャムは10年前のわだかまりも知らず燈台行きを楽しみにしている。彼女は一瞬一瞬に楽しみを感じている。

（5）リリー

（第2場面）隣の部屋で。

リリーは若々しくイキイキしていて、大好きなラムジー家の人々の様子に心を痛めている。

ラムジー家は皆良い人で表面上は仲良く他の人から見れば羨ましく思えるような家族だけど何かが足りないの。ラムジー家の主人の言っていることは間違いがないかもしれない。しかし皆心の中をもっと解ってほしいと思っている。ラムジー夫人は夫が何事も良い悪いと判断し自分の気持ちを解ってくれず、争いごとを好まない夫人は、表面上は夫の言いなり。夫人は自由、楽しみをもっと感じて良いと思う。

ジェイムズは夫婦の問題を敏感に感じ取って心配している。家族の中は安心感が必要だわ。でもここではラムジー家の主人の顔色を皆が伺っている。（第7場面）

この絵のようにラムジー家は家族を繋いでいた夫人が亡くなり皆の気持ちがそれぞれ解らなくなっている。ラムジー家の心の中には不安、とまどいが一杯であるにもかかわらずどのように表現してよいか解らずにいる。この悲しみから何か得るものがあるのだろうか。

長い間、私は待った。この瞬間を。そうよ、皆待つ必要がなかったのよ。燈台に行かなくても一人一人が相手を大切にすればこころを通いあわせる事はすぐ出来るのよ。（第9場面）

（2）作品の評定結果（ただし、風景描写が多い第5場面については評定外）

＊第1作『燈台へ』体験過程評定シート（関係性レベル）

場面 登場人物	①窓辺の親子	②画家の心象	③夫婦の会話	④燈台を見て	⑤歳月の流れ	⑥舟の中で	⑦画家の心象	⑧燈台に着き	⑨画家の心象
ジェームズ	3					4		4	
夫人	3		3	2					
ラムジー			3			5		5	
キャム						2			
リリー		2					3		4

第7章 「灯台へ」創作体験による心理的変化の評価について

＊第1作『燈台へ』体験過程評定シート（感情レベル）

場面 登場人物	①窓辺の親子	②画家の心象	③夫婦の会話	④燈台を見て	⑤歳月の流れ	⑥舟の中で	⑦画家の心象	⑧燈台に着き	⑨画家の心象
ジェームズ	3				5		6		
夫人	3		4	3					
ラムジー			3			5		6	
キャム						3			
リリー		3						4	6

＊第1作『燈台へ』体験過程評定シート（リファレント）

場面 登場人物	①窓辺の親子	②画家の心象	③夫婦の会話	④燈台を見て	⑤歳月の流れ	⑥舟の中で	⑦画家の心象	⑧燈台に着き	⑨画家の心象
創作者が自己にどの程度リファー（言及ないし照合）しているか	3	3	3	3		4	3	6	5

注：第1章「窓」 ①第1場面（窓辺の両親とジェームズのやり取りと意識の流れ）、②場面（風景を描くリリーの意識の流れ）、③第3場面（ラムジーと夫人の夫婦の会話）、④第4場面（燈台を眺めるラムジー夫人）、第2章「時は流れる」 ⑤第5場面（10月の流れの詩）、第3章「燈台」、 ⑥第6場面（舟の中の父親、ジェームズ、キャムの流れ）、 ⑦第7場面（リリーの独白）、 ⑧第8場面（燈台にたどり着いた際の父ジェームズの意識の流れ）、 ⑨第9場面（リリーの独白）

第2部　Ⅴ．ウルフ『灯台へ』と創作体験

2．第2作（以下、評定資料2参照）

＊第2作『燈台へ』体験過程評定シート（関係性レベル）

場面 登場人物	①窓辺の親子	②画家の心象	③夫婦の会話	④燈台を見て	⑤歳月の流れ	⑥舟の中で	⑦画家の心象	⑧燈台に着き	⑨画家の心象
次女M美	3					4		4	
本人E夫人	3		4	3					
夫K氏	3		3			5		5	
祖父母ST						5			
長女N子		3					3		4

＊第2作『燈台へ』体験過程評定シート（感情レベル）

場面 登場人物	①窓辺の親子	②画家の心象	③夫婦の会話	④燈台を見て	⑤歳月の流れ	⑥舟の中で	⑦画家の心象	⑧燈台に着き	⑨画家の心象
次女M美	3					5		5	
本人E夫人	4		4	4					
夫K氏	2		2			5		5	
祖父母ST						5			
長女N子		4					4		5

第7章 「灯台へ」創作体験による心理的変化の評価について

＊第2作『燈台へ』体験過程評定シート（リファレント）

場面	①窓辺の親子	②画家の心象	③夫婦の会話	④燈台を見て	⑤歳月の流れ	⑥舟の中で	⑦画家の心象	⑧燈台に着き	⑨画家の心象
創作者が自己や内面にどの程度リファーしているか	3	4	3	3		5	3	6	5

3．第3作

＊第3作『燈台へ』体験過程評定シート（関係性レベル）

場面 / 登場人物	①窓辺の親子	②画家の心象	③夫婦の会話	④燈台を見て	⑤歳月の流れ	⑥舟の中で	⑦画家の心象	⑧燈台に着き	⑨画家の心象
長女E子	3					4		5	
妻Y子	4		3	3					
主人R夫	2					5		5	
次女O子						2			
リリー		2					3		4

第2部　Ⅴ.ウルフ『灯台へ』と創作体験

＊第3作『燈台へ』体験過程評定シート（感情レベル）

場面 登場人物	①窓辺の親子	②画家の心象	③夫婦の会話	④燈台を見て	⑤歳月の流れ	⑥舟の中で	⑦画家の心象	⑧燈台に着き	⑨画家の心象
長女E子	3					5		6	
妻Y子	3		3	5					
主人R夫	2					5		6	
次女O子						2			
リリー		3					4		6

＊第3作『燈台へ』体験過程評定シート（リファレント）

場面	①窓辺の親子	②画家の心象	③夫婦の会話	④燈台を見て	⑤歳月の流れ	⑥舟の中で	⑦画家の心象	⑧燈台に着き	⑨画家の心象
創作者が自己や内面にどの程度リファーしているか	3	2	3	4		5	4	6	6

第7章 「灯台へ」創作体験による心理的変化の評価について

4．第4作

＊第4作『燈台へ』体験過程評定シート（関係性レベル）

場面 登場人物	①窓辺の親子	②画家の心象	③夫婦の会話	④燈台を見て	⑤歳月の流れ	⑥舟の中で	⑦画家の心象	⑧燈台に着き	⑨画家の心象
長女E子	3					4		5	
妻Y子	3		4	3					
主人R夫						3		4	
次女O子						4			
リリー		3					3		5

＊第4作『燈台へ』体験過程評定シート（感情レベル）

場面 登場人物	①窓辺の親子	②画家の心象	③夫婦の会話	④燈台を見て	⑤歳月の流れ	⑥舟の中で	⑦画家の心象	⑧燈台に着き	⑨画家の心象
長女E子	3					5		5	
妻Y子	4		4	5					
主人R夫						4		5	
次女O子						4			
リリー		3					4		6

第2部　Ⅴ．ウルフ『灯台へ』と創作体験

＊第4作『燈台へ』体験過程評定シート　（リファレント）

場面	①窓辺の親子	②画家の心象	③夫婦の会話	④燈台を見て	⑤歳月の流れ	⑥舟の中で	⑦画家の心象	⑧燈台に着き	⑨画家の心象
創作者が自己や内面にどの程度リファーしているか	4	3	5	5		5	4	6	6

〈考察〉

　以上4つの作品の評定の結果から、概ね次のようなことが示唆される。感情レベルでは3段階から始めて4、5段階までのステップの変化がみられた。関係性レベルでは評定値が別れたが、2段階から始めて4段階あたりまでの変化はあった。いずれも創作によって、体験過程の深まりがあったことを示している。自己や問題に対するリファー（照合）の程度からも、物語の前半の3段階から後半は4、5、6段階と1～3ものステップの変化があった。

　しかし、これらの変化は創作中の小ステップ(small steps)と考えられ、4ヶ月間という長期にわたる大ステップ（シフト）とは区別されると思われるので、その点については以下に考察したい。

第7章 「灯台へ」創作体験による心理的変化の評価について

オ．評定の検証と考察

（表1） 評定者1と筆者の評定値、( )は筆者のもの

登場人物	場面	①	②	③	④	⑤	⑥	⑦	⑧	⑨
ジェイムズ	関係	2(2)					5(3)		5(4)	
	感情	3(3)					5(4)		6(5)	
ラムジー夫人	関係	2(2)		2(3)	2(2)		5(3)			
	感情	3(3)		4(3)	4(4)		5(4)			
ラムジー	関係			3(2)					5(4)	
	感情			3(3)					7(5)	
キャム	関係						1(3)			
	感情						5(4)			
リリー	関係		2(3)					2(4)		2(5)
	感情		3(3)					5(4)		6(5)
創作者が自己や内面にどの程度リファーしているか		3(3)	3(3)	3(3)	2(4)		4(4)	3(4)	5(5)	4(5)
	理由（優位な視点等）	否定的感情・固い枠組	否定的思い・感情抑制	感情遮断	一時的解放感	過去と現実の対比	こだわりと現実認識	問題意識と感情吐露	「今ならできる」受容	気づき・洞察

　この結果から、評定者1と筆者の評定結果は、その差が一部2（6個）〜3（1個）の大きなものではあるものの、その他、1段階内の誤差と思われる評定値の数の割合は79.4％であり、この段階では、約8割程度が一

171

第2部　Ⅴ.ウルフ『灯台へ』と創作体験

致の傾向にあると考えられたので、少なくとも9割程度の一致度を見るような評定者のトレーニングと精度のより高い尺度の向上が必要となった。次に、参考までに、評定の結果を図表で表し、体験過程の変化の傾向とレベルを考察した。

　先ず、第1作から第4作までのリファレントの平均値を比較して、一定の時間を置いた創作者のリファレントの変化の程度を見た。これが（表2）（図1）である。

表2．4つの作品のリファレント平均値の変化

第1作	第2作	第3作	第4作
3.8	4.0	4.1	4.8

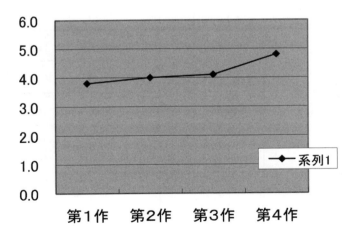

図1．4つの作品のリファレント平均値の変化

以上の結果からＥ子の体験過程は４つの作品の創作によって、約７ヶ月にわたる面接の後半約４カ月の創作体験の期間中、3.8～4.8、すなわち、中心過程として想定できる段階４～５にかなり近いところで、ほぼ１段階程度体験過程レベルを向上させたと考えられる。これは、創作体験によるＥ子の心の変容のレベルと考えられる。体験過程尺度の１段階の歩幅がかなり大きいものであることを考えれば、創作中の変化の度合いは、ゼロでもなく、また、急激なものでもなく、かなり漸進的な成長を示していることがこの結果からわかる。

　次に、作品毎のＥ子の心の変化の特徴を体験過程の視点から見るために、各作品の前半（第１章）と後半（第３章）の評定値の平均値を比較して、次のような結果が得られた。（表６）

表３．４作品の前半と後半の体験過程評定平均値の比較

①感情レベルの変化
　　　　　前　　後　　　　前　　後　　　　前　　後　　　　前　　後
　第１作 3.2 ｜ 5.0 第２作 3.3 ｜ 4.9 第３作 3.2 ｜ 4.9 第４作 3.8 ｜ 4.7

②関係性レベルの変化
　　　　　前　　後　　　　前　　後　　　　前　　後　　　　前　　後
　第１作 2.7 ｜ 3.9 第２作 3.1 ｜ 4.3 第３作 2.8 ｜ 4.0 第４作 3.2 ｜ 4.0

③リファレントの変化
　　　　　前　　後　　　　前　　後　　　　前　　後　　　　前　　後
　第１作 3.0 ｜ 4.5 第２作 3.3 ｜ 4.8 第３作 3.0 ｜ 5.3 第４作 4.3 ｜ 5.3

　以上の結果から、第１作から第４作までの前半（第１章）と後半（第３章）のそれぞれの視点における評定平均値の変化は、（表４）（図２）のようになる。

表4．4つの作品における前半（第1章）と後半（第3章）を比較してみた、体験過程レベルの評定平均値の変化の程度

	第1作	第2作	第3作	第4作
感情レベル	1.8	1.6	1.7	0.9
関係性レベル	1.2	1.2	1.2	0.8
リファレント	1.5	1.5	2.3	1.0

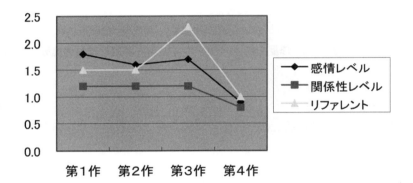

図2．4つの作品における前半（第1章）と後半（第3章）の評定平均値の差

　その結果、次のような傾向が見られた。
（1）いずれの視点から見ても、4つの作品の前半（第1章）と後半（第3章）の比較において、体験過程の成長の変化の傾向がみられた。
（2）第3作品のリファレントの値が、最も高まっている。それは、その時点（第3作品の創作時）でのE子の自己一致度の高まりを示すものであろう。
（3）1ヶ月に1回実施したE子の自宅での創作によって、第1作品の創作から第4作品の創作まで、約4ヶ月間、E子が順調に体験過程レベルを成長させていたことを示している。その度合いは、第3作品までは、各視

第7章 「灯台へ」創作体験による心理的変化の評価について

点においてやや大きなレベルであったが、第4作品に至って、変化の程度は、収まってきている。総合すると、Ｅ子は、創作体験によって推進に至るほぼ1段階程度の成長を中心過程において示したと推測される結果であった。

（4）感情レベルの変化がやや大きい傾向にあるが、特に、第1作品においては、感情の変化が大きかったものと推測される。

以上の結果は『灯台へ』枠づけ創作体験法が、創作者の体験過程を推進するという本論の仮説を裏付けるものである。

特に第3作品においてリファレントのレベルがかなり高まったと考えられる理由としては、最も気にしていた、同居している身近な祖父母を、登場人物の中に持ち込むことによって、Ｅ子は家族の問題に直面し、問題へのリファー（照合）の程度、すなわちリファレントのレベルがかなり高まったものと思われる。このことによって、Ｅ子は、かなりの程度に自己一致のレベルを高めることができたのではないだろうか。これは、筆者の先行研究（2003）で見られた結果、すなわちＥ子の心理的成長の度合いを体験過程尺度から裏づける結果であった。また、それはＥ子のインタヴュー結果（Ibid.）からも評価できるだろう。

〈今後の課題〉

ここで使われたプロセス尺度においてもＥＸＰ尺度で行ったと同様に検定の必要はあるものの、評定者が3人であるのは、有意差を測るテストには二項検定（5人以上必要。10％水準で差のある傾向が認められる）やＴ検定（金子、2000）（次頁、注1）に耐え得る数とは見なされていないので、院生に呼びかけて実施した評定の試行（資料編・7章資料1参照）およびその過程で得た『ダロウェイ夫人』用体験過程尺度（資料編・7章表1参照）を使った本番の評定結果『ダロウェイ夫人』用体験過程尺度の検定（筆者、2000）の際に行ったＪ．ギルフォードによる信頼性係数の算出などが妥当であろう。

結語

　それぞれの事例において、感情の分化すなわち、本論の文脈でいえば、わけるプロセス、および、一致からフェルト・シフトへのゆずるプロセスがあり、関係性に相当するつなぐ機能をもつ有機的な中心過程があり、本論で使用された体験過程尺度は、回復過程におけるふっきれる中心過程の程度を示す尺度として妥当であろう。その意味で仮説は裏付けられた。また、本研究のもう一つの目的である、この尺度が、ウルフの作品のみならず「創作体験」の作品にも適用できる可能性を具体的に示すことができた。

注1．T検定、金子劭栄、2003.11.4、『ダロウェイ夫人』研究における場面による評定値の差について

参考文献

池見　陽、吉良安之、村山正治、田村隆一、弓場七重（1986）体験過程とその評定：EXPスケール評定マニュアル作成の試み、『人間性心理学研究』4、50-64.

Klein, M.H., Mathieu-Coughlan, P., & Kiesler,D.J. (1985) The Experiential Scales. In W.P. Pinsof & L.S. Greenberg(Eds.), The psychotherapeutic process: A research handbook. New York: Guilford. 吉良、中田、弓場、田村、仮訳、1988, pp.12-13).

Rogers, C.R. (1958) A process conception of psychotherapy. In On Becoming a Person; A Therapist's View of Psychotherapy, 1961 Houghton Mifflin Company, Boston, 130-131.

ロジャーズ，C.R., 1958（伊東博編訳），サイコセラピーの過程概念，ロジャーズ全集第4巻『サイコセラピーの過程』，岩崎学術出版社，第7章，141-184.

村田進(2003)『創作とカウンセリング』，ナカニシヤ出版，第6章66-86.

【評定資料2（第2作～第4作）】

(第2作)
　E子は第2作目を家族の実名を使って、『燈台へ』のバリエーションとして創作した。　登場人物：K氏、本人名のE子、長女N子、次女M美、祖父母S雄、T子
（1）M美（次女）
（第1場面）
　M美「お母さん。お父さんは明日の燈台行きが楽しみでないの？前に約束して皆で行こうとあんなに楽しみにしていたのに。皆の気持ちよりもどうしておばあちゃんの一言で決めるの。」
　感情の起伏が激しいM美は怒り、口も聞かず拗ねている。
（第6場面）
　M美はぼんやり考えごとをしている父を見つめた。１０年前の燈台行きの夜の思い出の悲しみが蘇えり、あの時どうしても行きたいと何故心の内を父に話さなかったのだろうか。寂しい気持ちを抱えたまま母は亡くなり、母が望んでいた家族だけの楽しい思い出はつくれない。時間は過ぎてしまった。
（第8場面）
　M美はもっと早くここに来たかった。父が家族の気持ちを理解し、ひとりひとり大切なものを認めてくれる言葉を長い間待っていたのだ。しかし、死んでしまった母は戻らない。（2）E子（夫人）
（第1場面）
　E子「夫は行くという癖になかなか行動を起こさずはっきりしない。天気なんか関係ないわ。自分が気乗りしないだけよ。いつも一方的に実行し周りの意見など聞こうともしない。おばあちゃんおじいちゃんの事よりも親子の関係が大事ではないかしら。夫はいつも大切な話し合いを避けるか、おばあちゃんと二人で決める。おばあちゃんも他人がどんな気持ちになるか考えようとせず勝手に決めてしまう。」と怒りを押さえながら夫を思う。
　夫は人当たりが良く楽しい人に見える事だろう。しかし、夫人は孤独感

と寂諒感を感じている。夫人は夫に怒りを感じ、期待しないでおこうと誓う。夫に自分の気持ちを理解してもらい喜びの感情を掘り起こそうとすれば、理解してもらえない時にはより以上失望のリスクを味わわなければならない。何も言ってはいけない。そうすれば夫が自分の気持ちを受け入れてくれず失望や不満を抱いたとしても、それ以上悲しい気持ちを受けることがないからだ。

（第3場面）

　夫人は夕食の準備の手を止めて夫に言った。「ねえ、M美は天候に関係なく燈台行きをとっても楽しみにしていたの。私たちは大人になったから随分我慢する事に慣れてしまったけどM美は今を生きているの。おばあちゃんの意見よりもあの子の夢や希望そして私たち家族をもっと大切にしてほしいの。燈台はここから見ても暗闇の海に一抹の光を投げかけすばらしく美しいのに。家族が仲良く親密になるためには燈台行きを絶対明日実行しなくてはならないわ。」……夕食を急がせ話し合いにもならない夫に苛立ちを感じながらいつものように話を途中で切り上げ、夫人は何事もなかったように夕食の席についた。（第4場面）

　燈台の光が私に投げかける時、私はときめく。このスポットライトの瞬間は本来の私に戻れる。一瞬の輝きにときめき、そして次の瞬間に暗闇に戻る。人生はその繰り返し？私には何が残っているんだろう？N子、M美たったそれだけ？私には輝かしい未来があるのだろうか。

（K氏）

（第1場面）
主人「明日は雨だろうな。おばあちゃんも気乗りがしないみたいだしまた今度にしよう。」という。

（第3場面）夫婦だけになって。

　夫は窓の外に気をとられながら「何を言っているんだ。燈台にはまた何時でも行けるさ。雨が降った日に行くよりも気持ちの良い天気に出かける方が楽しいよ。おばあちゃんも言っていただろ。そんな事よりも早く夕食にしてくれ。」と妻に言った。

（第6場面）舟の中で。

第7章　「灯台へ」創作体験による心理的変化の評価について

　昔からこんなに静かだったのだろうか。いや１０年前は子供たちの無邪気な会話、妻の暖かい手料理を囲んでお喋りしながら笑ったものだ。それがいまや皆言葉少なく静かだ。随分年月が立ったものだ。あの楽しい時間はもう戻らないのだろうか。
　私は仕事と社会的安定が家族の為だと思い実行してきたが本当にこれで良かったのだろうか。平凡を愛し、家族に心を傾けるべきだったのではないだろうか。
（第８場面）燈台に着いて。
　Ｍ美もいつのまにか大きくなった。子供扱いせず一人の人間としての意志を尊重すれば妻の気持ちを聞き出せる事が出来たのではないか。妻の一言をどうして深く考えなかったのだろうか。Ｋ氏は今なら家族一人一人の寂しさ、忍耐、愛情を共有できると思う。
（４）祖父母Ｓ雄、Ｔ子（舟の中で）
　ボートの中でキョロキョロ周りを伺っている祖父を横目で見ながら、身動きもせず座っている祖母は常に他人を支配してきた人生を振り返った。私は夫と娘２人そして息子夫婦を自分の思いどおり支配しようとしてきた。あまりにも周りの人のことを考えないで来た。まだ若くして亡くなったＥ子さん、子供たちはまだ母親が大切な時期可哀そうな事をした。
（５）Ｎ子（隣の部屋で絵を描いている）
（第２場面）Ｎ子は筆を入れながら家族を思いめぐらしている。Ｎ子は活発でイキイキしていて希望にあふれているように見えるが家庭生活の中で母のつらさを感じている。
　Ｋ家は他の人から見れば３世帯仲良さそうな家族だけど親密さがないの。Ｋ家の主人はお父さんだけどしばらく前まで家の中はおばあちゃんが決定権を持っていたわ。おばあちゃんは表面上は仕事人間で養子のおじいちゃんを立てていたけれどおじいちゃんはちっとも話をしない人だし、何事もおばあちゃんが意見を言って決めてきたわ。お父さんは何でも無責任におばあちゃん任せ、近頃ようやく自分で物事を処理しようとして意見を言うようになったみたいだけれど。
　お母さんは誇りも無くなり、この家の重圧感に踏みつけられている。お

母さんはもっと自由でいて安心できると良いのだけど。
　M美は夫婦の問題を非常にデリケートに感じ取って心配している。妙に明るくはしゃいだり突然歌を歌いだしたり。家族の中は安心感が必要だわ。でもここでは子供たちがお母さんの胸の内を伺っている。
（第7場面）
　今まで何事も正しくて問題がないと思ってきたK家の人々は異質な存在の家族であった夫人が亡くなったことで、皆それぞれ自分の影の部分を感じている。いままで常識的で正しいと感じていた事が今は本当かどうか解らなくなっている。K家の皆の心の中には不安、戸惑い一杯であるにもかかわらずどの様に表現してよいか解らずにいる。そしてこの不安、戸惑いを受けいれる事が出来るのだろうか。
（第9場面）
　長い間私は待ったわこの瞬間。でも母は孤独な心で亡くなってしまった。もう遅いわ。あの夜が話し合いの最後のチャンスだったの。燈台行きのことで母がこの家族をどう思っているか耳を傾ければゆっくりだけど心の内を聴くことが出来たはず。そうすれば母が元気な時に親密で仲良い信頼した家族になれたと残念に思う。

（第3作）
　登場人物　U家の主人R、妻Y子、長女E子、次女O子、長男W夫、リリー
（1）長女E子
（第1場面）
　「ねえ、お母さん。お父さんは明日の燈台行きが楽しみでないの？久しぶりに皆で行こうとあんなに楽しみにしていたのに。お父さんはいつも皆の楽しみを不意にするんだ。燈台は遠くからも見えるし、夜になると灯りがついて真っ暗な海を照し舟を道案内する大切な建物なんだ。」
　E子は両親が今一つしっくり行ってないのを感じている。しかし、Y夫人は夫に頼らなくともいろいろな事を自分で判断し処理できる。恐れを乗り越えてチャレンジする事で自分の行動範囲を広げる事が出来るのを理解するだろう。

（第6場面）
　Ｅ子はぼんやり考えごとをしている父を見つめた。大きく感じた父は今や自分よりも小さく弱々しく無言の重圧を感じた事が嘘のようだ。２０年前の燈台行きの夜の思い出の悲しみが蘇えり、あの時どうして一緒に行きたいと言えなかったのだろうか。
　あの朝母と子４人の小雨の中楽しい燈台行きであったが、できたら父とも行きたかった。妹弟は父にわだかまりを持ち連絡も途絶えがちで、母は亡くなり楽しい思い出はもうつくれない。時間は過ぎてしまった。
（第8場面）
　Ｅ子はもっと早くここに来たかった。父が自分の気持ちを理解し認め母を敬ってくれる言葉を長い間待っていたのだ。Ｅ子の脳裏には母の伸びやかな生き生きとした姿が思い出される。母と手を繋いで燈台を渡った弾むような気持ちが蘇ってくる。
（２）妻Ｙ子
（第1場面）
　その時（主人が「明日は雨だろうな。」と言った時）夫人は「あなた天気予報はあてにならないわ。明日の朝に行くかどうか子供たちと話し合って決めましょう。」と反論する。　「そうねＥ子ちゃん。お母さんも明日の燈台行きをとっても楽しみにしているから明日は小雨でも燈台に行きましょう。お父さんが行かないならば子供たちと４人で行くことだってできるわ。」と涙ぐむ娘を夫人は優しく慰めた。
　「夫は自分の意見で何でも決めてしまう。でも、明日は天候に関係無く私の判断で子供たちと行く事が出来る。多少雨が降っても途中で晴れて燈台行きが楽しい時間になるかもしれないわ。」とＹ夫人は明日は何を持って行こうか準備に心を弾ませる。夫が行きたくないのなら明日は一人で過ごす時間があってもいいわ。
（第3場面）
　娘Ｅ子を寝かせたＹ夫人は、新しい素材を使った手料理の夕食の準備をしている。Ｙは手を止めて夫に言った。「ねえ、あなたは天候に関係なく燈台行きをとっても楽しみにしていたの。私たちは大人になったから随分

第2部　Ⅴ.ウルフ『灯台へ』と創作体験

我慢する事に慣れてしまったけどE子は今を生きているの。おばあちゃんの意見よりもあの子の夢や希望そして私たち家族をもっと大切にしてほしいの。燈台はここから見ても暗闇の海に一抹の光を投げかけすばらしく美しいのに。家族が仲良く親密になるためには燈台行きを絶対明日実行しなくてはならないわ。」……夕食を急がせ話し合いにもならない夫に苛立ちを感じながらいつものように話を途中で切り上げ、夫人は何事もなかったように夕食の席についた。

（第4場面）一人になって。

　燈台の光が私に投げかける時、私はときめく。このスポットライトの一瞬一日の楽しかった事を思い出す。日常の楽しみは何てたくさんあるのかしら。

　明日は夫がどうするか解らないけれど子供たちとそれなりに楽しく過ごせるように決めたことに満足感を覚えた。

（3）主人R

（第1場面）

　Rは多少眼光が鋭く背が中頃で無口である。行動力があり、テキパキしていて人つき合いが良く優しいY夫人とは対象的である。Yは夫とは価値観の違いを感じるが彼は彼の人生が有る事を知っている。特に期待もせずそのかわり強制もしない。自分で楽しみを見つけ行動することに躊躇しない。

（第6場面）

　「何かが欠けている。後の2人はどうしてこないのだ。」とRは思う。

　昔からこんなに静かだったのだろうか。いや20年前は子供たちの無邪気な会話、妻の暖かい手料理を囲んでお喋べりを聞いていたものだ。それがいまや皆言葉少なく静かだ。随分年月が立ったものだ。あの楽しい時間にもっと自分は中に入っていくべきだったのだ。もう昔にはもどらないのだろうか。

　私は父親としてどう家族に接していけば良いか解らなかった。随分時間を寂しく過ごしてきたものだ。平凡を愛し、家族に心を傾け笑顔を向けるべきだったのだ。

(第8場面)
　Ｒは娘Ｅ子に「よくやった。」とねぎらいのことばをかける。・・・Ｒは「このことばをまっていたのだろう。」と想う。
　娘もいつのまにか大きくなった。いつも子供扱いしてきたが人間としての意志を尊重することがどうして出来なかったのだろうか。Ｒは今家族を妻に任せ放しだった事を思い返した。
（４）次女Ｏ子
（第6場面）舟の中で。
　ボートから身を乗り出して無心に水と戯れているＯ子は２０年前のわだかまりも知らず燈台行きを楽しみにしている。彼女は一瞬一瞬に楽しみを感じている。
（５）Ｕ家に出入りしている画家のリリー
（第2場面）リリーは筆を入れながらＵ家の人々を思いめぐらしている。リリーは若々しくイキイキしていて、大好きなＹ夫人の人々の様子をどのように描こうか心を弾ませている。
（第7場面）
　この絵のようにＵ家は家族を繋いでいた夫人が亡くなり皆の気持ちがそれぞればらばらになっている。この悲しめから何か得るものがあるのだろうか。
（第9場面）
　長い間、私は待った。この瞬間を。そうよ皆待つ必要がなかったのよ。燈台に行かなくても一人一人が相手を大切にすればこころを通いあわせる事はすぐ出来るのよ。

（第4作）
　登場人物　Ｕ家の主人Ｒ、妻Ｙ子、長女Ｅ子、次女Ｏ子、長男Ｗ夫、リリー
（１）長女Ｅ子
（第1場面）
　「ねえ、お母さん。お父さんは明日の燈台行きが楽しみでないの？久しぶりに皆で行こうとあんなに楽しみにしていたのに。お父さんはいつも皆

の楽しみを（解ってくれない。自分の考えを押しつける。）燈台は遠くからも見えるし、夜になると灯りがついて真っ暗な海を照し舟を道案内する大切な建物なんだ。」

　Ｅ子は両親（は充分に子供たちの意見を大切にし、意見のくいちがう時は話し合って決める事を知っている。Ｙ夫人は毎日子供たちと接していて子供たちが何を要求しているか察することができる。ゆっくり話し合う事でお互いに必要な物を手に入れる事ができる事を学ぶだろう。）

（第６場面）

　Ｅ子はぼんやり考えごとをしている父を見つめた。大きく感じた父は今や自分よりも小さく弱々しく無言の重圧を感じた事が嘘のようだ。２０年前の燈台行きの夜の思い出の悲しみが蘇えり、あの時どうして一緒に行きたいと言えなかったのだろうか。

　あの朝母と子４人の小雨の中楽しい燈台行きであったが、できたら父とも行きたかった。母は亡くなり楽しい思い出はもうつくれない。時間は過ぎてしまった。

（第８場面）

　Ｅ子はもっと早くここに来たかった。父が自分の気持ちを理解し認め母を敬ってくれ（たがこの思い出の地を亡き母の思い出と過ごしたかったのだ。）Ｅ子の脳裏には母の伸びやかな生き生きとした姿が思い出される。母と手を繋いで燈台を渡った弾むような気持ちが蘇ってくる。

（２）妻Ｙ子

（第１場面）

　その時（主人が「明日は雨だろうな。」と言った時）夫人は「あなた天気予報はあてにならないわ。明日の朝に行くかどうか子供たちと話し合って決めましょう。」と反論する。「そうねＥ子ちゃん。お母さんも明日の燈台行きをとっても楽しみにしているから明日は小雨でも燈台に行きましょう。（お父さんに貴方たちが燈台行きをとっても楽しみにしている事を話してみるわ。貴方たちと４人で行く事も出来るけれど本当は皆で行く方がとっても楽しいものね。）」と涙ぐむ娘を夫人は優しく慰めた。

　「夫は（ふと明日の天候が心配になって中止したほうがいいと思ったよ

うだわ。子供たちはしばらく皆で出かける事も無かったから寂しがっているようね。後で夫に聞いてみるわ。多少雨が降っても途中で晴れて燈台行きが楽しい時間になるかもしれないわ。」とＹ夫人は明日は何を持って行こうか準備に心を弾ませる。夫が行きたくないのなら明日は一人で過ごす時間があってもいいわ。）

　Ｒは（穏やかな人でいつも目に優しい微笑みをたたえている。行動力があり、テキパキしていて人付き合いが良くやさしいＹ夫人とは対象的である。）Ｙは夫とはときどき価値観の違いを感じるが（お互いの価値観を認め大切な事は話し合って決める事が多い。互いに人生が有る事を知っている。私は家族を大切にしているが、自分で楽しみを見つけ行動する事も同じように大切な事を知っている。）

（第３場面）

　Ｅ子は両親（は充分に子供たちの意見を大切にし、意見のくいちがう時は話し合って決めることを知っている。Ｙ夫人は毎日子供たちと接していて子供たちが何を要求しているか察する事が出来る。ゆっくり話し合う事でお互いに必要ような物を手に入れる事が出来る事を学だろう。）

　娘Ｅ子を寝かせたＹ夫人は、新しい素材を使った手料理の夕食の準備をしている。Ｙは手を止めて夫に言った。「ねえ、あなたＫ子は天候に関係なく燈台行きをとっても楽しみにしていたの。私たちは大人になったから随分我慢する事に慣れてしまったけどＥ子は今を生きているの。あの子の夢や希望そして私たち家族をもっと大切にしてほしいの。燈台はここから見ても暗闇の海に一抹の光を投げかけすばらしく美しいのに。（久しぶりに明日みんなで行けたらどんなにあの子が喜ぶかしら。」……（最近帰宅が遅かった事を思いだし、Ｙ夫人は明日の燈台行きの様子を想いながら夕食についた。）

（第４場面）一人になって。

　燈台の光が私に投げかける時、私はときめく。このスポットライトの一瞬一日の楽しかった事を思い出す。（近所のあの方へのちょっとした親切に微笑まれた事。ひまわりの花が咲いた事。）日常の楽しみは何てたくさんあるのかしら。

明日は夫（は行けないけれど子供たちと楽しく過ごせるように決めた事に満足を覚えた。）

（３）主人Ｒ

（第６場面）

「何かが欠けている。」とＲは思う。

　２０年前は子供たちの無邪気な会話、妻の暖かい手料理を囲んでお喋べりを聞いていたものだ。それがいまや皆言葉少なく静かだ。随分年月が経ったものだ。あの楽しい時間（を思い返すと胸が熱くなる。昔にはもどらないが皆で過ごした優しい時間は何時までも変わらない。）

　私は（夫として父親としてなるべく皆の事を解ろうとしてきたつもりだ。平凡を愛し、家族に心を傾け笑顔を向ける。妻が亡くなって当時は随分寂しく感じたが思い出はこうしてその地にくれば蘇る。）

（第８場面）

　Ｒは娘Ｅ子に「よくやった。」とねぎらいのことばをかける。……Ｒは「このことばをまっていたのだろう。」と想う。

　娘もいつのまにか大きくなった。いつも子供扱いしてきたが人間としての意志を（本当に尊重してきたのだろうか。良き思い出にも悲しみが付きまとう。）

（４）次女Ｏ子

（第６場面）舟の中で。

　ボートから身を乗り出して無心に水と戯れているＯ子は２０年前のわだかまりも知らず燈台行きを楽しみにしている。彼女は一瞬一瞬に楽しみを感じている。

（５）Ｕ家に出入りしている画家のリリー

（第２場面）リリーは筆を入れながらＵ家の人々を思いめぐらしている。リリーは若々しくイキイキしていて、大好きなＹ夫人の人々の様子をどのように描こうか心を弾ませている。

　この絵のようにＵ家は家族を繋いでいた夫人が亡くなり皆の気持ちがそれぞればらばらになっている。この悲しみから何か得るものがあるのだろうか。

第7章 「灯台へ」創作体験による心理的変化の評価について

（第9場面）
　長い間、私は待った。この瞬間を。そうよ、皆待つ必要がなかったのよ。燈台に行かなくても一人一人が相手を大切にすればこころを通いあわせる事はすぐ出来るのよ。

〔断り書き〕本論のケースは、プライヴァシー保護の観点から本人の同意のもとに実施した。また、資料などの内容の一部は、本人の希望で、省略した個所がある。

終章： マトリョーシカと癒しの時間

　新春に際して、筆者は、心を遊ばせてみた。このコンピュータの時代になぜ古典的なロシアの入れ子細工であるマトリョーシカが、世界中の子供や大人に今なお人気があるのだろうか。ヒントになるのは、物語の中で主人公が穴に落ちて展開するルイス・キャロル『不思議の国のアリス』の物語である。アリスは、夢の中でありのままの自己に触れる体験ができた。心理臨床における「間を置く」（ジェンドリン）技法も、普段はわだかまりやこだわりなどで見えにくくなっている感情や問題のかすかな手ごたえ（フェルトセンス）に触れることを可能にする。これを臨床の場で実地に見てみることにした。筆者は、心因性の成人AD（アトピー性皮膚炎）クライアントのケースを振り返ってみたところ、2回目面接で実施した、「風景構成法」（中井）が、上述のフォーカシングのような心的プロセスをつくりだすこともあることがわかり驚いた。クライアントのA男は、スローモーションのような動作で、枠づけた画のほぼ中央に、太い川を弯曲した形で描き、最後の石を描く場面では、とりわけ慎重に川に沿って小さい赤い点々をゆっくりと描いた。この体験後、A男は、あまり、症状や人の目を気にしなくなり、対人関係もよくなって再登校していった。

　この事例において、A男が、体験過程を思わせるような川の流れの岸に赤い小石を敷き詰めたのは、まるで、豊かな流れを堰きとめるようであった。また、赤い点々の川岸は、体験過程の停滞と症状を表徴していると思われた。それは、今まで忌避してきた感のあるフェルトセンスにふれる経験であったと云える。また、A男がその後アトピーのかゆみやこだわりをあまり訴えなくなったのは、シフト（心の変容）を経験したからと考えられる。

　最初、筆者は、クライアントを丸ごと受け止めようとした結果、クライアント自身が、自らを受け止めかねて初期不安を示す場面があった。しかし、「風構法」により、一定の「間」と自分のペースによる表現・表出の機会が与えられた結果、A男は、今まで直面しえていなかった心の部分に触れるこ

とができてふっきれて行ったと思う。

　この「ふっきれる」に相当する心理臨床の中心過程は、最近、学校臨床でよく話題になるリストカットや、虐待によるＰＴＳＤ（被害後ストレス症）などのケースでも、創作体験（筆者）などにより表現・表出の機会が与えられると、暗在（「地」）が現実場面に明在（「図」）化するかわりに、言葉や遊戯やイメージなどで表される結果、ワンクッション置いて収束してゆくことがあった。産業カウンセリングのような就業支援の場面でも、リラックスする雰囲気をつくるなど緊張場面に適度に「間」を置くことによって、極度のストレスが転じて、お互いに理解し合い、助け合うことができるような信頼関係づくりにつながって、うつや職場離脱といった症状や行動化に結びつかない、意外に顕著な回復過程を生み出すのではないだろうか。

　そのように考えてくると、コンピュータゲームのようなデジタルなスピードとは違って、マトリョーシカで遊ぶ子どもたちは、入れ子細工を開けていくという愚直な繰り返しの催眠的な遊びのペースで空想し、自分も物語に映し出して、アリスが夢の中で行ったように、ありのままの自己に触れてゆくのかもしれない。そして、社会全体が多動的な落ち着かない現代社会に生きる大人たちも、そのようなアナログ的な時間を取り戻せば、忘れかけていた人間らしい感覚を呼び覚ましてストレスから解放され、癒されてゆくのではないだろうか。

参考文献

村田　進（2014）創作と癒し――ヴァージニア・ウルフの体験過程心理療法的アプローチ、コスモス・ライブラリー.

出典

リレー・エッセイ、メンタルヘルス・ネットワーク・レポート No. 47 January 2015、株式会社フィスメック発行.

結論
目的・仮説・定義・方法
および基本計画の結果とまとめ

1．目的と結果

　本論の目的は、心理的成長と心理的回復過程が同じ連続体の中に位置する、すなわち、成長概念と回復概念が同じであることを立証することであった。成長概念は、序論で述べた畠瀬の原体験に見られる、ロジャーズのエンカウンター・グループで自ら経験したグループ体験のプロセス、「概念」、「体験」、「気づき」、「変化」と体験過程すなわち、心理的成長の中心過程に具体的に示されている。一方、回復概念は、アトピー性皮膚炎の2つの事例に見られる、症状からの回復過程が、体験過程尺度によって測られる、すなわち、心理的成長過程を測るのと同じものさしで測られることが、具体的に示されて、成長概念と軌を一にすることが例証された。また、他の事例においても、同様な中心過程をもつことを見出して、回復概念の一つである「症状」が、心理的回復過程に見られる一つの表徴であることを体験過程から裏づけた。その結果、その回復過程の中間過程が、「概念」、「体験」、「気づき」、「変化」の成長概念と軌を一にして、回復と成長に向かう体験過程における橋渡し的なプロセスであることがわかり、それを中心概念の仮説モデル（第3章、p.64図4）に相応する中心過程と見なした。

2．仮説と結果

　筆者は、先行研究においてその仮説モデルを提起し、回復過程の中間概念として「くぐりぬける」を想定し、さらにその構成概念として、「しのぐ」、「ふっきれる」、「のりこえる」を想定した。そして、その中間にある「ふっ

きれる」中心過程を定義した。さらに、その中心過程に、「わける・ゆずる・つなぐ」構成概念を仮定して、本研究において、それが体験過程の推進の構造であることを、主に学校臨床におけるケースから検証した。その結果、構成要素の「わける」は、感情の分化のプロセスととらえ、概ねネガティヴからポジティヴに重心が傾いてゆくプロセスであることを、壺イメージと並行してクライアントが自ら綴った自分自身のノートへの覚え書きから見出した。その後、過去のわだかまりやこだわりから自由になり、新たな体験と自己に拓かれてゆくプロセス概念として「ゆずる」を構成要素と見なし、その停滞から推進にいたるプロセスを次の体験過程のステージへと「つなぐ」構成概念で表して、これら3つのプロセスがゆっくりとした過程から次第にスピードを増して、あたかも3つのプロペラのように一体的になめらかな推進力となって体験過程を推進してゆく有機的プロセスを見出した。そのふっきれる中心過程の機微は、仮説通り、多様であったが、その機序は、体験過程と軌を一にするという仮説を裏づける結果であった。

3．定義と結果

（1）体験過程の定義と結果

「体験過程」(experiencing) とは、始めは言葉以前の前概念的な経験が、概念化のプロセスをたどってゆく過程であり、その変化の様相を「体験過程」という概念で定義したが、本書第1部では、回復過程に体験過程尺度を開発して適用し、それが心理的症状にも適用できることを裏づけた。また、イニシャル研究（2003）で、書かれたものにもこの概念が適用できることをウルフの作品『ダロウェイ夫人』研究で裏付けた筆者は、本書第2部で同じくウルフの作品である『灯台へ』にその研究から得た「創作体験」の概念を適用し、ウルフ自身の「創作体験」というテーマの下、英文で著した。これは、ウルフ自身がその作品を創作する過程で、自分自身になってゆく様を、創作と具体的な作品を通して示したものであり、畠瀬と同様の「概念」：文学の新しい見方、「体験」：新しい手法による実験、「気づき」：意識の流れに浮か

び上がった「闇の核心」の探求、並びに「変化」：第3部「灯台」の章において画架に向かう登場人物リリーが自分自身になる体験過程を裏づけた。

ここで、ロジャーズが体験過程尺度で示したように、体験的な変化の様相は、相互的な関係性という意味で「体験のプロセス」と云い、ジェンドリンのフォーカシングのようにフォーカサーがフェルトセンスに触れていくような内的経験を「体験過程」とする定義は、本論第1部の中心過程の仮説にも、第2部の「創作体験」にもともに適応した。体験過程を促進するのは、体験の暗々裏の意味（フェルトセンス）に触れ、気づいてゆくプロセスであるが、それは、成長・回復過程とつながり、「創作体験」にもつながるキー概念であった。

(2) 体験過程から見た「症状」と「回復」の定義と結果

からだとこころと症状の関係について、カール・ロジャーズが定義した自己不一致の構造図は、自己概念が、有機体経験との間にズレを生じた場合に、有機体がその不具合を心理的あるいは身体的症状によって示す一種のサインであるという定説と、自己のそのような不一致の状態に統一をもたらすことが、心理的回復にとって意味があるという通説を踏まえて、この考えが教育的、心理的成長の概念にもあまねく適用できることを仮定し、第1部の学校臨床の事例で見た。

(3) 畠瀬先生の道程と成長モデル

回復概念と成長概念が一致することについては、そこに「自分になる、ないし人間らしくある」(to be myself/to be human)（ロジャーズ）プロセスを認めて、成長・回復の連続体の尺度に位置づけて立証した。その一つのモデルとして考えられ本研究の成果を導いたのは、先生への追悼文に取り上げた先生自身の体験であった。畠瀬（序論）は、ロジャーズの許で、「授業とエンカウンター・グループが一体となった授業」の中で、今まで書物などから思っていた概念と実際の体験との間にはギャップがあることに気づき驚くとともに、そこに体験的価値を見出して、日本でエンカウンター・グループを

普及したいと思ったと「原体験」を述べている。そして、日本に帰国してから仲間とともに人間関係研究会を立ち上げ、自ら「教育のためのエンカウンター・グループと人間中心の教育研究会」（通称、「有馬研究会」）を立ち上げるなど、ＰＣＡの発展に積極的に参加した。それは、コミットメント（責任ある関与）という言葉がピッタリ当てはまるような、先生が真実の自分、真実の人間になっていく道程であった。エンカウンター・グループでは、先生はロジャーズのファシリテーションを彷彿とさせるような融通無碍なファシリテーターとして、自らの生涯をＰＣＡ（パーソンセンタード：人間中心の：アプローチ）運動に反映して、その発展に国際的に寄与した。先生は、エンカウンター・グループを普及させただけでなく、ロジャーズ、フライバーグ（2006）など翻訳を通して、ＰＣＡ思想と運動の普及に献身的に努めた。そして、晩年のロジャーズがエンカウンター・グループを通して北アイルランドにおける民族闘争に終止符を打つ貢献をしたが、先生は、自分の仕方で、阪神淡路大震災の折にいち早く勤務していた教育研究所（大学院）に相談室を立ち上げて、大震災の援助活動に積極的に社会貢献した。さらに、大学院では、先生がロジャーズの許で体験した、「エンカウンター・グループと授業が一体となった」授業を自ら実践されて、筆者は、その授業を体験する「恵まれた学習の瞬間」に立ち会い共有する恩恵に浴して、先生が、自己指示や主体発揮といったＰＣＡの考えを実践的に広め、教育者としての自覚と使命をもちながら、教育と臨床の現場で自己一致した「十分に機能した人間」（ロジャーズ）の姿を、身を以て示されたと証言した。これは、一言でいえば、先生がロジャーズのように、「自分になる、すなわち人間らしくある」ことを実践し、その意味で日本において「静かなる変革者」を体現したとしめくくった。

　第２部では、ヴァージニア・ウルフ「灯台へ」創作体験の章（In Search of 'Core of Darkness'）において、ウルフ自身が創作を通して、自分になってゆくプロセスを見出したとともに、個から普遍へという最近の心理学的テーマに適う文学的な事例を示すことができた。その意味で、心理学と文学の領域は違うが、筆者は、その接点に立ち、畠瀬とウルフがそれぞれに自分自身とならんとし、人間らしく生きようとして同じ方向に向かって歩んでいたと思う。

(4)「主体感覚」の定義と結果

　吉良他(1992)は、「主体感覚」の概念を、「それは、"からだのかんじ"として体験されるリラックスした伸びやかさの感覚であり、問題から心理的に距離がおけて心の自由度が回復してくるにつれて賦活される感覚である」としている。また、吉良(1995)は、心理的にうまくいっている場合には、体験に対する能動性が、維持されていて、自分がそれをコントロールし、対処することができる。この「体験に対処しうる主体としての自分」の感覚が主体感覚であるという。ところが、心理的に困難な状態では、自分自身の内的な体験でありながら、それに対する能動性・主体性をもてなくなって、そのような体験に「陥る」、「はまり込む」状態になっているので、心理治療の目的は、内的な体験の中で圧倒されている主体感覚をよみがえらせることであると説いた。そこで、この概念を第1部本論の文脈に照らせば、回復過程の概念からは、心因性の症状は、わだかまりやこだわりが、不安に対する外的反応を起こし、自己指示や主体発揮ができにくくなっている状態を表す一方、それを表現・表出することにより、ふっきれる中心過程が生じ、感情の分化を促すとともに、ネガティヴからポジティヴへ、過去から「今ここ」へと、新たな体験に自己が拓かれてゆき、自由度を増してゆく有機的なプロセスがあり、これがすなわち「主体感覚の賦活」と考えられる。本論は、この機序を体験過程からプロセス概念を用いて構造的に把握するとともに、それが推進のプロセスとなって次の段階にシフトしてゆく変化の様相を事例の中で具体的に示すことができた。

4．方法と結果

(1) 壺イメージ療法と心理的回復過程

　壺イメージ療法における「壺」は、この主体感覚を促進し保護する安全弁(田嶌)としての機能をもっているいわば枠づけであることを、2つの心因性アトピー性皮膚炎のケースにおいて見た。しかしながら、2事例ともに、

最初の導入の段階で、クライアントは、過剰な警戒心を示し、イメージとの間に体験的距離を置いた。この距離感を近づけていくことが、症状や防衛反応を受け入れる回復への道筋であると考えられた。そして、B男のケースでは、からだのイメージが壺のイメージとなって表れ、からだとこころが一致してゆくプロセスがあった。また、D男のケースでは、イメージに対する拒否的な反応があり、代わりに「風景構成法」によって、自分のペースに任せて風景を構成することによって、内的停滞に直面し、それを象徴的に表現することによってふっきれてゆく心理的回復過程があることがわかった。そして、このプロセスを体験過程尺度から図表化し、その回復の機序が体験過程のステップや推進のプロセスと軌を一にするものであることを図示した。

（2）フォーカシングと結果

一方、フォーカシングは、体験の前概念的な意味感覚（フェルトセンス、からだの感じ）に触れることで、それを概念化して気づきを得る一つの方法である。「感覚」と「表徴」がピッタリ合えば、一致が起こり、フェルト・シフトが起こると定義した。壺イメージ体験では、この一致のプロセスが中心過程で起こり、同時に「ゆずる」プロセスが現象していることが想定された。そして、それに至り、それに続く変化のプロセスは、クライアント固有のペースでゆっくりと進行する一方、回復過程から成長過程に向かうに従って、徐々に変化のペースが上がる傾向を見出した。

ここから、カウンセラーや援助者は、カウンセリングにおける中心過程のペースに配慮し、相手に合わせて対応することがフェルトセンスに触れる上で大変重要であり、その点でペース配分や時間設定に、より慎重になることが、クライアントの主体感覚を守り、中心過程を促進することにつながると推量した。

5. 基本計画と結果

基本計画は、概ね初期の構想通りに実行されたが、追悼文が序論として加

結論　本論の目的・仮説・定義・方法と結果

えられた。また、本論とつなぐ序章として、壺イメージ療法の事例が加えられた。その結果、第3部に予定していた創作体験についての発展研究は、最後のエピローグに関わる一つのまとまった内容をもつと考え、次の成果に期すこととし、結果的に目次のようなタイトルと章立てになった。

まとめ

（1）図表について

　考察の結果を、図表でまとめ概観した。ロジャーズは、体験過程をストランズ（糸束）(2014, p.189)の概念図で表し、水平軸によりいくつかの視点が一本化し収束する図に表した。ジェンドリンは、診断・評価を横軸に体験の深まりを縦軸にしてそれが独楽のように垂直的に収束する図で表現した。（同、p.190）これらは、それぞれ体験のプロセスの外延的な変化と体験過程の内包的な変化の概念図と考えた。

　また、フェルトセンスの特質から次のことが図によって裏付けられた。すなわち、ジェンドリンは、体験的歩み（ステップ、steps）とフェルト・シフト（felt shift）および停滞と推進（キャリング・フォワード、carrying forward）の概念を明確にし、本来、体験過程は体験的一歩を進め、フェルト・シフトを経験するが、それが何らかの理由で停滞した場合、有機体経験と自己概念の間に不一致の状態が生じ、それが様々な症状となって表れる段階があるが、その「病理的内容」からふっきれて、再び体験過程に戻るプロセスを、「推進」と定義した。そして、それを2段階程度の変化としている。そこで、それを図で示した。（資料編・図1）

　そこで、第2部第7章におけるE子のケースを体験過程尺度から考えた。E子の「灯台へ」創作体験による4つの作品について、体験過程尺度によって評価した結果、E子は、1か月1度の作品創作により、徐々に体験的歩みを進め、アンケートによる自己評価にも覗かれるように、「しのぐ」段階からふっきれる中心過程を体験したことを示す図が出来た。それは、推進の2段階レベルと比較すれば、第1回作品と第4回作品の間では、ほぼ1段階程

度の変化にとどまり、停滞からふっきれて次の段階へと進む2段階の中で、約1段階程度の中心過程を表していると考えられた。この結果は、E子のインタヴューの結果がかなりの変化の程度と満足度を示しているので検討の余地はあるが、ある段階から次の段階に至る1段階は、かなりの程度の落差があるという通説を支持する結果と見なし、評定結果とインタヴュー結果の間に矛盾はないものと判断した。

　この図から、ふっきれる推進の構造として考えた、わける・ゆずる・つなぐ、のプロセスは、（資料編・図2）のように、それぞれ半々にオーバーラップしながら、地を這う蛇のような、または、空を飛ぶ仮想の神獣、龍のような、あるいはまた、「風景構成」に表れた蛇行する川の流れを表す自在ななめらかな動きと方向で進展してゆく中心過程の有機的な変化として図で示された。これは、水平軸で示されるストランズの図と垂直軸で示された体験過程の深まりの図を丁度統合した図と考えられる。

　同様に、『灯台へ』の作品構造における心理的ベクトルの図（第6章、図1）は、この「推進の図」（資料編・図1）と重なり、これに時間のベクトルを加味すれば、『灯台へ』で人々が指向した愛や自己探求の方向のベクトルとほぼ一致する。一方、先行研究（2014、p.87、図3）で示した、リリーの体験過程が中心に向かって円錐状に収束する（図3、リリーの体験過程の模式図）は、角度を変えれば、この統合的な図（図2）に重なり、その中心過程と図3の「変化の相」は、一致・符号する。ここにおいて、ウルフは、創作体験により第1章ではラムジー夫人を中心に人々が関係性を広め深めてゆく体験のプロセスを進める一方、第3章では、リリーが垂直軸に沿って体験過程を推進する。これは、自己一致に向かうプロセスと見ることができる。その結果、図5は、創作体験の中心過程の構造を表し、ふっきれる中心過程の構成要素（わける・ゆずる・つなぐ）が連動するなめらかなある種のパワーを秘めた有機的プロセスあるいは力動の仕組みを表すということを示唆している。これは、新たな仮説として提出したい。

（2）中心過程について

　関連して、中心過程について、まとめると、水平軸として想定した体験のプロセスは、成長のベクトルとして考え、一方、垂直軸として想定した体験過程の一致に向けた螺旋的な収束の図は、回復のベクトルとして考えると、中心過程は2つのベクトルの中心にあって、バランスを維持する、ぶれない基軸（これを中心軸と称する）の役目となるものであろう。そして、また、それは、いわば水平の力動と垂直の力動を交互に変換するシャフトの役目をもつものかもしれない。それが、中心過程の推進や力動ともいえるであろう。この原理は、事例の中で、例えば壺イメージの過程でクライアントが示したふっきれる回復過程に表されていた。また、それは、成長過程にも通じる力動であった。その典型として挙げられるのは、畠瀬の体験に見られたエンカウンター・グループにおける融通無碍なファシリテーションである。そこには、様々なメンバーに対応するきめ細かい臨機応変な対応があったが、ファシリテーター自身の中心軸、すなわち自己一致があった。そこにはまた、メンバーの中心過程に寄り添ってゆくうちにグループの凝集性が高まってゆき一つになってゆく、グループ全体の中心過程を支える信念があった。それは、グループの「概念」、「体験」、「気づき」、「変化」の成り行きを信頼してかじ取りをする当意即妙の仕方であったと思う。

　これらの回復モデルと成長モデルに共通するのが、自分になる、すなわち自己一致への道筋であった。その文脈で考えると、第1章本論のイニシャル・ケースで見られた「空の壺」に象徴される中間過程のポッカリと空いた図を埋めるものは、クライアントが自主的に取り組んだ創作体験で生じた中心過程であった。そのメモ書きにより、停滞の「病理的内容」が表現され、明かされるとともに、クライアントがそのしつこい執着、こだわりからふっきれてゆく心の機微と機序があり、メモの持参と空の壺の実施という機縁が加わって、ここにそれらが三位一体となって実ったと云えるのではないだろうか。これが、中心概念として定義した「わける・ゆずる・つなぐ」に相当する回復過程の中心過程と考えられた。それは、図2の仮説モデルに導く有機的プロセスであり、回復過程の「ふっきれる中心過程」の仮説を裏づけるイニシャ

ル・ケース研究の一つの成果であった。

（3）文学と心理学を結ぶ形態的な要素と特徴について

　最後に、文学と心理学を結ぶ形態的な要素と特徴について言及したい。ヴァージニア・ウルフは、自己の心理をできるだけリアルに映し出す手法として、意識の流れの手法と言われる文学的な技法を編み出した。それは、描出話法とも言われる会話や独白を中心にした直接話法と客観的に叙述する間接話法が一体となった、ナレーターの存在を前提にした登場人物の心の動きが綴られていく叙述法であった。同時に、その心理の流れを浮き彫りにする手法が、簡素な象徴的設定とモンタージュ法であった。それは、象徴的な設定である時間軸と空間軸に沿って、人々の心の動きを綴ってゆく心理写実的な方法であったが、それによって人々の意思や願いが綴られ、織りなされ、浮き彫りにされて行った。本論の趣旨に照らせば、それは、創作者自身が書きながらに心の真実に触れて作品に反映し、実像を浮かび上がらせてゆく創作法であり、本研究ではそれを創作体験と称し第2部、第6章の主題とした。そして、そこにウルフ自身が自分自身になってゆく姿があった。さらに付け加えるなら、そこには、創作体験の中でナレーターとしてのぶれない基軸すなわち中心軸をもったウルフ自身のかじ取りすなわち自己心理治療ないし自己指示の姿があった。それは、とりもなおさず畠瀬先生に見たファシリテーターとしての資質に共通の特質であり、創作体験がこのような主体的に自分になることを可能にする本来的な意味と目的を持つものであることを示唆していると見ることができる。

　第2部、第7章では、この作品を枠づけとする「灯台へ」枠づけ創作体験法による創作体験の実施とそれを評定する試みを行った。この創作体験により人々の心理を映し出すことは、人間の意識の底にある未知の部分に光を当てて、「今ここ」を中心として過去から未来に貫いて存在する人間の真実やあり方を浮かび上がらせる一つの方法であることを示唆しているであろう。

　そこで、最後に、このような創作体験の可能性を示す事例を一つ開示して

結論　本論の目的・仮説・定義・方法と結果

本論をしめくくりたい。これは、「ペガサス・メディテーション」と称するイメージ体験を創作に結びつけた筆者オリジナルの創作体験法により回復・成長に向かったケースの紹介である。「先ず、空に広がる星々の大空間を、ペガサス（神馬）に乗って旅するように、あなた自身が好きな乗り物で目的地に旅するイメージを体験してください。その後で、その体験を物語に綴ります。」と教示して実施した。

エピローグ：ある少女の物語

　それは、本書のカバーを飾る画を描き、それを物語った、ある少女の創作体験と作品の一つである。ある時期、言葉を失った少女が、相談室に来た時、実施したのが、上に述べたイメージ法による創作体験であった。彼女は、はじめての創作体験で、宙を旅し自分と出会う。その物語を絵に描き、同時にその物語を綴った。絵が物語るように、彼女は、白い肌着で（ありのままの自分になって）、龍（新たな自分）と出会った驚きと歓喜を表したものであった。彼女は、イメージ体験の中で、龍の持っている金色に輝くどこか優しい「大切にしたい」玉にひかれて行き、龍の小さい懐かしい鳴き声に促されて、着の身着のままでそれにまたがり、しがみつくように一体となって美しい星の宙を飛び回るイメージ体験を物語っている。それを、彼女は、普段の緘黙とは対照的に流れるような文体で表現したのである。目的地の星は、どこかいびつであったがもっとも美しく、そこに着地すると、足元がなく、しかし、既知の場所のように安心できて、まるで胎内にいるような柔らかく優しいものに包まれている感覚であった。やがて、旅を終えて帰ってくると、龍は姿を消してゆくが、その感動は夜空の星とともに残り美しい宙とともに大空に瞬いているのだった。

　この物語で、龍の物悲しい鳴き声は、どこか親しげに響き、それは、彼女の失われた声ではなかっただろうか。彼女は、創作体験により、ありのままの自分を取り戻すとともに、実生活でもゆっくりと話し言葉を取り戻して行った。そして、現実へと戻って行ったが、今もカウンセラーの心に残っていて忘れられないのは、彼女が絵の創作中に、龍の鱗を一枚いちまい丁寧にゆっ

くりと仕上げてゆく神妙な様子と安堵の表情であった。また、創作体験後の面接で、絵に描いた龍は、あまりにリアリティがあるので感動し、長谷川等伯の描いた龍の絵や「日本昔話」の表紙絵の龍にまたがる童子の絵に着想が似ているとその時カウンセラーは思い、率直に聞いたところ、等伯の龍は見たことがない上、漫画の龍の絵も全く意識になかったと少女が答えたのがさらに驚きであった。そうだとすれば、これは、自分の内面から浮かび上がった天衣無縫のイメージ体験に違いない。

【少女の創作作品】

　陽がゆっくりと傾き、少しずつ地に沈んで行きました。
　空が東から天頂から橙色、桃色、紺色へと色を変えて行く様子を私はじっと眺めていました。流れる雲がその色を染めキラキラと輝くのは何度も私に感動を与えてくれました。
　やがて太陽が山へと姿を隠してしまった頃、陵線の間の少し緑がかった白い空から何かが現れました。1つ、2つと輝き出した星の間を通り、私の方に向かってくるそれは、黒い龍でした。私の前で止まった龍はとても大きくて尾の先が見えないほど長く、爪の先が白く煌めいていましたが、不思議と恐怖は感じませんでした。穏やかな瞳は少し可愛らしさも感じさせました。龍の足の一本の爪の間に光の玉のような物があるのを見つけました。それが何かは分かりませんでしたがやさしい光から、どこか懐かしさと愛しさを覚え、大切にしなければならないと思いました。
　龍が小さく鳴いて私に背に乗るように促しました。言葉は通じないけれど何故かその思いが伝わってきました。私の背に乗ると龍はもう一度鳴いて空に一際輝く一つの星に向かって飛び立ちました。
　あまりにも速く飛ぶので必死にしがみついていると、いつの間にか違う景色になっていました。宙を漂う雲は絶えず色を変化させ、それに照らされて龍のうろこの一枚一枚が七色に輝く様子はとても幻想的でずっと見ていたい気持ちになりました。しばらくその空間を進んでいると、目的地がはっきりと見えてきました。完全な球体ではなく少しゆがんだ星でしたが、周りの光

を反射して彩やかに穏やかに光っているので何よりも美しく感じました。その星に近づくにつれかすみのような物に優しく柔らかく包まれていきました。
　長く、しかし短い道のりの末、目的地である星に辿りつきました。私は龍の背から降り、歩き始めました。地面の感覚がなく、少し変な感じでしたが、それを最初から知っていたようにしっかりと歩けました。その星は桃色や橙色、紺色がグラデーションになっていて、最初に眺めていた空のようでした。雲のようなかすみがありまた、星のような金色に輝く物が点々と散らばっていました。そこに来たのは始めてのはずなのに安心感を抱き、ゆっくりと周りを見て歩きました。しばらくたって私は龍の所へ戻りました。龍の鱗はやはり虹のように光り、そして漆を塗ったような黒色は白い光を反射していてまるで白銀の龍のようでした。
　私が龍の背に乗ると来た時と同じように龍は鳴き再び飛び始めました。周りの美しい景色を見渡しているとあっという間に元の場所へ戻ってきました。私が背から降りると龍は少し宙に浮いてゆっくりと透けていき　やがて見えなくなりました。
　空を見上げると、あの星と同じような景色が一面に広がっていました。

(了)

参考文献

池見　陽他（1986）体験過程とその評定：ＥＸＰスケール評定マニュアル作成の試み、人間性心理学研究、第4巻、50-64.

池見　陽（1993）人間性心理学と現象学――ロジャーズからジェンドリンへ――、人間性心理学研究、第11巻第2号、37-44.

吉良安之他（1992）体験過程レベルの変化に影響を及ぼすセラピストの応答――ロジャースのグロリアとの面接の分析から――、第10巻第1号、77-90.

吉良安之（1995）主体感覚の賦活を目指したカウンセリング、カウンセリング学論集（九州大学六本松地区）、第9輯、39-53.

畠瀬　稔（1996）人間性心理学を求めて、畠瀬　稔（編）人間性心理学とは何か、大日本図書.

田嶌誠一（1992）イメージ体験の心理学、講談社現代新書．
村田　進（2003）創作とカウンセリング、ナカニシヤ出版．
村田　進（2014）創作と癒し――ヴァージニア・ウルフの体験過程心理療法的アプローチ――、コスモス・ライブラリー．

資料編

[7章] 表1. 『ダロウェイ夫人』用体験過程尺度（簡略版）

段階1　自己関与がない（他人事のよう、気持ちが表れない）。
〈例〉「妻がはるか遠くでしゃくりあげているのが聞こえる。それは正確に聞こえるし、はっきりと聞こえる。ごとんごとんと動いているピストンの音に似ていると思った。」
＊妻の泣く声が体験的に感じられていない。
段階2　～と思う、～と考えるなど、感情を伴わない抽象的発言（感じには触れていない）。
〈例〉「わたしがまとっているこの肉体は、いろいろな能力をもっているのに、無、まったくの無としか思えない。」＊自己のからだに言及しているが、抽象的。
段階3　感情が表現されるが、外界への反応として表現される（状況に限定されている）。
〈例〉「ビッグベンが鳴るまえには独特の静けさや厳粛さ、なんとも言えない小休止、不安を感じるようになる。」＊ビッグベンの音に反応して不安感を覚えている。
段階4　感情が豊かに表現される（主題は本人の内面、個人的体験、感情が話題の中心。思わぬ形で不安感情が表出される場合もある）。
〈例〉「『湖のこと、おぼえていらっしゃる？』、ひとつの感情に衝き動かされて、彼女は唐突に言った。」
＊個人的な感情の発露。出来事よりはそれに対する感情、体験が話題の中心。
段階5　自己吟味、問題提起、仮説提起、探索的な話し方。
〈例〉「もしもこの人と結婚していたら、わたしはこうした興奮を一日じゅう味わうことができたのかしら！」＊内的な体験に焦点を当てての問題提起、探索的な話し方。
段階6　前概念的な体験から新しい側面への気づき、自己探索的試みが特徴。
〈例〉「わたしの心の奥底にはどうしようもない恐怖感が存在している。いまでもしょっちゅう感じる。リチャードが『タイムズ』を読みながらそばにいてくれれば、わたしは鳥のようにうずくまりながら、しだいに生きている感覚をとりもどし、枯れ枝と枯れ枝を互いにこすりあわせて、測りえないほどに大きな歓喜の炎を勢いよく燃え上がらせることもできる。でも、リチャードがいなければ、わたしは破滅していたに違いない。」
＊自己のフェルト・センスから夫とともに生かされている自分自身に気づく。
段階7　気づきの拡大、包括的な統合。
〈例〉「もはや恐れるな、と心が言う。心はそう言いながら、その重荷をどこかの海に託する。すると海はあらゆる悲しみをひとつの悲しみとしてひきうけ、ため息をつき、よみがえり、出発し、高まって、そしてくだけていく。」
＊（縫い物をする）クラリッサにシェークスピアの一節が思いうかび、悲しみを波にゆだねる。すると、縫い物と波が一体的に感じられて、悲しみも一針一針布の襞に寄せられてはくだけていく。その美的なたゆたいを夢の中のようにうっとりと味わっている。体と心の調和とエクスタシー。身を何かにゆだねることによって、いつのまにか恐怖感からも開放されている。心の自由とシフト。

[7章] 表2.『灯台へ』創作体験自己評価表（あるいはインタビュー項目）

（第1章について）
1．作品における母親像はあなた自身の母親像と似ていますか。
似ているところ

異なるところ

2．作品における父親像はあなた自身の父親像と似ていますか。
似ているところ

異なるところ

3．作品における親子関係においてあなた自身は誰に近いですか。（本人像）

4．作品において主人公は誰ですか。

5．作品における本人像を別の視点からみるとどうなりますか。
「父親からみて」
「母親からみて」
「本人からみて」
「兄妹からみて」
「第3者からみて」
5．家族関係（夫婦関係、親子関係、兄弟・姉妹関係）について現実のあなた自身の家族関係を思わせる箇所があれば指摘し、どのような関係かを述べてください。

〈参考〉第1段階「無関係」、第2段階「本人からの一方通行の関係」、
第3段階「相手からの一方通行の関係」、第4段階「双方向の対立関係」、
第5段階「双方向の受容関係」、第6段階「円満な（無条件の肯定的な）関係」
　　（ジェンドリンの関係性尺度より）
6．第3者的視点からみた作品の家族観について思うところがあれば述べてください。

（第2章について）
「時の流れ」のテーマ に沿って、＜戦争＞、＜夫人の死＞以外の変化について特に述べることがあったら述べてください。

「時の流れ」のテーマに沿った作中人物の感情の変化についてあれば述べてください。

（第3章について）
1．母親像の変化があれば述べてください。
2．父親像の変化があれば述べてください。
3．本人像の変化があれば述べてください。
4．夫の妻への思いの変化があれば述べてください。
5．父親の子どもたちへの思いの変化があれば述べてください。
6．第3者的にみて作品の家族観に変化があれば述べてください。

総合的問い（創作者の立場で答えてください）
1．創作の中での書く体験にともなって、あなた自身の内面的な変化があったとしたら、それを述べてください。

２．作品における喪失体験とあなた自身の喪失体験との関連について、特に述べることがあれば述べてください。

３．創作によってあなた自身の家族観が変化したとしたら、それはどのような変化だったか具体的に述べてください。

４．創作における問題との距離と現実場面における問題との距離についてあなた自身の心構えに変化があれば具体的に述べてください。

５．創作における感情の変化についてあればあなた自身の体験を具体的に述べてください。

６．作品完成後のあなた自身の気持ちを述べてください。

[7章] 資料1.『ダロウェイ夫人』用体験過程尺度作成のための仮の尺度および評定者への呼びかけと教示用資料

Client EXP スケール簡易マニュアル　畠瀬案（1999）

段階1：自己関与が全くない。
　　　・非人称的、抽象的、一般的、
　　　・語られる話は、自分の話ではない。
　　　・私的なこと、ふれると痛いことは、何もあらわにしない表面的な話し方。

段階2：自己関与はあるが、その話は話し手自身の一部ではなく、話の一部であって、"自分のもの"ではない。
　　　・話し手の感情は直接表明されない。

段階3：自己関与はあるが、外部的な出来事との関連にのみ基づいている。自分がひとりの人間としてどのようであるかを示すためにその話を用いることはない。
　　　・ある出来事についての自分の感情、それについての説明、それの自分にとっての個人的重要性についてのコメントであり、焦点は自分の話をもっとよく話すことにある。

段階4：感情が豊かに表現され、主題は外界のことより話し手自身の感じ方や内面にある。自分というもの（自分の感情；自己イメージ）を明確に語っている。
　　　・但し、自分というものを、自分の感情を用いて探索したり、苦闘して自己理解の基盤としてゆこうとしている段階ではない。

段階5：自分というものを理解するために自分の感情を用いて探索、吟味、苦闘、仮説提起、試行、明確化などをしてゆく努力が見られる。

　　　　・自己理解達成のための自己探索のプロセスは困難であり、この困難さの表明は5段階と評定する十分な根拠となる。

段階6：自分のいろいろな感情と自己概念の重要性を検討し、いろいろな結論に到達することができる。さらにそれらの感情あるいは自己概念をいっそう進んだ自己探索のための出発点として、もっと深い、包括的な自己理解に到達する手がかりとして利用することができる。

段階7：自己把握には段階6と同様のものが求められるが、より広範囲の内的事象に適用されるか、新しい洞察へと導かれる。
　　　　・話し手は、ある問題に対していくつかの関連した結論に到達し、それらを再び統合する。あるいは、より一般的な自己理解へと還元される。
　　　　・話し手は、段階6で達せられるような結論から始めて、それを広範囲な状況に適用、その中で内的照合体が明確にされ、先の結論が広範囲の体験に適用できていく。
　　　　・この段階は、しばしば喜びにあふれ、希望的であり、自信に満ちる。話し手は即座に、意味深く、ぴったりおさまっていく感じをもっている。

EXPスケール簡易マニュアル案

段階1：「拘束的、拒否的な態度である。」
　　　　　自己関与が全くない。
　　　　　個人の経験との距離がはなはだ遠い。
　　　　・非人称的、抽象的、一般的、
　　　　・語られる話は、自分の話ではない。
　　　　・私的なこと、ふれると痛いことは、何もあらわにしない表面的な話し方。

・関わりをそっけなく、説明なく拒否したり、避けたりしている。
・自発的な発言がない最小限の応答である。
・経験と意識の間にズレがある。個人はそれに気づいていない。

段階2：「表面的な自己認知である。」
自己関与はあるが、その話は話し手自身の一部ではなく、話の一部であって、"自分のもの"ではない。
・極端な知性化
・話し手の感情は直接表明されない。
・関わりをもつが、うわべの関係におわる。
・相手の親近感や信頼感を受け入れる態度を示さない。
・現在の経験を過去の経験のように語る。

段階3：「外面的な自己表現を行う。」
自己関与はあるが、外部的な出来事との関連にのみ基づいている。自分がひとりの人間としてどのようであるかを示すためにその話を用いることはない。
・ある出来事についての自分の感情、それについての説明、それの自分にとっての個人的重要性についてのコメントであり、焦点は自分の話をもっとよく話すことにある。
・相手に対して自分のうわべのことを話すのみ、もしくは質問されたことについてのみ自分の感情を語る。
・感情を否定的にとらえている。
・経験と意識の間の矛盾を認識し始める。

段階4：「実感を語っている。」
感情が豊かに表現され、主題は外界のことより話し手自身の感じ方や内面にある。自分というもの（自分の感情；自己イメージ）を明確に語っている。
・但し、自分というものを、自分の感情を用いて探索したり、苦闘して自己理解の基盤としてゆこうとしている段階ではない。
・自分の生々しい感情を相手に語る。時には対立的になることもある。

・経験していることを意図しない不安な（時には恐怖の）事態として認識している。
・感情に対して両価的である。
・経験と意識の間の矛盾を明確に認識している。
・個人は問題にどのように対処しているか語っている。
・両者の関係に暗黙の価値やめあてが認められる。

段階5：「自分に問いかけている。」
　　　　自分というものを理解するために自分の感情を用いて探索、吟味、苦闘、仮説提起、試行、明確化などをしてゆく努力が見られる。
・自己理解達成のための自己探索のプロセスは困難であり、この困難さの表明は5段階と評定する十分な根拠となる。
・慎重にためらいがちに自分自身のことを相手に語るので、やり取りがゆっくりとした形で進む。
・感情がときどき直接的に肯定的に体験され、経験を起こると同時に概念化し表現する。
・両者の関係に葛藤があっても、それを分かち合い、コミュニケーションの価値がわきまえられている。

段階6：「気づきがある。」
　　　　自分のいろいろな感情と自己概念の重要性を検討し、いろいろな結論に到達することができる。さらにそれらの感情あるいは自己概念をいっそう進んだ自己探索のための出発点として、もっと深い、包括的な自己理解に到達する手がかりとして、利用することができる。
・相手の話によく耳を傾けて応答するのでやり取りが円滑になり、相手を自分の鏡として自分に気づいていく。
・以前は拒否されていた感情を今現在に経験する。
・ある感情の経験を表現する際の不正確さを認識し、それをより正確に表現していく。
・個人は自分の感情や経験について理解したことを語っている。
・関係が現実のものとなっており、究極的な価値であり、もはや

探索する必要がないまでに未解決の部分が極められていく。

段階7：「経験のプロセスの中に生きる。」
　　　　自己把握には段階6と同様のものが求められるが、より広範囲の内的事象に適用されるか、新しい洞察へと導かれる。
　　　・話し手は、ある問題に対していくつかの関連した結論に到達し、それらを再び統合する。あるいは、より一般的な自己理解へと還元される。
　　　・話し手は、段階6で達せられるような結論から始めて、それを広範囲な状況に適用、その中で内的照合体が明確にされ、先の結論が広範囲の体験に適用できていく。
　　　・この段階は、しばしば喜びにあふれ、希望的であり、自信に満ちる。話し手はさまざまな要素が即座に、意味深く、ぴったりおさまっていく感じをもっている。
　　　・話し手は相手に十分に傾聴し、そこから気づきを得ることは段階6と同じであるが、自分も相手の鏡になってお互いに写し合うので、合わせ鏡的に気づきを生んでいく。
　　　・現時点の暗々裏の意味を概念化し表現でき、経験と意識が一致している。

『ダロウェイ夫人』用体験過程尺度（仮の尺度）

段階1（拒否）：「拘束的、拒否的な態度である。」
　　　　自己関与が全くない。
　　　　経験との距離がはなはだ遠い。
　　　・非人称的、抽象的、一般的、
　　　・語られる話は、自分の話ではない。
　　　・私的なこと、ふれると痛いことは、何もあらわにしない表面的な話し方。
　　　・関わりをそっけなく、説明なく拒否したり、避けたりしている。
　　　・自発的な発言がない最小限の応答である。

・経験と意識の間にズレがある。個人はそれに気づいていない。
段階2（傍観）：「表面的な態度である。」
　　　自己関与はあるが、その話は話し手自身の一部ではなく、話の一部であって、"自分のもの"ではない。
　　　・極端な知性化
　　　・話し手の感情は直接表明されない。
　　　・自分の問題を他人事のように話す。
　　　・関わりは、相手に応える程度の社交辞令的なうわべの関係におわる。
　　　・相手の親近感や信頼感を受け入れる態度を示さない。
　　　・現在の経験を過去の経験のように語る（経験との距離が遠い）。
段階3（外面的反応）：「状況に反応する。」
　　　自己関与はあるが、外部的な出来事との関連にのみ基づいている。自分がひとりの人間としてどのようであるかを示すためにその話を用いることはない。
　　　・ある出来事についての自分の感情、それについての説明、それの自分にとっての個人的重要性についてのコメントであり、焦点は自分の話をもっとよく話すことにある。
　　　・相手に対して自分のうわべのことを話すのみ、もしくは質問されたことについてのみ自分の感情を語る。
　　　・感情を否定的にとらえている。
　　　・経験と意識の間の矛盾を認識し始める。
段階4（内面的表現）：「実感を語っている。」
　　　感情が豊かに表現され、主題は外界のことより話し手自身の感じ方や内面にある。
　　　自分というもの（自分の感情；自己イメージ）を明確に語っている。
　　　・但し、自分というものを、自分の感情を用いて探索したり、苦闘して自己理解の基盤としてゆこうとしている段階ではない。
　　　・関係は自分の生々しい感情を語るので、時には対立的になることもある。

・経験していることを意図しない不安な（時には恐怖の）事態として認識している。
　　・感情に対して両価的である。
　　・経験と意識の間の矛盾を明確に認識している。
　　・個人は問題にどのように対処しているか語っている。

段階5（探索）：「自分に問いかけている。」
　　自分というものを理解するために自分の感情を用いて探索、吟味、苦闘、仮説提起、試行、明確化などをしてゆく努力が見られる。
　　・自己理解達成のための自己探索のプロセスは困難である。
　　・感情がときどき直接的に肯定的に体験され、起こると同時にためらいがちに表現する。
　　・関係に価値を置き、その中に葛藤があっても、それを分かち合おうとする。

段階6（洞察）：「気づきがある。」
　　自分のいろいろな感情と自己概念の重要性を検討し、いろいろな結論に到達することができる。さらにそれらの感情あるいは自己概念をいっそう進んだ自己探索のための出発点として、もっと深い、包括的な自己理解に到達する手がかりとして利用することができる。
　　・相手の話によく耳を傾けて応答するのでやり取りが円滑になり、相手を通して自分に気づいていく。
　　・以前は拒否されていた感情を今現在に経験する。
　　・ある感情の経験を表現する際の不正確さを認識し、それをより正確に表現していく。
　　・自分の感情や経験について理解したことを語っている。
　　・関係が現実のものとなっており、究極的な価値である。もはや探索する必要がないまでに未解決の部分が探索され極められていく。

段階7（解放・展開）：「経験のプロセスの中に生きる。」
　　自己把握には段階6と同様のものが求められるが、より広範囲の

内的事象に適用されるか、新しい洞察へと導かれる。
・話し手は、ある問題に対していくつかの関連した結論に到達し、それらを再び統合する。あるいは、より一般的な自己理解へと還元される。
・話し手は、段階6で達せられるような結論から始めて、それを広範囲な状況に適用する。その中でリファレント（内的照合体）が明確にされ、先の結論が広範囲の体験に適用できていく。
・この段階は、しばしば喜びにあふれ、希望的であり、自信に満ちている。話し手はさまざまな要素が即座に、意味深く、ぴったりおさまっていく感じをもっている。
・話し手は相手に十分に傾聴し、そこから気づきを得ることは段階6と同じであるが、関係の中で自分も相手もお互いを通して、次々に気づいていくプロセスがある。
・現時点の暗々裡の意味を概念化し表現でき、経験と意識が一致する。

『ダロウェイ夫人』における主人公クラリッサ・ダロウェイの体験様式の変化を見る視点

体験様式の視点

段階1： 拘束的、拒否的な態度をとる。
段階2： 傍観者的な態度をとる。
段階3： 外的事象に反応する。
段階4： 実感を語っている。
段階5： 自分に問いかけている。
段階6： 気づきがある。
段階7： 経験のプロセスの中に生きる。

感情の視点

段階1： 感情を拒否している。
段階2： 話し手の感情は知性化されて直接表明されない。
段階3： 攻撃的・否定的な感情は出すが、内面の感情は出さない。
段階4： 不安な感情も含めて内面の感情を表出する。
段階5： 感情が直接的、肯定的に体験され、同時にためらいがちに表現される。
段階6： 感情を表現する際の不正確さを認識し、より正確に表現していく。
段階7： 感情を受容し、よどみなく表現する。

関係性の視点

（1）自己関与
段階1： 自己関与が全くない。
段階2： 自己関与はあるが、その話は"自分のもの"ではない。
段階3： 自己関与はあるが、外部的な出来事との関連にのみ基づいている。
段階4： 主題は外界のことより話し手自身の感じ方や内面にある。
段階5： 自分というものを理解するために自分の感情を用いて探索してゆく努力が見られる。
段階6： 自己概念の重要性を検討し、それを自己探索、自己理解に到達する手がかりとして利用する。
段階7： 自己把握が、より広範囲の内的事象に適用されるか、新しい洞察へと導かれる。

（2）他者との関係
段階1： 関わりをもとうとしない。
段階2： 関わりは、相手に応える程度のうわべの関係におわる。
段階3： 関わりはもつが、相手に対して自分のうわべのことを話すのみ、もしくは質問されたことについてのみ自分の感情を語る。
段階4： 関係は自分の生々しい感情を語るので、時には対立的になること

段階5： 関係に価値を置き、その中に葛藤があっても、それを分かち合い解決しようとする。
段階6： 関係が現実のものとなっており、究極的な価値であり、もはや探索する必要がないまでに未解決の部分が探索され、極められていく。
段階7： 話し手は相手に十分に傾聴し、そこから気づきを得るが、関係の中で自分も相手もお互いを通して、次々に気づいていく。

〈評定上の留意点〉
・先入観をもたずに評定することを原則とする。感情移入的に共感的に評定する。なるべく主観にまどわされないようにする。
・評定資料の文脈や前後関係からなるべく離れて、文章や発言箇所から推測し判断して客観的に評定する。
・現象学的に評定する。評定者は評定の根拠を明らかにし、協議する。
・段階毎のステップはかなりの巾があるとされている。エンカウンター・グループなどでは、せいぜい1段階のステップ・アップが普通とされている。段階1や段階7は、めったに見られないので、評定のときは慎重に配慮する必要がある。＊なお、関係性で段階1の評定の場合、会話すら成立しない状況であると思われる。また、段階2では、一応会話は成立するが、どんなにしても、相手に動きがない状態であると思われる。逆に、外的な状況にとらわれて自分自身をだしていなく、一方的にしゃべり、話がかみ合わない場合、段階3と評定する。喧嘩をするような関係は、コミュニケーションが成立していると思われるので、段階4と評定する。
＊体験過程の感情レベルの評定は、別に詳しい段階尺度を加える。
＊更に詳しい参考資料として、クライン（1970 池見訳）を参照する。
・リファレント（内的照合体）の概念は、ここでは、創作者が心の内面に言及する際の暗々裡の意味を含む心の動きをさす。ジェンドリンの「からだの感じ」（フェルト・センス）はその表れととることができ、段階4に評定する。

・原則として、評定のセグメントは、段落毎とする。評定の根拠となる箇所を指摘して、評定値を書き込む。モード値とピーク値を段落毎に検討して書く。

＊モード値は、セグメントあるいはそのユニットの全体的な、あるいは平均的なスケール上のレベルを集約したものである。つまりセグメントにおける最も一般的な、つまりもっともよく起こる体験レベルを表している。ピーク値はセグメントあるいはユニットにおいて、瞬間的であっても、到達した少しでも高い地点に与えられる。ピーク値は、その素材のたった一つの短い部分に現れることが多い。セグメントによっては、はっきりとしたピーク値が現れなかったり、モード値とピーク値が同じであったりする。また変動が大きいため、スケール上の広範囲をカバーしていると予想されるセグメントもある。このような場合、モード値とピーク値の区別をするため次のようなガイドラインが用いられる。

1．セグメントがスケール上の2つの段階にほぼ均等に分けられる場合、高い段階をピーク値、低い段階をモード値とする（例えば、3、3、4、4のような場合、ピーク値4、モード値3）。

2．セグメントの半分以上が高い方の段階ならば、モード値とピーク値は同一（例えば、4、4、4、3、3のような時は、ピーク値、モード値ともに4）。

3．高い方の段階の発言がセグメント全体を通して頻繁に、あるいは規則的に現れてくるために、それが低い段階の発言をも取り囲み、段階を上昇させているように思われている場合には、モード値とピーク値は同じ値となり得る。例えば患者が、それ自体、具体的で低い段階の例を引用して、ある考えを描写し、高い段階に達しているならば、そのようなセグメントは一般的に内容の本質的な統一性を持っている（例えば、5、3、4、5、5のような時、ピーク値、モード値ともに5）。

4．セグメントがスケール上のある範囲を含む時は（例えば第1段階で始まり、第2段階へと移行し、第3段階で終わる）、最も高い段階をピーク値、よく出てくる低い段階をモード値とする。特に長いセグメントの場合や高い段階が現れる場合はそうだが、モード値がピーク値よりも2段階低い値

をとるということは稀ではないのが普通である（Klein, M.H., Mathieu-Coughlan, P., & Kiesler, D.J.(1985). The Experiential Scales. In W.P. Pinsof & L.S. Greenberg(Eds.), *The psychotherapeutic process: A research handbook*. New York: Guilford. 吉良、中田、弓場、田村仮訳、1988,pp.12-13）.

評定者のみなさまへ

　評定作業の件で、準備段階から、2度の評定（宿題？も含めて）と、お忙しい中、大変お世話になり感謝いたしております。今までの経験から、以下のような評定のための、簡単なマニュアルを作ってみました。すでに、作業に取り組んでいただいている方には、大変遅くなりましたが、どうか、参考資料に使っていただいて、より厳密な評定のための指標になればと願っています。

　　　　評定作業のためのインストラクション（2000,3,2, 研究室）

＊不安感情には、漠然としたものが、具体的なものとして自分の中で対象化されてくる過程がある。

　段階1　拒否されているので、それがあることすら自覚されていない。

　段階2　まるで自分とは関係がないように、他人事のように、また、過去のことのよう に知的に処理されていたり、自分では自覚していなくても、明らかに行動に出ていたりする（行動化）。このような感情が表明される場合は、攻撃的・否定的な言葉として、表現されるものである。

　段階3　状況に反応しているので、不安の対象は漠然としており、不安感情はあるが、表出されにくい。聞かれたときにはそれを語る程度である。

段階4　自分を語るなかで、不安の対象が具体的なものとして現れ、時として自分でも思わぬ形で不安感情が表出することがある。

　段階5　不安の対象がおそるおそる探索されていき、語られていき、今まで否定的に見られていたものが肯定的に受容されていく。それにつれて、不安感情も解消されはじめる。

　段階6　不安の対象が洞察され、明確になり、不安感情が消失していく。同時に驚きや喜びの念がわきあがる。

　段階7　不安の対象が自分にとって意味をもつものとして肯定的にとらえられ、不安感は消失し、自信や満足感がそれにとってかわる。

　なお、否定的な感情と不安感情は、区別されるべきである。〈例〉あの人は腹が立つ（否定的な感情）。あの人が恐い（不安感情）。

＊読み物としての資料は、回想や過去のことが随所に現れるという特徴がある。しかし、現在の探索過程（段階5）から過去へと意識が飛んで、過去の事象に捕らわれていく場合、それ以下の評定となる。探索過程（段階5）とこだわりに対する内的表現（段階4）、外的反応（段階3）の違いは、以下の例で示される。

〈例〉（以下は一つの段落をいくつかに分けて解析したものである。「」は、小説の一節である。その下に筆者の評定がある）。
「……ボートが暑い日ざしの中で、ぴしゃ、ぴしゃと水にうたれてぐずついている間、ジェイムズは考えていた。そうだ、大へん寂しく、きびしい、雪と岩の荒野があり、父が他の人たちを驚かすような何かを言った時に、そこにはただ二対の足跡、彼自身のと父のがあるのみであるのを感ずるようになってきた、近頃は特にその感慨をもつことが多いと。二人のみが、お互いを知るものである。」

この部分は自分と父親の関係を思いめぐらせる自己に問うている探索的な体験様式として考えられる（段階5）。また、「感ずる」、「感慨をもつ」という言い方にも、単なる驚きとしての外的な反応ではなく、自分のものとしての感情や思いがわき上がってきていることを示している（段階4）。

　「それなら、この恐怖、この嫌悪は何だろう？過去が自分の中にたたみこんだ、たくさんの葉の間に、想いを振り向けた時、その森の奥底、光りと影がお互いにいりみだれて、時にはすべての形があるひずみをうけている所を覗きこむと、太陽を眼にうけて、時には、暗い影のためにまちがいをしでかすことがある。それで、自分の感情を冷やし、ひきはなし、具体的な形に仕上げようとして、一つの心象を求めたのであった。」

　この個所は探索的というよりは、いわば、過去への退行であり、とらわれと考えられる。「恐怖」、「嫌悪」の正体をつきとめるために、「自分の感情を冷やし、ひきはなし」とあるように、冷静にそれと直面しようとする姿勢がうかがえる観察的体験様式を示している（段階2）。感情レベルでは、「感情を冷やす、ひきはなす」ということは、感情を凍結することであり、段階1のレベル、また、「具体的な形に仕上げようとして、一つの心象を求めた」というのは、恐怖感情を知的に処理することであり、段階2のレベルである。

　「先ず、全く無力な子供として、乳母車に、或いは、誰かの膝に抱かれていて、僕は荷車がうかうかと、何もしらずに、誰かの足をひきつぶすのを見たとする。先ず、草の中に、なめらかな、健全な足を見て、それから、車輪を見たとする。その同じ足が紫色になり、つぶされているのだ。がしかし、車輪には罪はない。」

　これは、過去の「心象」風景であるが、「車輪」のメタファーは、被害感情の象徴化、概念化の産物であり、一歩体験過程が進んだとみられる。足がつぶされる場面はほとんど身体の感じをともなっているような生々し

さである。したがって、それはこだわりとはいえ、そこにも概念化のプロセスがあって、身体の感じにまで近づいていくような、体験過程の推進の作用が働いているとみられる。

　「さて、早朝、父が廊下を大股にやってきて、燈台へ行くのだと、ドアをたたいておこしまわった時に、車輪は僕の足の上、キャムの足の上、みんなの足の上を轢いた。坐って、それを見ているのだ」(ヴァージニア・ウルフ『燈台へ』、伊吹知勢訳、1976, p. 245-246)。

　ここでも、父親へのとらわれまたは否定的な被害感情（段階3）が、身体の感じとして表出されている（内的表現、段階4）。しかし、「坐って、それを見ている」というのは、このこだわりの感情に対して、ジェームズはただただ無力であり傍観的な体験様式を示すのみであることを物語っている（段階2）。

　以上を要約すると、

段階1〜2　「自分の感情を冷やし、ひきはなし、具体的な形に仕上げようとして、一つの心象を求めたわけである。」
＊感情を否定。恐怖感情を知的に処理。

段階2　「坐って、それを見ているのだ」
＊こだわりの感情に対して、ジェームズはただただ無力であり傍観的な体験様式を示す

段階3〜4　「先ず、全く無力な子供として、乳母車に、或いは、誰かの膝に抱かれていて、僕は荷車がうかうかと、何もしらずに、誰かの足をひきつぶすのを見たとする。」
「父が廊下を大股にやってきて、燈台へ行くのだと、ドアをたたいておこしまわった時に、車輪は僕の足の上、キャムの足の上、みんなの足の上を

轢いた。」
＊「車輪」や「荷車」のメタファーは、被害（否定的）感情の象徴化、概念化（段階3）。「足をひきつぶす」は、身体の感じをともなっている（段階4）。

段階4　「先ず、草の中に、なめらかな、健全な足を見て、それから、車輪を見たとする。その同じ足が紫色になり、つぶされているのだ。」
＊足がつぶされる場面はほとんど身体の感じ。自分の実感を語るという様式。

段階5　「ジェイムズは考えていた。そうだ、大へん寂しく、きびしい、雪と岩の荒野があり、父が他の人たちを驚かすような何かを言った時に、そこにはただ二対の足跡、彼自身のものと父のものがあるのみであるのを感ずるようになってきた、近頃は特にその感慨をもつことが多いと。二人のみが、お互いを知るものである。」
＊自分と父親の関係を自分に問いかける探索的な体験過程。

　以上のプロセスを表にまとめると、以下のようになる。

体験様式	2/5		感　情	1/4
関係性	自己関与	3/5	他者との関係	2/5

（モード値／ピーク値）

＊　単なる驚きや喜びの感情は、内面的・体験的なそれと区別して評定する。前者は状況に対する反応として（段階3）と評定し、後者は内面的な表現として（段階4）以上に評定する。気づきやシフトによって自分の「内的体制」(personal constitutes) が変化する場合、自分が揺さぶられるような深い驚きや喜びの感情を伴うことがあり、それは（段階6）と評定する。

〈例〉
資料A
　ところが、ここに一人のまだ花になれない妖精がいました。その妖精は、病気がちで、青白く、ほっそりした姿をしていました。ほかの妖精達が次々と自分達がなる花の姿や、色、香り、季節を選んでしまったというのに、この妖精は自分がどのような花になって、いつ地上を飾ればよいのか見当がつかないのです。というのも、この妖精は、自分のきゃしゃな弱々しい姿を見ると、こんなに、細くて、弱くて、いまにも倒れてしまいそうな自分が、どうやって、地上を美しく飾ることができるのだろう、それどころか、もし自分が一日中太陽の下に立っていたら、それだけで倒れて死んでしまうだろう、と思ったからです。　(p. 23)

資料B
　ふと気がついて、花びらを見た花は、もう少しで飛び上がってしまう程驚きました。白かったはずの花びらは、月の光と同じ優しい黄色に染まってしまっていたからです。さっき深呼吸したからかしらと花は思いましたが、今度はしゃんと背を伸ばして、花びらを一杯に広げました。花のやさしい黄色は、月の光ととけあってとても美しく見えました。「夜咲く花というのは、あまり無いようだけど、これで私も地上を美しく飾ることができるかもしれない……。」
　そうつぶやくと、花はもう一度花びらを一杯に咲きました。月の光が花の上に銀の色をそえて優しくさしました。　(p. 30)

　この童話集『さみしがりやのくじらの話』(喜多真規子、1991, 能登印刷株式会社)の中の「月見草の話」からの最初と最後の一節からの引用を、比較してみよう。一見して分かる違いは、自信のなかった月見草が、「しゃんとして」自信を獲得したところである。しかし、この話は教訓的ではない。なぜなら、知的な叙述ではなくて、作者の体験がこもっているからである。その体験のプロセスが、象徴的な手法で語られている。
　最初は、やや観照・観察的に自分を見ていた主人公の月見草である。だ

から、体験様式は、第2段階から始まる。また、「こんなにきゃしゃな自分」という見方は、ほかの妖精達と比較した見方である。外的状況にとらわれているので、これは、第3段階。「もし自分が一日中太陽の下に立っていたら、それだけで倒れて死んでしまうだろう」と思った個所は、実感を語っているのではなく、不安感情に根ざした頭で考えたことであるので、外面的な反応と見て第3段階と評定する。

そこで、この一節における主人公の体験様式のモード値は3、ピーク値も3である。感情レベルでは、否定的な感情の表出であるので、モード、ピーク値ともに3である。自己関与も、花になれないというのは、自分が自分のものでないという認識であり、第2段階。外的事情との関連で自分を見ているところは、第3段階で、モード値は2、ピーク値は3である。他者との関係は、拒否的というよりは、関わろうとしても周りが美しく見えて、圧倒されているようなので、モード、ピーク値ともに3と評定される。

表A. 評定結果

体験様式	3/3		感 情	3/3
関係性	自己関与	2/3	他者との関係	3/3

(モード値／ピーク値)

ところが、資料Bの節は、他者の目から離れて自分自身になっている点で、実感を語り（第4段階）、「夜咲く花というのは、あまり無いようだけど、これで私も地上を美しく飾ることができるかもしれない……。」と、おそるおそる仮説的、探索的な自己表現をはじめる。これは、（第5段階）といえよう。また、自分への気づきもある（第6段階）。そこで、体験様式は、モード値が、第5段階、ピーク値は、第6段階。感情レベルでは、驚きの直接的・肯定的な感情は、内面的な自己の体制をゆるがせるようなものなので、第6段階。おそるおそるの今まで否定的だった感情表出は、第

5段階で、それが基調になっている。そこで、モード値5、ピーク値6と評定する。自己関与は、自己に気づきそれを自分自身のものとして、表現しているので第5から6段階。他者との関係では、「月にやさしく照らされている」に見られる、受け入れられた自己のイメージがある。また他者は他者で（昼咲く花としての肯定的な見方に立っていると思われるので、）肯定していると思われるので、関係が芽生えて来つつある。しかし、まだ具体性に乏しく、関係性に価値を置き、求めていくというレベルでもないのでモード、ピーク値ともに第4段階に評定する。

表B．評定結果

体験様式	5/6		感 情	5/6
関係性	自己関与	5/6	他者との関係	4/4

（モード値／ピーク値）

　体験的距離という概念で見るならば、「今ここ」での事象が、近い距離であり、過去や抽象的観念などは距離が遠いことになる。ちょうど両価的な第4段階を中心にして、段階を追う毎に頭から身体（抽象から具体）へ、否定から肯定へ、外面・表面的から身近で、内面的な表現様式になっていく。段階1から7の様式順に、体験的な距離が近づき、「今ここ」に焦点化されてくる。

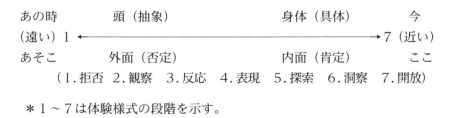

図1　体験的距離の模式図

以上、思いつくままに書きつづりましたが、どうか一読なさって、ご質問があれば、次回3月2日（木）5時に、研究室でうかがえればと思っています。
　また、先生のご助言で、資料をしぼり込んで解析、検定の作業をしたいと思っていますので、同封しました資料の分のみの（時系列の資料では、『　』内の個所の）評定の方、よろしくお願い申しあげます。
　時節柄、ご自愛ください。
　　　　　　　　　　　　　　　　　　　　　　　　　　　　敬具
　　　　　　　　　　　　　　　　　　　　平成12年2月28日

資料編

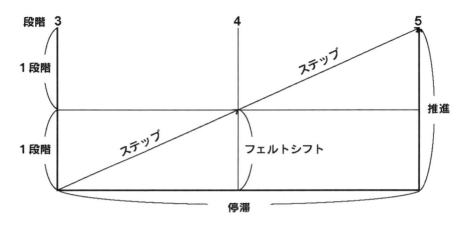

［結論］図1. 体験過程における停滞と推進の模式図

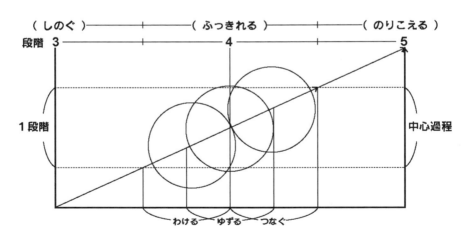

［結論］図2. ふっきれる「中心過程」の模式図

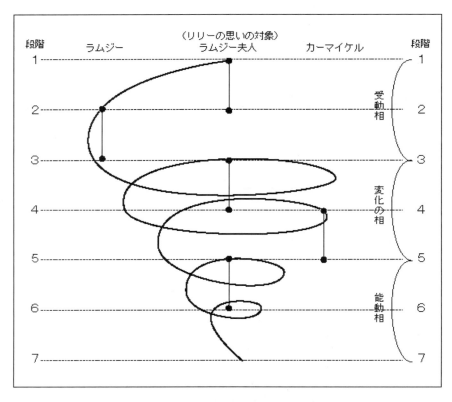

[結論] 図3. リリーの体験過程の推進の模式図

[結論] 付録1.『灯台へ』用体験過程（EXP）尺度

段階1　自己関与が見られない。話は自己関与がない外的事象。
〈例〉家も場所も朝も、すべてが彼女にとって見知らぬもののように見えた。彼女はここには何の愛着も覚えず、すべてのものと何の関係もないように思った。
＊リリーにとって朝の準備をするあわただしさも物音にしか聞こえず、自己関与がない。

段階2　自己関与がある外的事象、〜と思う、と考えるなどの感情を伴わない抽象的な発言。
〈例〉それでも皆、こんな朝早くからこの懐かしい家に集まっているんだ、と窓の外に目をやりながらつぶやいてみる。＊懐かしいという表現に自己関与はあるものの、つぶやいてみるという表現には感情を伴わず、体験的距離が遠い。

段階3　感情が表明されるが、それは外界への反応として語られ、状況に限定されている。
〈例〉そう思うと、踏み段のむき出しの空虚感のもたらす身体感覚が、なお一層ひどく耐えがたいものになった。＊誰もいない階段を見て空虚感を覚える外的反応。

段階4　感情は豊かに表現され、主題は出来事よりも本人の感じ方や内面。
〈例〉求めても得られない苛立ちのために、リリーの身体全体を、ある硬ばり、うつろさ、緊張が貫くように走った。＊感情が体全体の反応として突如表れる。

段階5　感情が表現されたうえで、自己吟味、問題提起、仮説提起などが見られる。探索的な話し方が特徴的である。
〈例〉何より大事なのは、とたっぷり絵筆に絵の具をつけながらリリーは思う、普通の体験のレベルを見失わず、あれは椅子、あれはテーブル、と感じる一方で、それとまったく同時に、あれは奇跡だ、あれはエクスタシーだ、と鋭く感得する力をもつことであろう。＊普通の体験と特異的な体験の見分けが大切と自己吟味し、問題提起している。

段階6　気持ちの背後にある前概念的な経験から、新しい側面への気づきが展開される。生き生きとした、自信をもった話し方や笑などが見られる。
〈例〉灯台を見つめようとする努力と、ラムジー氏の到着を思い浮かべようとする努力が、ほとんど一つに重なって、リリーの心身を極端にまで緊張させてきたのだ。でもこれでほっとしたわ。今朝ラムジーさんが出発する時に、差し出しそびれたものを、すっかり渡してしまったような気がするから。＊今朝ラムジーに感じていた「差し出しそびれたもの」とは互いの思いと努力が共通する、意志疎通であったことに気づく。

段階7　気づきが応用され、人生の様々な局面に応用され、発展する。
〈例〉じゃあわたしは間違っていなかったんだ。お互いに会話をかわす必要などまったくなかった。だって二人とも同じことを考えていて、わたしが尋ねてもいないのに、カーマイケルさんの方からちゃんと答えてくれたのだから。＊自分だけではなく、相手も気づいている実感。気づきが相手にも応用されて届く、信頼と温かい融通性。

〔補遺〕

1．K式改訂版『灯台へ』枠付け創作体験法（村田、2011）

　　テーマ　　　：灯台へ
　　登場人物　　：ラムジー（父）、夫人（母）、ジェームズ（息子）、キャム（姉）、リリー（知人の画家）
　　場面・背景：

第1章「窓」

　海岸に面した別荘の窓から遠くに島の灯台が見える。
　夫人が窓際で6才の息子と話している。「明日は早いからひばりさんと一緒に起きましょうね。」
　その時夫が現れて、「明日は雨だろうな。」という。
　（事実、翌日は雨になって、灯台行きは流れてしまう。）
　息子は傷つき、母親はなだめる。以下、3人の心の動きが綴られる。

息子「

　　　　　　　　　　　　　　　　　　　　　　　　　　　」

夫人「

　　　　　　　　　　　　　　　　　　　　　　　　　　　」

夫「

　　　　　　　　　　　　　　　　　　　　　　　　」

　その他、画家でラムジー家に出入りしているリリーが風景を描きながら、「真ん中には紫色の三角形を描きいれましょう。」と言い、筆を入れながらラムジー夫人のことを思い描いている。
リリー「

　　　　　　　　　　　　　　　　　　　　　　　　」

　息子ジェイムズを寝かせたラムジー夫人は、夕食の準備をしている。そこへ夫が入ってきて、会話を交わす。
夫「

　　　　　　　　　　　　　　　　　　　　　　　　」

夫人「

　　　　　　　　　　　　　　　　　　　　　　　　」

　夕食後、1人きりになってラムジー夫人は光をなげかける灯台をうっとり眺めて1日の感想を述べる。

〔補遺〕

ラムジー夫人「

」

第2章「時は流れる」

　10年の歳月が流れ、戦争があり、ラムジー夫人は亡くなって、別荘も荒れ放題になる。

〈時の流れの詩〉

第3章「灯台」

　第1章と同じ場面で始まる。しかし、ラムジー夫人の姿はなく、みな回想にふけっている。灯台行きが実現し、海の上では今や16才のジェームズがボートの舵をとり、父親のラムジーと姉のキャムが乗り込んでいる。ラムジーは思う。「

」

ジェームズ「

　　　　　　　　　　　　　　　　　　　　　　　　　」

キャム「

　　　　　　　　　　　　　　　　　　　　　　　　　」

　丘の上では10年前と同じ位置でリリーが風景を描くが構図がばらばらで中心が描けない。

リリー「

　　　　　　　　　　　　　　　　　　　　　　　　　」

　やがて、ボートは島につき、父親はジェームズに「よくやった。」とねぎらいのことばをかけ、いそいそと島に飛び移り、灯台に向かう。ジェームズもその後についていく。キャムは「このことばをまっていたのだわ。」と思い、みなはこころを通わせる。
キャム「

　　　　　　　　　　　　　　　　　　　　　　　　　」

〔補遺〕

ジェームズ「

　　　　　　　　　　　　　　　　　　　　　　　　　」

父「

　　　　　　　　　　　　　　　　　　　　　　　　　」

　この時、丘のリリーの絵には中心が入る。

リリー「

　　　　　　　　　　　　　　　　　　　　　　　　　」

　　　　　　　　　　　　　　　　　　　〈終わり〉

＊教示の後、空白の箇所をことばでうめてみる。時間は40分〜1時間程度。完成したら今の気持ちや気づきを述べる。グループで実施の場合は〈シェアリング〉(わかちあい)。

2．「灯台へ」描画法
　＊リリーの絵を描いてみる。
　　　　〈シェアリング〉

3．『灯台へ』読書体験

* 実際に家や図書館など静かな場所でＶ．ウルフの『灯台へ』を読んでみる。
* 読書体験の感想や気づきを述べてみる。
* 自作『灯台へ』との違いや共通点について感想を述べる。〈シェアリング〉

4．『灯台へ』ドラマタイゼーション

* 次のシナリオを完成する。
テーマ：灯台行き

場面１「窓」：避暑地、灯台の見える風景

登場人物
　父（ラムジー）
　母（ラムジー夫人）
　ジェームズ６才
　画家リリー

〈シナリオ〉
　ラムジー夫人はジェームズをひざに抱きながら
「明日は早いからひばりさんと起きましょうね。」
　ラムジー氏が入ってきて、
「明日は雨になるだろうな。」
母「

　　　　　　　　　　　　　　　　　　　　」

〔補遺〕

父「

　　　　　　　　　　　　　　　　　　　　　　　」

　ジェームズは気分を害して「

　　　　　　　　　　　　　　　　　　　　　　　」

　リリーは外で絵を描きながら、
　「真ん中に紫の三角形でラムジー夫人の姿を描き入れてみよう。

　　　　　　　　　　　　　　　　　　　　　　　」

　ジェームズを寝付かせた後、夕飯がある。夫婦が話し合う。
夫「

　　　　　　　　　　　　　　　　　　　　　　　」

夫人「

　　　　　　　　　　　　　　　　　　　　　　　」

その後、1人になってうっとりと灯台を眺めながら、ラムジー夫人は独り思う。「

　　　　　　　　　　　　　　　　　　　　　　　　　　　　　　」

　翌朝、雨が降り灯台行きは流れる。

場面2「時は流れる」

　10年の時が流れ、戦争があり、ラムジー夫人は亡くなり、別荘は荒れ放題となる。
〈ナレーション〉

場面3「灯台」
　10年前と同じ場面である。
　今や16歳のジェームズはボートのかじをとっている。父と姉のキャムが乗り込んでいる。3人がそれぞれに回想している。
父「

　　　　　　　　　　　　　　　　　　　　　　　　　　　　　　」

ジェームズ「

　　　　　　　　　　　　　　　　　　　　　　　　　　　　　　」

〔補遺〕

キャム「

　　　　　　　　　　　　　　　　　　　　　　　　　　　」

　丘ではリリーが絵を描いているが、なかなか中心が描けない。
リリー「

　　　　　　　　　　　　　　　　　　　　　　　　　　　」

　ボートが島につくや、父は「よくやった。」とジェームズをねぎらい、いそいそと灯台に向かう。ジェームズは後を追いかけていく。
3人はこころを通わせる。
　キャムは、「このことばを待っていたのだわ。」と、しみじみ思う。
「

　　　　　　　　　　　　　　　　　　　　　　　」

　丘ではリリーの絵に中心ができる。
リリー「

　　　　　　　　　　　　　　　　　　　　　　　　　　」
　　　　　　　　　　　　　　　　　　　　　　　〈終わり〉

5. 『灯台へ』家族造形

テーマ：灯台行き

場面1「窓」：避暑地、灯台の見える風景、夕食時

登場人物
　（教示：創作者の家族の役柄をイメージし、予め頭の中で配置もしくは場面構成してみる。）
　窓から外を見ながら灯台行きの話をしている。
家族1 母「明日は早起きしましょうね。」
　〃 2 父「でも明日は雨になるだろう。」
　〃 3 わたし「

　　　　　　　　　　　　　　　　　　　　　　　　　　」
　〃 4「

　　　　　　　　　　　　　　　　　　　　　　　　　　」
　〃 5「

　　　　　　　　　　　　　　　　　　　　　　　　　　」

〔補遺〕

　丘の上では知人が家族のことを思い描いている。「

　　　　　　　　　　　　　　　　　　　　　　」

夕食を準備しながら夫婦は、会話する。「

　　　　　　　　　　　　　　　　　　　　　　」

　一人になってわたしは光る灯台を眺めながら１日を振り返る。「

　　　　　　　　　　　　　　　　　　　　　　」

（翌朝雨になり、灯台行きは流れる。）

場面２「時は流れる。」

　10年の時が流れ、戦争があり、母は亡くなり、別荘は荒れ放題となる。〈ナレーション〉

場面３「灯台」

　平和が訪れ、10年前と同じ場面である。今や、家族は様変わりしたが、灯台行きが実現した。わたしを含む何人かがボートにのっている。わたしはかじをとっている。リリーが見送っている。それぞれが回想している。ボートでは、

家族2父「

　　　　　　　　　　　　　　　　　　　　　　　　　　　　　」
〃　3わたし「

　　　　　　　　　　　　　　　　　　　　　　　　　　　　　」
〃　4「

　　　　　　　　　　　　　　　　　　　　　　　　　　　　　」
〃　5「

　　　　　　　　　　　　　　　　　　　　　　　　　　　　　」

　丘でも、知人が母を回想している。
　「

　　　　　　　　　　　　　　　　　　　　　　　　　　　　　」

　ボートが島につくや、父は「よくやった。」とわたしをねぎらう。父は颯爽と灯台を目がける。わたしはひらりと舟から降りて、父の後をかけていく。
　みなは「このことばを待っていた。」と思い、こころを通わせる。

〔補遺〕

　丘でもリリーはボートが着いたと同時に、絵の中心を描き入れる。

リリー「

　　　　　　　　　　　　　　　　　　　」

　　　　　　　　　　　　　　　　〈終わり〉

＊シナリオを完成し、演じてみる。シナリオ創作者が、役柄を参加者の中から決める。シナリオを自由にアドリブを交えながら演じてみる。演じた後に創作者や演者の感想を聞き、〈シェアリング〉。

著者プロフィール

村田　進（むらた　すすむ）

現職：村田カウンセリング・ルーム主宰、（株）フェスミック委託産業カウンセラー、学校心理士、ガイダンスカウンセラー
石川県立金沢西高校学校カウンセラー
専門学校アリス学園福祉保育・介護福祉学科講師
金沢大学人間社会学域学校教育学類非常勤講師
金沢大学法文学部卒、同専攻科修了
武庫川女子大学大学院臨床教育学研究科修士、博士課程修了
博士（臨床教育学）
石川県公立高校教諭、県教育センター指導主事、星稜高校専任カウンセラーを歴任
専攻：英米文学・臨床教育学

〔著書〕『創作とカウンセリング』ナカニシヤ出版
　　　　『創作と癒し――ヴァージニア・ウルフの体験過程心理療法的アプローチ――』コスモス・ライブラリー
〔監修〕『摂食障害あいうえお辞典』コスモス・ライブラリー
〔共著書〕『人間中心の教育』コスモス・ライブラリー
〔共訳書〕カール・ロジャーズ＆ヘンリー・フライバーグ著『学習する自由 第3版』コスモス・ライブラリー

体験過程心理療法
創作体験の成り立ち

© 2015　著者　村田　進

2015年8月21日　第1刷発行

発行所	㈲コスモス・ライブラリー
発行者	大野純一
	〒113-0033　東京都文京区本郷 3-23-5　ハイシティ本郷 204
	電話：03-3813-8726　Fax：03-5684-8705
	郵便振替：00110-1-112214
	E-mail：kosmos-aeon@tcn-catv.ne.jp
	http://www.kosmos-lby.com/
装幀	瀬川　潔
発売所	㈱星雲社
	〒112-0012　東京都文京区大塚 3-21-10
	電話：03-3947-1021　Fax：03-3947-1617
印刷／製本	シナノ印刷㈱

ISBN978-4-434-21010-5 C0011
定価はカバー等に表示してあります。

「コスモス・ライブラリー」のめざすもの

古代ギリシャのピュタゴラス学派にとって〈コスモス Kosmos〉とは、現代人が思い浮かべるようなたんなる物理的宇宙（cosmos）ではなく、物質から心および神にまで至る存在の全領域が豊かに織り込まれた〈全体〉を意味していた。が、物質還元主義の科学とそれが生み出した技術と対応した産業主義の急速な発達とともに、もっぱら五官に隷属するものだけが重視され、人間のかけがえのない一半を形づくる精神界は悲惨なまでに忘却されようとしている。しかも、自然の無限の浄化力と無尽蔵の資源という、ありえない仮定の上に営まれてきた産業主義は、いま社会主義経済も自由主義経済もともに、当然ながら深刻な環境破壊と精神・心の荒廃といううつけを負わされ、それを克服する本当の意味で「持続可能な」社会のビジョンを提示できぬまま、立ちすくんでいるかに見える。

環境問題だけをとっても、真の解決には、科学技術的な取組みだけではなく、それを内面から支える新たな環境倫理の確立が急務であり、それには、環境・自然と人間との深い一体感、環境を破壊することは自分自身を破壊することにほかならないことを、観念ではなく実感として把握しうる精神性、真の宗教性、さらに言えば〈霊性〉が不可欠である。が、そうした深い内面的変容は、これまでごく限られた宗教者、覚者、賢者たちにおいて実現されるにとどまり、また文化や宗教の枠に阻まれて、人類全体の進路を決める大きな潮流をなすには至っていない。

「コスモス・ライブラリー」の創設には、東西・新旧の知恵の書の紹介を通じて、失われた〈コスモス〉の自覚を回復したい、様々な英知の合流した大きな潮流の形成に寄与したいという切実な願いがこめられている。そのような思いの実現は、いうまでもなく心ある読者の幅広い支援なしにはありえない。来るべき世紀に向け、破壊と暗黒ではなく、英知と洞察と深い慈愛に満ちた世界が実現されることを願って、「コスモス・ライブラリー」は読者と共に歩み続けたい。